Contigo en la distancia

Carla Guelfenbein

Contigo en la distancia

Primera edición: mayo de 2015

© 2015, Carla Guelfenbein
c/o Guillermo Schavelzon & Asoc. Agencia Literaria
www.schavelzon.com
© 2015, de la edición en castellano para todo el mundo:
Penguin Random House Grupo Editorial, S. A. U.
© 2015, derechos de la presente edición en castellano:
Penguin Random House Grupo Editorial USA, LLC.,
8950 SW 74th Court, Suite 2010
Miami, FL 33156

© Diseño: Proyecto de Enric Satué
© 2015, Estate Jeanloup Sieff, por la fotografía de la cubierta

Printed in USA

ISBN: 978-1-941999-37-0

Penguin
Random House
Grupo Editorial

*Para Eliana Dobry, Micaela y Sebastián Altamirano,
mis compañeros de viaje*

Uno

1. Daniel

En algún lugar del planeta alguien cargaba con tu muerte. Esta certeza creció con los días, las semanas, los meses, golpeó mi conciencia hasta volverse insoportable. Pero ¿quién?, ¿por qué? Nunca imaginé que la respuesta pudiera estar tan cerca que, al dar la vuelta, me encontraría conmigo mismo.

Recuerdo el momento, cuando después de comprar el pan para nuestro desayuno, me crucé con el vagabundo del barrio. Sus ojos heridos y a la vez amenazantes se detuvieron en mí. Apresuré el paso, mientras a mi alrededor las personas caminaban arrebujándose en sus abrigos hasta desaparecer en la bruma matinal. Un grupo de chicos cruzó la avenida. Las niñas iban envueltas en bufandas de colores y compartían sus secretos a media voz, en tanto los chicos corrían y gritaban, empujándose unos a otros con la torpeza de los cachorros. Su inocencia exacerbó la inquietud que me había producido el encuentro con el vagabundo. No podía saber lo que sucedería minutos después, lo que te había ocurrido durante la noche o tal vez al alba.

Cada mañana, antes de encontrarme contigo, me preguntaba cuál sería tu estado de ánimo. Era imposible predecirlo. Estaba regido por tus sueños, por la intensidad de la luz y de la temperatura, por infinitas capas circunstanciales que nunca lograría aprehender. En ocasiones me hablabas sin cesar, pero en otras parecías absorta escuchando el rumor de un mundo que transcurría dentro de ti.

Cuando llegué ante tu puerta, Arthur se sentó con su dignidad papal junto a mí, mientras Charly se movía a uno y otro lado con su cola febril. Pensaba proponerte que después del desayuno saliéramos a dar uno de nuestros paseos.

A pesar de tu edad, caminabas con paso rápido y firme. Si alguien nos hubiera visto desde cierta distancia, le habría resultado difícil imaginar que tú me llevabas más de cincuenta años.

Recuerdo cuando, a los pocos días de convertirme en tu vecino, te vi frente a la puerta de tu casa luchando contra esa enredadera que dificultaba la pasada. Me dijiste que había crecido durante la noche y que su presencia obstinada era un atropello a tu libertad. Hablabas de la planta como de un ser de carne y hueso, mientras con un cuchillo de cocina intentabas deshacerte de ella. Traje mis tijeras de podar, despejé el paso, y al cabo de un rato, conversábamos animados. Había visto una fotografía tuya en el periódico hacía algunas semanas. Un importante crítico del *New York Times* había elogiado tu obra y los diarios de nuestro país habían reproducido la reseña. Sin embargo, al verte en tu jardín, me sorprendió tu altura y tu pelo cano, que llevabas cogido bajo la nuca. El tiempo no había logrado abatir tu belleza. Donde antes debieron haber redondeces, ahora emergían ángulos, el de tu nariz prominente, el de tu barbilla y tus pómulos, el de tu frente surcada de líneas. Tus largas manos como pájaros que hubieran olvidado el arte de volar. Con cuánta vehemencia me contarías más tarde que detestabas las labores prácticas y que te hubiera gustado tener una esposa como las de los grandes creadores, aquellas que resolvían sus asuntos mundanos, resguardándolos de las banalidades de la vida. Desde entonces, aunque de forma torpe e incompleta, intenté protegerte. El mundo que tú habitabas era insondable para mí. Pero al mismo tiempo, el resplandor que emergía de las puertas que dejabas entreabiertas me llenaba de agitación, de curiosidad por lo que no podía ver.

Busqué la llave de tu casa en mi bolsillo y descubrí que la había olvidado. Toqué el timbre, pero no hubo respuesta. Aguardé algunos segundos y luego insistí un par de veces más. Recordé los ojos del vagabundo, brutales y derrotados a la vez, la nota disonante que salta de la pauta. Di la vuelta hacia el costado izquierdo del jardín y Arthur me siguió con su paso cansino. La luz de la mañana sobre el sendero de grava cegaba con su brillo. Al igual que la casa, el jardín estaba en silencio, huérfano de toda presencia humana. Una violeta comenzaba a desplegar sus brotes invernales. Minúsculas vidas que, como todos los años, tú seguirías con atención. Me asomé por una de las ventanas laterales y miré hacia el interior. El sol se filtraba en estrías que exacerbaban la penumbra del vestíbulo.

No fue hasta un par de segundos después que te vi. Habías caído a los pies de la escalera, donde la luz casi no te alcanzaba. Tu cuerpo, como un árbol derribado, yacía inerte junto a la lámpara de pie que yo te había regalado para tu último cumpleaños. Corrí hacia el patio trasero. La puerta de la cocina estaba abierta de par en par. Parecía que alguien hubiera estado allí y, por el apuro, hubiese olvidado cerrarla. «¿Quién?», me pregunté.

Me acuclillé a tu lado. Tus manos estaban crispadas, como si hubieran arañado cuerpos invisibles antes de rendirse. Un charco de sangre rodeaba tu cabeza. Te habías también rasmillado un brazo y una senda rojiza corría desde tu muñeca hasta tu codo. Tu camisa de dormir se había recogido sobre tus caderas, y tu pubis, lampiño y blanco, se asomaba entre tus piernas abiertas y envejecidas. Te cubrí cuanto pude con la camisa de dormir y solo entonces, cogiéndote por los hombros, te remecí.

—¡Vera, Vera! —grité.

Me pareciste tan liviana, tan frágil. Todo adquirió la apariencia de un sueño.

El resto se vuelve nebuloso. El tiempo comenzó a transcurrir de otra forma, expandiéndose amorfo, oscuro. Solo recuerdo que en algún momento llegó la ambulancia, y que, contra toda ortodoxia, yo mismo levanté tu cuerpo, mientras las personas a mi alrededor me rogaban que me calmara, que los dejara hacer su trabajo. Yo no quería que nadie te tocara, que nadie sintiera el calor que desprendía tu cuerpo. Que nadie escuchara tu respiración que se apagaba.

2. Emilia

—No lo olvides nunca, yo soy tú —me dijo Jérô-me, cuando nos despedíamos en Charles de Gaulle.

Había sido él quien me había instado a viajar. Yo sola jamás hubiera reunido las fuerzas para salir de mi enclaustramiento. A la vuelta de mi viaje, aunque la idea resultara inimaginable, nos casaríamos.

Frente a nosotros, un ventanal dejaba ver las colas de los aviones que parecían colgar del cielo.

Yo soy tú.

Eran las palabras que nos unían. Que nos habían unido siempre y que nos protegían del infortunio. Como un conjuro. Yo era él y él era yo. Caminamos en silencio hasta la zona de embarque y nos despedimos sin tocarnos. Su expresión era tranquila, segura. Yo no podía traicionar esa confianza que él depositaba en mí. El día anterior me había despedido de mis padres en Grenoble, y el doctor Noiret, mi psiquiatra, me había medicado para evitar que sufriera una crisis de pánico. Aun así, no pude evitar decirle por enésima vez:

—No sé si pueda hacerlo, Jérôme.

—Sí puedes, Emilia. Sí puedes —rozó mis labios con su dedo índice para que no volviera a repetirlo.

* * *

Ya en el avión, hundida en mi asiento, mientras miraba por la ventanilla la cama de nubes, fijé mi imaginación en el rostro de rasgos pequeños de Jérôme. Él había estado siempre allí. Él era la especie humana, y todo lo que habitaba más allá de él no existía para mí. Pensé en esa vida sin alas, pero sin descalabros que habíamos forjado juntos. Es difícil conformarse con una vida así. Ordinaria. Las cosas extraordinarias son excitantes y nos llaman con sus trompetas y sus colores vivaces. Pero son frágiles. Se quiebran.

Siempre lo habíamos entendido de esa forma, Jérôme y yo. Sin embargo, ahora él me soltaba. Me soltaba y a la vez me ataba con su proposición de casarnos. ¿Por qué lo hacía? ¿Por qué me había instado a partir, alentándome con sus buenos augurios? Por bondad. Sí, por bondad. Pero también —y este pensamiento afilado cruzó mi conciencia— porque habíamos llegado a un punto en que debíamos movernos hacia algún sitio. Ambos teníamos veinticuatro años, y el presente, cuando eres joven, necesita abrirse a ese mar de posibilidades futuras que aún no existen.

Oportunidades que hay que salir a buscar.

Había llegado hasta ahí cogida de su mano. Pero ahora él y nuestro mundo protegido, de bordes gastados por el uso y el tiempo, desaparecían bajo las nubes. Me costaba respirar. Pedí un vaso de agua. Antes de marcharse, el sol comenzó a crecer. Su luz dura rebotaba en algún lugar para estrellarse con tal intensidad en mi ventanilla, que tuve que ponerme las gafas de sol. Abajo me pareció ver el mar. Fragmentos que semejaban espejos de agua. Desde la distancia, si aquel era el mar, no poseía la violencia que de niña me había atemorizado.

Recordé el mar de La Serena, la ciudad donde mi madre había nacido. De niña yo había estado ahí un par de veces. Vi las olas levantándose con su textura escamosa. Vi a mi madre que corría a sumergirse en el corazón de la muralla de agua, para luego hundirse bajo el estampido de mil partículas brillando a contraluz. Vi a mi padre junto a mí, los dos quietos sobre la arena, sosteniendo la respiración, imaginando que la ballena gigante se la había tragado para siempre. Al ver por fin su cabeza oscura emerger al otro lado del estallido, agitando los brazos para nosotros a la distancia, reconocíamos una vez más su energía indomable. Esa que la había llevado tantas veces lejos de nosotros. Lejos de la mirada vigilante y a la vez derrotada de mi padre. Había sido en una de esas incursiones fuera del dominio del matrimonio, que me había concebido. Me lo dijeron apenas tuve uso de razón. Mi padre no era mi padre.

Llevaban cinco años casados y ambos trabajaban en el observatorio de Niza. Habían intentado tener hijos, pero el semen de mi padre no tenía la densidad necesaria para procrear. Por esa y otras razones que con los años se me hicieron evidentes, cuando mi madre le dijo que estaba embarazada de uno de sus alumnos en práctica, mi padre aceptó a ese ser que ya flotaba en su vientre.

Estas eran las imágenes que primaban de ese país lejano donde había nacido mi madre y adonde ahora me dirigía. Ella esfumándose y luego apareciendo. La mano de mi padre junto a la mía sin tocarme. Nuestras sonrisas unidas en silencio, corroborando el hecho de que sin importar nuestra composición genética, él y yo estábamos varados en la misma orilla.

Ahora esos pedazos de mar aparecían tranquilos, en su propio silencio.

Pensé que todas las cosas tenían otra realidad, una que yo hasta entonces no había visto.

3. Daniel

La habitación había quedado sumida en la penumbra. Me acerqué a ti y posé mis dedos sobre tu cabeza cana. El aire caldeado y el silencio llenaban el espacio. Era tan profunda la quietud, que tras ella parecía asomarse la muerte. En tu muñeca traías un brazalete plástico con tu nombre. Te habían enyesado una pierna y una mano. Tenías ambos brazos inmovilizados a lado y lado por un sinnúmero de tubos que, a su vez, conectaban con las máquinas que registraban tus signos vitales. Bajo tus párpados cerrados, tus ojos latían. Un ventilador mecánico te aseguraba el oxígeno.

El médico me había explicado que producto de los golpes al caer, además de las contusiones, tenías un traumatismo encefalocraneano cerrado grave, con hemorragias en el cerebro. Necesitaban ganar tiempo mientras este se deshinchaba, por eso te habían «puesto a dormir». Un término eufemístico que te habría molestado. El coma inducido era la única forma de reducir los estímulos al cerebro al mínimo y mantener controlada la presión intracraneana. Sus explicaciones fueron exhaustivas. Sin embargo, su respuesta resultó ambigua cuando le pregunté si podías oírme o percibir la presencia de otro ser a tu lado. «No es algo que se pueda saber con certeza», señaló, «pero todos los estudios indican que un paciente en coma carece de percepción».

—Vera —te dije, y no pude seguir.

Sentí una opresión en el pecho al imaginar la posibilidad de que estuvieras ahí, tras ese cuerpo que yacía bajo las sábanas; que desde ese otro lado de la vida, intentaras hablarme. Tomé tu mano y la estreché con fuerza.

Había llovido y en la ventana de la clínica las primeras luces de la calle arrojaban su brillo sobre el pavimento mojado.

Una enfermera golpeó a la puerta y sin esperar respuesta entró en tu cuarto. Era una mujer en su treintena, de baja estatura y caderas anchas. Su rostro parecía tener la firmeza transitoria de un fruto maduro.

—Usted no ha comido en horas. ¿Por qué no va a la cafetería? Nada va a sucederle a la señora —me dijo, mientras hacía anotaciones en una tablilla con sujetapapeles.

Como yo no le respondía, dejó su labor por un momento y me miró. Dio un paso atrás y se acomodó el moño. Sus mejillas se enrojecieron. Yo sabía que se sentía intimidada por mí.

—Es bueno que le hable y que la acompañe. Estoy segura de que ella puede oírle.

Hubiera querido preguntarle más, pero el rubor en su rostro me hizo desistir.

—Me llamo Lucy, si necesita algo no tiene más que apretar ese botoncito.

Cuando se fue, sentado en el sillón junto a tu cama, me quedé dormido.

Cada cierto rato entraba alguna enfermera a controlar tus signos vitales, y yo despertaba de golpe. Fue en una de esas súbitas vueltas a la conciencia, en medio de esa noche quebrada, que me pesó saber tan poco de ti. De tus orígenes, de tu familia, de tu vida. Habías tenido un esposo y un hijo, Manuel Pérez y Julián, pero nunca hablabas de ellos. De tu hijo tan solo sabía que había muerto a los treinta años de una enfermedad al pulmón. El misterio con el cual te habías rodeado para enfrentar el mundo, a pesar de nuestra cercanía, también me había alcanzado a mí.

Luego de que la noticia de tu accidente se hiciera pública, me llamó la atención que no se presentara nadie que dijera ser de tu familia. Aun cuando el dolor de quienes llegaron era evidente —escritores, poetas, gente de letras—, todos parecían conocerte poco. La única persona con quien me puse en contacto fue tu amigo el poeta Horacio Infante. Yo no tenía sus señas, pero Gracia logró conseguirlas. En nuestras conversaciones había deducido, sin que tú lo expresaras de forma directa, que Infante significaba mucho para ti. Su voz al teléfono sonó conmocionada. Me llamó la atención, sin embargo, que no se apareciera por la clínica. Intenté hablar con él otra vez, pero no pude ubicarlo. Le dejé mi número de celular en su buzón de voz para que me llamara cuando quisiera saber de ti. Por la prensa me enteré de que algunos días después de tu accidente, había retornado a París, su lugar de residencia.

Mientras la oscuridad comenzaba a teñirse de los primeros resplandores azules de la madrugada, pensé que bajo la envoltura de tu cuerpo, tu corazón palpitaba, y que tú eras ese corazón. Aun cuando no pudieras escucharme, era ahí donde ahora habitabas. Recogida entre sus paredes, continuabas la vida de otra forma.

Aturdido por la noche en vela, dejé el auto en la clínica y volví caminando por el borde del río hasta mi casa. Una luz despiadada crecía en algún lugar de la cordillera y se asomaba esquinada sobre los picos nevados, para luego precipitarse sobre los cristales de las ventanas.

Cuando llegué a nuestra calle, vi al vagabundo que dormía sobre unos sacos informes, cubierto por una manta contra el muro de una casa vecina. Hacía al menos un año que merodeaba por nuestro barrio, y ya nos habíamos acostumbrado a su presencia, a su olor, al ruido de las latas vacías que llevaba colgadas al hombro y que se golpeaban unas contra otras al caminar. Era un individuo alto, con la cabeza pequeña de un pájaro, y tras su apariencia devastada, podía vislumbrarse al hombre garboso que debió haber sido. Nunca nos había pedido alimentos ni dinero, y era difícil dilucidar si no lo hacía porque vivía en otro mundo o por dignidad.

Al llegar a casa, me desvestí y me arrimé a Gracia. El calor de su piel avivó mis sentidos, pero ella dormía y no reaccionó a mis intentos por hacer el amor.

Desperté un par de horas más tarde con el cuerpo adolorido. Gracia salió del baño con una toalla amarrada a la altura del pecho, se dirigió hacia la ventana y abrió las cortinas de par en par. Divisé tu casa, su techumbre de tejuela y la vegetación que la cubría. Pensé que Arthur y Charly debían estar hambrientos. Apenas me levantara, iría a alimentarlos.

—Buenos días —me dijo con su inflexión ronca.

Tenía los ojos enrojecidos, como si hubiera dormido poco o hubiera estado llorando, y un leve temblor en la barbilla que me conmovió.

Su piel siempre bronceada se veía aún más oscura en contraste con la toalla blanca. Se sentó en el centro de la cama con las piernas cruzadas y recogió su largo pelo mojado sobre la nuca. Gracia poseía una confianza en sí misma incontestable. A pesar de que nunca te lo pregunté, sabía que para ti aquella no era una virtud. Solías decirme que el único bien que tenía un creador eran sus fracturas, sus incertidumbres, sus preguntas y devaneos, la constante duda de la razón última de las cosas. Era a través de estas grietas que podía surgir algo que no había estado allí nunca antes. Pero Gracia no tenía afanes creativos, y la seguridad que desplegaba en sí misma en todos los ámbitos de su vida la colmaba de beneficios y recompensas. Había estudiado ingeniería, pero a los veintidós ingresó a la televisión. Ahora, después de catorce años, era una de las presentadoras de noticias del canal más popular, y su temperamento enérgico entraba en el hogar de millones de chilenos cada día.

—No te oí llegar. Cuéntame de Vera —me pidió con una expresión que denotaba su angustia.

—Le indujeron un coma. Dada su edad, las posibilidades de que no despierte más son altas.

Gracia cerró los ojos con fuerza, como si una imagen hubiera cruzado sus pupilas, hiriéndola. Luego sacudió la cabeza a lado y lado, y las partículas de agua que desprendieron sus cabellos brillaron contra la ventana. Volvió a cogerlos en un nudo y miró hacia la pared donde ella misma había enmarcado el dibujo de la fachada de mi proyecto del museo. Era un dibujo que todas las mañanas me recordaba que algún día, no tan lejano, había ganado un importante premio, y que quizás aún había esperanzas de que se construyera.

—Lo que me dices es muy fuerte —se abrazó a sí misma.

Siempre me había sido difícil saber lo que Gracia sentía o pensaba.

Cuando la conocí, anhelaba ahogar en nuestro amor la sensación de distancia que me había embargado desde niño. Fuiste tú, Vera, quien me hizo ver cuán pueril resultaba aquel afán. Fuiste tú quien me mostró que bajo nuestra piel hay un mundo privado, con sus construcciones y sus paisajes propios, donde nadie, jamás, podrá llegar. Gracia nunca te había apreciado. Y eso lo sabías. Te culpaba en parte de mis «días vagos», como ella llamaba a esa larga espera para empezar a construir el museo. Había pasado más de un año y las autoridades no se ponían de acuerdo. Siempre había alguien que lo impulsaba, pero también alguien más poderoso que lo entrampaba. Rencillas de poder, estudios diversos, otras prioridades. Las razones para posponerlo mes tras mes no faltaban. En tanto, yo me había quedado suspendido.

Cada día me levantaba pensando en algún aspecto que podía ser mejorado, un nuevo material, una pendiente más pronunciada, un pasillo más ancho, y no había día en que no abriera los archivos en mi computador y agregara o eliminara algún detalle. Durante ese tiempo, tú habías estado ahí, Vera. A tu lado no me angustiaba el ocioso pasar de los días. Había otras cosas: nuestras conversaciones, nuestras caminatas y el descubrimiento de ese universo que te rodeaba.

—Es horrible. Yo... —dijo, y luego se detuvo.

—¿Qué?

—Nada, nada. Es solo que la vida cambia de forma tan abrupta y feroz.

Imaginé que tal vez Gracia se refería a algo más, algo que guardaba relación con ella misma o con nosotros. Quise preguntarle, pero ya se había levantado de la cama y desaparecido en las profundidades de su clóset. Pensé que las cosas que importan son demasiado crudas e inquietantes para ser enunciadas. Demasiado avasalladoras. Me metí bajo las sábanas y volví a quedarme dormido.

A las diez de la mañana bajé a la cocina y me preparé un café. A los pocos minutos cruzaba la puertecita del fondo de mi jardín, la que había construido para unirlo con el tuyo. El invierno nos había regalado un día de luz que tú no podías ver. Un polvillo luminoso y rasante se colaba entre la vegetación. Arthur y Charly aparecieron entre los arbustos. Arthur, con su acostumbrada actitud reposada, me miró sin curiosidad y se sentó en el sendero de piedra, mientras que Charly se apegó a mis piernas, barriendo el aire con su cola.

Desde el inicio de nuestra amistad, habías insistido en que yo entrara y saliera de tu casa a mi antojo. Para eso me habías dado una copia de la llave de la entrada principal y dejabas, además, la puerta de la cocina sin cerrojo. Fue una confianza instantánea la que nos unió. Me habías incluso revelado la clave de tu caja fuerte.

—Si algún día tienes que abrirla, Daniel, saca todo lo que encuentres allí y lo arrojas a la basura. No hay nada de valor, son puras chucherías de vieja. Y los papeles, los quemas. No quiero que después de muerta los perros husmeen en mi vida. ¿De acuerdo?

No entendí por qué me otorgabas esa misión tan personal. Fue la primera vez que pensé en tu familia, en las personas que alguna vez estuvieron a tu lado, y que por alguna razón habían desaparecido. Un día te irías, y tal vez ese día no estaba tan lejos. Tu presencia me había cambiado de una forma que no era visible para los demás —a excepción de Gracia—, y por lo mismo, mucho más profunda y significativa. Habías depositado algo dentro de mí y me habías pedido que lo guardara. Ahí se había quedado, y ahora que tú no estabas, temía que poco a poco desapareciera.

Entré al vestíbulo y vi el charco de sangre seca. Todo estaba detenido en un momento de caos y provisionalidad. Reinaba el silencio, un silencio interrumpido por los imprecisos rumores subterráneos de la calefacción. Me quedé en el recibidor mirando hacia la escalera y luego subí los peldaños, imaginando cómo cada uno de ellos debió golpear tus espaldas, tus hombros, tus rodillas, tu cabeza. Al llegar al último escalón, miré hacia abajo. A través de la ventana del vestíbulo se colaban las sombras de los árboles, que oscilaban en el muro como peces. Seguí caminando hacia tu habitación, pero me quedé ante la puerta abierta sin entrar. La cama estaba deshecha. Debiste caer por la mañana, tal vez poco antes de que yo te hallara. Volví hacia la boca de la escalera. Quería reproducir tus pasos y elucidar las circunstancias de tu accidente. Según el médico, este no fue producto de una súbita pérdida de conciencia; los rasmillones en tus brazos atestiguaban que habías intentado afirmarte de las paredes mientras caías.

Recorrí ese corto trecho de ida y vuelta varias veces, y luego bajé. Aunque desvencijada, era una escalera firme. El pasamanos estaba sólidamente sujeto al muro y tenía una forma a la cual resultaba fácil asirse. Los peldaños estaban bien pensados, los centímetros justos, dieciocho de contrahuella y treinta de huella, para que el paso fuera seguro. Lo que primaba en su modesto diseño había sido sin duda la funcionalidad. Fue entonces cuando pensé por primera vez que quizá no habías caído por accidente. Tú eras una mujer fuerte, en pleno control de ti misma y de tu cuerpo. Tus movimientos se sucedían elegantes y precisos. En nuestras caminatas, tú llevabas el paso. Incluso había veces en que te mofabas de mí: «Vamos, apura esas zancaditas de dandi viejo», me decías adelantándome. Traté de recordar la imagen de tu cuerpo en el suelo, la posición de tus brazos, el ángulo de tus piernas, tu pubis desnudo, pero la visión era demasiado cruda y un filtro interior la rechazaba, sin poder fijarla en la conciencia. Salí al jardín y alimenté a los perros. Volví a entrar y me eché en el suelo, en el exacto lugar donde tú habías caído. ¿Cuáles habían sido tus pensamientos, allí tendida, ese segundo antes de perderte en la inconsciencia?

Unas constelaciones en las cuales nunca había reparado antes estaban dibujadas en el techo. Las figuras, de un trazo fino sobre un azul ligero, me hicieron pensar en aquellas que, desde las alturas, velan por los viajeros en Grand Central Station en Nueva York. Recordé tu obsesión por el universo y las estrellas, y su representación persistente en tus escritos. Ese dibujo en el techo era tal vez la última imagen que habías visto.

Una corriente fría me atravesó la columna, los brazos, las piernas. Recordé la puerta abierta de par en par de la cocina, y de pronto, lo que hacía unos minutos era tan solo una corazonada, se volvió una certeza: tú no habías dado un mal paso, algo o alguien había precipitado tu caída.

Busqué en Internet el número de la Policía de Investigaciones y llamé. Mientras le contaba a la mujer de voz cansada lo que había ocurrido, tuve ganas de cortar. Sabía lo que estaba pensando y lo que pensarían todos a quienes les manifestara mis sospechas: que eras una mujer de edad que en un traspié había caído escaleras abajo. Debía ocurrir todos los días, en todos los confines del mundo, cientos de veces, miles de veces, mujeres y hombres mayores sufriendo accidentes fatales, y a nadie nunca se le pasaba por la mente que tras ellos podría haber otro motivo que la propia vejez. No tenía pruebas. Nadie podría ahora dar fe de tu fortaleza física ni de la precisión de tus movimientos. Cuando terminé de explicarle, la mujer me indicó que primero tenía que conseguir un informe médico que corroborara mis sospechas, y con este en mano debía acercarme a la Fiscalía para que la PDI iniciara una investigación.

4. Emilia

Árboles desnudos y calles grises.

Esa fue mi primera impresión de Santiago.

Llegué a Chile tan solo un par de meses antes de la mañana de agosto en que Vera Sigall cayó por las escaleras. Mi propósito era reunir material para terminar la tesis que escribía sobre su obra. Aunque sabía que resultaría difícil, albergaba también la esperanza de conocerla.

Aunque mi madre había nacido aquí, mis únicos recuerdos bien definidos de Chile guardaban relación con el mar y su cabeza desapareciendo y volviendo a aparecer tras la masa de agua. Mis abuelos habían muerto en un accidente cuando yo tenía cuatro años, y desde entonces, mi madre había perdido contacto con el resto de su familia, que aún debía vivir en La Serena.

Por fortuna mi papá me había conseguido un lugar donde vivir. Un departamento que pertenecía a un chileno que había estudiado con él en Grenoble, y quien aceptó rentármelo por un precio que mi reducido presupuesto me permitía solventar. Mi departamento, si se le puede llamar de esa forma, estaba construido en el techo de un edificio de nueve pisos frente al Parque Bustamante, a unas pocas cuadras de la calle Jofré. Consistía en un cuarto, una cocina y un baño, sin conexión entre ellos. Para ir de un lado a otro había que salir al aire libre, a una amplia azotea, y luego volver a entrar. El cuarto era pequeño y tenía un empapelado de flores desteñidas por el sol. La cama estaba cubierta por un edredón de colores tejido a mano. Había también un desvencijado sillón azul de terciopelo, repisas vacías donde instalé los libros que llevaba conmigo y un escritorio apoyado contra la ventana, sobre el cual había un espejo con marco de estaño. La cocina era aún más estrecha, pero poseía los utensilios esenciales y un reloj carillón que marcaba el tiempo con su tictac.

Después de deshacer mi maleta, volvió a asaltarme la zozobra. Tenía una misión que cumplir, un trabajo que realizar, pero sabía que el motivo por el cual estaba ahí era uno que con Jérôme no habíamos explicitado. Uno que ni yo misma tenía el coraje de plantearme.

Nos habíamos conocido de niños. Fuimos compañeros de curso, y desde entonces, con excepción del periodo que llamamos el «accidente», habíamos estado siempre juntos. Compartíamos nuestros deberes, nuestros juegos, nuestras lecturas. Su padre trabajaba en Caterpillar, ensamblando piezas de gigantescos bulldozers, un mundo que a Jérôme, por sus intereses, le resultaba ajeno. En nuestro hogar, en cambio, se hallaba a gusto. Cuando su interés por la astronomía se hizo evidente, mis padres lo acogieron de pupilo. A los veinticuatro años ya era la mano derecha de mi padre en el telescopio Schmidt.

Nuestro lazo de niños perduraba ahora que ambos habíamos crecido, constituyéndonos como pareja, aunque de una forma extraña, porque nunca nos habíamos tocado. Unas semanas antes de partir a Chile, Jérôme me había propuesto que a mi vuelta nos casáramos. Cenábamos en un restorán del centro de Grenoble.

—Jérôme, nosotros no podemos...

—No me importa —me interrumpió él.

—A mí sí.

Yo misma no sabía a qué me refería. Si a la convicción de que un ser humano normal como Jérôme es incapaz de vivir sin tocar a otro, sin el abrazo que sella su amor, o a la idea impronunciable de que tal vez, en algún lugar, había alguien que podría descongelarme. Jérôme tampoco estaba interesado en las expresiones físicas, pero no de una forma consciente y fóbica como la mía. Sumido en sus observaciones de cuerpos celestes, no tenía espacio para lo terrenal. Lo cierto es que Jérôme y yo nos habíamos pasado la vida gravitando como dos planetas solitarios.

* * *

Esa primera tarde saqué una silla de la cocina y me senté en un rincón de la amplia azotea a leer. Tocadas por el sol de invierno, las ventanas, a lo lejos, sostenían la luz. Las palomas se paseaban desafiantes por los techos, cortejándose unas a otras. En una azotea vecina, una bandera chilena ondeaba como una llama contra el gris del cielo.

El día comenzó a ceder y se llenó de reflejos fríos. Entré a mi cuarto y le escribí a Jérôme contándole los pormenores de mi viaje, de mi nuevo hogar, de la vista que tenía sobre la ciudad. Recién cuando lo puse en palabras para él, todo lo vivido desde mi partida se asentó en mi conciencia y se hizo real.

Esa noche apenas dormí. Al día siguiente iría a conocer la Biblioteca Bombal, donde estaban los manuscritos, cartas y notas de trabajo que Vera Sigall había donado. Había sido Horacio Infante —un connotado poeta chileno que residía en París— quien me había puesto en contacto y conseguido el permiso para trabajar allí. Ansiaba sumergirme en ese material que nadie aún había tocado. Estaba segura de que este me abriría el camino a nuevas dimensiones de la obra de Vera Sigall. Pero no solo eso.

En ese confín del mundo, separada de Jérôme, había muchas cosas que ignoraba; la vida aparecía ante mí extensa y a la vez difusa, sin comienzo ni fin.

5. Daniel

Una vez que el médico me dio a regañadientes un informe donde aceptaba la posibilidad de que tu caída no fuera un accidente, presenté el caso en la Fiscalía y unos días después recibí una llamada de la PDI. Esa tarde estarían en tu casa.

Mientras aguardaba salí a tu jardín, desde donde divisé tu estudio. Su diseño nos había costado nuestra primera y única discusión. Yo pensaba que debía tener grandes ventanas que dejaran el verdor y la luz entrar en él, pero tú querías ventanucos que resguardaran tu intimidad, que te aislaran, que crearan en su interior un lugar sin tiempo. Recuerdo los dibujos que te hice y tus palabras alabanciosas cuando describiste las proporciones de la estancia de cristal que yo había diseñado para ti. Sin embargo, tu decisión era terminante, querías una caja negra desde donde tus personajes no pudieran huir. Cuánta fascinación te produjo la capilla de Zumthor cuando te la mostré, con sus maderas quemadas y su único orificio superior por donde la luz se deja caer.

—¡Eso quiero! —dijiste. Y juntos diseñamos un estudio que estaba a medio camino entre tu caja negra y la mía de cristal.

Crucé el jardín y entré. Una vida había quedado allí suspendida. Los narcisos amarillos del jarrón se habían marchitado, y sobre tu chaise longue yacía abierto boca abajo el libro que leías, el diario de Katherine Mansfield con un prólogo de Virginia Woolf. En uno de los estantes volví a mirar la única fotografía tuya que guardabas en la casa, además de aquella en que apareces con tu padre. Nunca dejó de sorprenderme que eligieras esa precisamente. Estás de pie, las rodillas flexionadas, los brazos extendidos hacia abajo y las manos abiertas, en una postura que revela la gran bailarina de twist que debes de haber sido. Miras hacia la cámara con una sonrisa misteriosa, como si tras ella guardaras un secreto y desafiaras al fotógrafo a descubrirlo. Tu acompañante te observa serio, en una tensa inutilidad, con la fijeza de quien está frente a alguien que sobrepasa no solo sus expectativas, sino también sus posibilidades. Me detuve también en la imagen que tenías siempre sobre tu mesa. La fotografía en blanco y negro de un hombre de barba oscura que se inclina sobre el trabajo de caligrafía de una niña de no más de cinco años. Corría el año 1923 y esa niña eras tú. Me lo contaste un día:

—Mi padre estaba empecinado en que aprendiera a leer y a escribir. Según él, el conocimiento era lo único que no nos podían arrebatar.

Unos días después de que el fotógrafo Alter Kacyzne les tomara esa fotografía, irrumpieron en el pueblo de Chechelnik.

—Mi padre apagó las bujías, cerró las cortinas y permanecimos inmóviles mirando entre los visillos las decenas de hombres que corrían por las calles gritando, golpeando con sus palos y culatas las puertas, quebrando vidrios, sacando a los vecinos a las calles, desvalijando sus casas.

Recuerdo cuando me contaste de Dania, tu vecina. Sus ojos abiertos y vacíos. Cuatro hombres armados ya le arrancaban la ropa a pedazos frente a la puerta de su casa cuando tu madre te tapó los ojos y te abrazó. Nunca antes me habías hablado del horror.

«Escríbelo», te dije. Y tú me miraste por primera vez con desprecio, como diciéndome «tú no tienes idea». Ese era tu espacio de silencio, y nunca más intenté profanarlo.

La fotografía era excepcional, y me interesé por el hombre que la había tomado. Descubrí que se trataba de un gran fotógrafo. Al terminar la Primera Guerra Mundial, Kacyzne se dedicó a retratar las costumbres y la vida de los judíos, e iba de pueblo en pueblo intentando capturar su cultura. Muchos años después que él les hiciera esa fotografía a tu padre y a ti, Kacyzne dejó Polonia escapando de los nazis, pero cuando llegó a Ternópil, en 1941, los nazis ya habían ocupado la ciudad y fue golpeado hasta la muerte por ucranianos colaboracionistas. Su esposa, Khana, una mujer bellísima que lo acompañó en sus periplos fotográficos, murió en los campos de concentración. Su hija sobrevivió ocultándose en Polonia como una ciudadana no judía.

Salí de tu estudio con una sensación de pesadumbre aún más intensa y con la determinación de no detenerme hasta descubrir qué te había ocurrido la mañana de tu caída. Me preparé un café y me senté a la mesa de la cocina a esperar. Pensé en Gracia, en su boca grande y su sonrisa de medio lado, que producía la impresión de provenir de la ironía, de una idea aguda de las cosas y de la vida. Pensé también en la fiesta de aniversario que ella había organizado con tanto esmero y que se llevaría a cabo ese fin de semana. Cumplíamos siete años de matrimonio. Y aunque yo sabía que Gracia esperaba ese día con ansias y expectación, tendría que decirle que la canceláramos. Era incapaz de pasar por los avatares, esfuerzos y pretensiones de una fiesta.

Estaba sumido en mis pensamientos cuando sonó el timbre. El ruido me hizo dar un salto. Al abrir la puerta me encontré con un hombre de complexión enjuta y baja estatura.

—Soy el inspector Segundo Álvarez —me saludó.

Tenía el rostro alargado. Sus ojos eran tan negros que era imposible distinguir dónde terminaba el iris y dónde comenzaba la pupila.

—¿Le importa que eche una mirada?

Vestía jeans e impecable parka azul. Podía intuirse el esmero que ponía en su apariencia, el escaso cabello peinado hacia atrás y la barba recién afeitada. Sin embargo, las grandes bolsas que caían de sus ojos hablaban de una vida no del todo ordenada ni fácil. Le mostré el lugar donde habías caído en el vestíbulo y la mancha de sangre ya reseca. Le comenté que había encontrado esa mañana la puerta de la cocina abierta de par en par. Luego subimos al segundo piso. En las escaleras sonó mi celular, intenté ignorarlo, pero el inspector me miró expectante. Lo saqué de mi bolsillo, le di una ojeada a la pantalla y corté.

—¿No va a contestar?

—Era un número que no conozco —mentí.

Le expliqué mis apreciaciones técnicas de los peldaños y del pasamanos, pero su mirada se deslizaba rauda por sobre las cosas, como si ninguna de ellas representara un asunto de interés. Tuve la impresión de que cumplía con su labor, sabiendo de antemano que todo lo que hacía era, a fin de cuentas, una pérdida de tiempo. Al retornar al primer piso, el inspector Álvarez se dirigió a mí.

—Señor Daniel Estévez, ¿verdad?

—Exactamente —respondí solícito.

—¿Qué relación tiene usted con la señora?

—Soy su vecino.

—¿Y cómo entró aquí?

—Tengo una llave. Ella me la entregó hace ya algunos años.

—¿Por qué no nos llamó de inmediato?

—Porque al principio pensé que había sido un accidente.

—¿Y qué le hace pensar ahora que no lo fue?

Volví a explicarle lo del pasamanos, la escalera, le conté de tu agilidad y el buen estado físico en que te encontrabas a pesar de tus años. Lo hice pasar a la cocina y nos sentamos a la mesa frente a la ventana. No quería que esa escena se llevara a cabo en la sala, ante tus libros y tus pertenencias más preciadas. Le ofrecí un café que rechazó. El inspector examinó la puerta. Yo insistí que haberla encontrado abierta de par en par era una prueba fehaciente de que algo fuera de lo común había ocurrido. Me preguntó con quién vivías, nombres y señas de tus parientes, tus amigos, conocidos que pudieran tener algún asunto complicado contigo. Y como yo de todo eso sabía poco, mis respuestas, que en un comienzo surgieron sin vacilaciones, empezaron a ser balbuceantes e inseguras. Me preguntó si había encontrado signos de violencia cuando te hallé en el piso, si tenías cosas de valor en la casa y si faltaba algo. Le dije que algunos de tus cuadros lo tenían, sobre todo un retrato de considerable tamaño que Chirico había hecho de ti. Me pidió que se lo mostrara, y le sacó una fotografía con su celular. También a tu escultura de Negret y otros cuadros que yo le señalé. Me dijo que enviaría a los peritos para identificar huellas dactilares. Mi celular volvió a sonar. Ya sabía quién era, y sin mirarlo volví a cortar.

Me preguntó cómo nos habíamos conocido, con cuánta frecuencia te veía, cómo me ganaba la vida, con quién vivía. Le conté que los días previos a tu caída, yo había estado de viaje en el norte, en un lugar llamado Los Peumos. Me preguntó cuándo había llegado y el motivo del viaje. Le dije que era arquitecto y que me habían pedido que hiciera el proyecto de un hotel. Mentía otra vez. No iba a confesarle a un desconocido la verdadera razón de mi viaje. A pesar de que el aire estaba fresco, había comenzado a sudar, y el inspector Álvarez debió notarlo. Por último, me preguntó cuándo había estado contigo por última vez, y yo le respondí que antes de partir. Continué mintiéndole. Después de esto, dio la visita por terminada.

—No debería seguir entrando a la casa de la señora Sigall. No hay constancia de que ella hubiera querido que entrara en su ausencia. ¿Hay alguien más que tenga llave de la casa?

—María. Ella viene a hacer el aseo una vez por semana.

Me preguntó si sabía su nombre completo y sus señas y yo le di su número de celular.

—¿Cuándo viene?

—Viene los martes. El martes después del accidente, la llamé y le dije que no viniera. Pero estará aquí la próxima semana.

Acabado el interrogatorio, el inspector Álvarez entró de vuelta a la cocina y pasó el cerrojo de la puerta. También me pidió mi llave y la introdujo dentro de una bolsa plástica que luego selló. Con un gesto de la mano hacia adelante y agachando la cabeza, me pidió que saliera de tu casa.

Esa tarde, sin embargo, contradiciendo sus instrucciones, entré nuevamente. Por seguridad, había hecho una copia de tu llave que guardaba en un cajón de mi escritorio. Recorrí cada uno de los rincones de tu casa, buscando algún objeto ausente o fuera de lugar. Con pudor, revisé tu clóset, donde, entre los zapatos, guardabas tu caja fuerte. Todo estaba ahí, intocado. Una vida que se había detenido y que aguardaba sin aliento tu llegada para ponerse de nuevo en marcha. Ese caos tuyo que yo conocía bien. Recordé la picardía con que citabas a Einstein para defenderte. Algo así como que si un escritorio desordenado era signo de una mente desordenada, qué se podía pensar de uno vacío. Al parecer, si alguien había entrado a tu casa, no lo había hecho con el fin de robar. Pero ¿qué entonces? ¿Quién?

6. Emilia

Mi tutor de la universidad me había conseguido una beca, pero esta apenas cubría mis gastos. Por eso, con algunos ahorros, me compré una bicicleta Pashley de segunda mano y me ofrecí para hacer de repartidora en la verdulería del barrio. Don José, el dueño, aceptó de inmediato. Era hijo de inmigrantes españoles llegados en el *Winnipeg*. Nunca había vivido en España, pero conservaba el acento que debió heredar de sus padres. Llevaba boina, bigotes y un par de suspensores, entre los cuales emergía una gruesa panza. A la verdulería se entraba bajando tres escalones, donde un gato negro solía recostarse. Cada mañana, después de hacer el reparto, me dirigía en mi bicicleta hacia la Biblioteca Bombal, en la calle Condell.

El primer día, una mujer delgada y menuda me abrió la puerta. Sin ser del todo anciana, llevaba un bastón y tenía el cabello cano. Apenas entré, me hizo pasar a un cuarto ocupado casi enteramente por un escritorio de caoba. La luz entraba apenas, a través de unos largos cortinones de terciopelo. Todo allí parecía haberse asentado hacía largo tiempo, y los colores y las cosas se fundían en una sola materia uniforme.

La biblioteca había sido fundada por la heredera de una gran fortuna en los años cincuenta. Buscaban reunir y rescatar textos de narradoras y poetas latinoamericanas, pero también tenían una colección de poemas y cartas de mujeres anónimas de origen sajón del siglo XIX.

—Mi nombre es Rosa Espinoza. En qué puedo ayudarle —me dijo una vez que ambas estuvimos sentadas, ella tras el escritorio atestado de libros y yo frente a ella.

Me llamó la atención su nombre. O sus padres lo habían hecho a propósito —lo que habría sido una crueldad— o no se habían percatado de lo que hacían.

Nada más sentarme, la señora Espinoza comenzó a hacerme una retahíla de preguntas: dirección, edad, señas de mis tutores en Francia, estudios. Asuntos de esa índole. En su anticuado computador anotaba las respuestas con lenta severidad, mientras tras sus gafas me escrutaba como si dentro de mi morral ocultara una bomba.

—¿Y qué pretende hacer aquí? —me preguntó por fin.

Se sacó los anteojos, los cerró y, sosteniéndolos como un arma punzante, cruzó los brazos sobre la mesa. Me resultaba difícil entender lo que estaba ocurriendo. Horacio Infante me había insistido en que tan solo tenía que llegar hasta ahí y comenzar a trabajar.

—¿No lo sabe realmente?

La mujer negó con un gesto de la cabeza. Sus aros de perlas dejaban caer destellos sobre sus hombros. Iba vestida de colores claros que hacían juego con su pelo cano. Permanecí en silencio. No quería hablar del verdadero motivo que me había llevado hasta allí. Resguardado en mi interior, los confines a los cuales podía llegar eran ilimitados. Nombrarlo, en cambio, hubiera sido una forma de apresarlo y mutilarlo. Por eso había ideado un proyecto que me sirviera de pantalla: catalogar los papeles y archivos que Vera Sigall había donado hacía dos años y que según las averiguaciones de monsieur Roche, habían permanecido intocados.

—Quizás, antes de explicarme, quiera servirse una taza de té.

Sus ojillos rodeados de arrugas brillaron con un raro fulgor.

—Me encantaría —dije, y ella desapareció.

A través de la gruesa cortina entornada divisé las ramas desnudas de los árboles que se recortaban contra el cielo gris, formando una filigrana.

Un mundo de árboles sin estrellas, murmuré. Eran las últimas palabras de Javier, el personaje principal de la primera novela de Vera Sigall.

La señora Espinoza volvió con un hombre que, tras ella, sostenía una bandeja de plata con una tetera azul grisácea y dos tazas del mismo color. El hombre dejó la bandeja sobre el escritorio, ayudó a la señora Espinoza a desembarazarse de su bastón y luego a sentarse.

—Gracias, Efraín —sonrió ella—. Efraín es el jardinero, mi chofer y el guardián de todo esto —añadió después de que él hubo desaparecido.

El aroma del té con especias llenó la estancia. La señora Espinoza lo sirvió con parsimonia.

—Está un poco caliente, tenga cuidado —hizo una pausa y luego continuó—: Ahora tal vez pueda decirme cuál es el objetivo de su visita a este lugar.

Levantó la cabeza, esperando que de mis palabras surgiera algo inesperado pero a la vez conocido, como una paloma del sombrero de un mago.

—Lo que quiero hacer... —dije, y me detuve.

—Vamos, hable.

Su voz sonaba dulce pero firme.

Apoyó la cabeza en el respaldo de su silla y fijó sus ojos desprovistos de ornamentación en los míos.

—Bueno, lo que quiero es analizar los distintos sentidos de los astros y los planetas en los escritos de Vera Sigall. Descubrir su origen. Eso a grandes rasgos. Llevo un tiempo en este estudio y no he llegado muy lejos.

No sé por qué lo hice, pero frente a esa mujer nombré por vez primera lo que me había llevado hasta ahí. Lo que me había dado la fuerza para atravesar el charco. Tenía la intuición de que había algo oculto en las estrellas de Vera Sigall. Algo que traspasaba las narraciones, los personajes y sus historias. Incluso las palabras. Intuía también que, hallándolo, encontraría algo de mí misma. Era una percepción que resultaba tan vaga e inasible que muchas veces se desvanecía. Bajé los ojos. Las manos me sudaban.

—Apenas la vi, supe que Horacio Infante estaba equivocado, y que su verdadero objetivo no era catalogar la obra de Vera Sigall. Usted no tiene cara de catalogadora.

Yo no sabía abrazar a las personas. Pero añoré haber podido hacerlo.

Junto a ella, recorrí la biblioteca, un inmueble de dos pisos de estilo inglés. El primero albergaba la amplia estancia dispuesta para los estudiosos. Una vitrina con un taburete que había pertenecido a Alfonsina Storni se asomaba en un rincón. Según me explicó la señora Espinoza, Alfonsina lo llevaba con ella en sus largas caminatas por los páramos y se sentaba en él a pensar. La biblioteca se encontraba en el segundo piso. Eran tres grandes salas y en una de ellas había un gran mueble con cajones, clasificados por autora. Alcancé a distinguir a algunas: Clarice Lispector, Elena Garro, Silvina Ocampo y Alejandra Pizarnik.

Al cabo de un rato, ya estaba sentada en el primer piso frente a una de las cajas que Vera Sigall había donado a la biblioteca. Me llamó la atención un grupo de fotografías sujetas con una cinta negra. Los retratos de Vera Sigall son escasos. La prensa y los editores suelen reproducir siempre el mismo, uno en que, tras una incisiva seriedad, pareciera querer ocultar su belleza. Deshice el nudo con cuidado. Eran cinco fotografías en blanco y negro. Cuatro de ellas mostraban a personas que me resultaron desconocidas. La quinta era una fotografía de Vera junto a sus padres, Arón y Emma Sigall. Es una imagen ovalada. La madre, de rostro grueso y tosco, mira hacia la cámara con expresión preocupada, como si el destino le deparara un futuro difícil y ella con reciedumbre lo anticipara. El padre, con un traje humilde de quien está acostumbrado al trabajo, observa la cámara con determinación y severidad. Vera, una niña de no más de siete años, despide un aire intranquilo, misterioso.

En uno de los libros más importantes editados sobre la obra de Vera Sigall, Benjamin Moser —su autor— puntualiza que todo lo que se refiere a sus datos biográficos es ambiguo y muchas veces contradictorio. Nadie sabe a ciencia cierta cuántos años tenía cuando sus padres huyeron de la aldea de Chechelnik, en Ucrania, escapando de los pogromos. Según lo que él logró averiguar, llegaron a Moldavia por el río Dniester en una canoa. La exacta fecha de su arribo a Rumania y el viaje que hicieron después para llegar a Chile se pierden en una nebulosa. A lo largo de su vida, Vera se rodeó de enigmas y en las escasas entrevistas que aceptó, solía escudarse tras la misma respuesta: «Mi gran misterio es que no tengo misterio».

Recuerdo la primera vez que leí uno de sus textos. El lenguaje mutaba en sus manos. Las palabras se reflejaban y reproducían unas a otras, como en las imágenes de los espejos cruzados, creando una sensación de desconcierto.

Dejé la fotografía sobre la mesa y cerré los ojos. Necesitaba absorber la emoción que me producía estar en el mundo de Vera Sigall. Pensé que tal vez había por fin encontrado mi lugar, entre esas paredes vetustas, entre las almas de todas esas mujeres. Allí nadie me alcanzaría. Nadie exigiría de mí lo que nunca podría darles.

Volví en mi bicicleta antes de que oscureciera. Los rayos de sol cruzaban el cielo como dardos, rebotando en las ventanas de los altos edificios acristalados. Subía las escaleras hacia mi altillo, cuando me encontré con mis vecinos del piso nueve. Se presentaron como Juan y Francisco. Juan era alto y moreno, de modales pausados, vestía con escrupulosidad y elegancia. Francisco era bajo y fornido, de mechas enhiestas y claras, ojos vivos, y en sus jeans gastados y en su suéter traía rezagos de pintura.

—Emilia Husson, ¿verdad? —me preguntó Juan. Me tendió una mano grande y oscura, con una amable formalidad. Yo asentí sin coger la suya. Él, leyendo quizás en mis ojos que no se trataba de un gesto de desdén, hizo caso omiso de mi falta y continuó—: Ya ves, hemos hecho nuestras averiguaciones con el conserje. Eres Emilia y vienes llegando de París.

—Bueno, no precisamente de París, vivo en Grenoble, pero para el caso supongo que da lo mismo.

Ambos sonrieron con franca simpatía.

—Hace más de un año que nadie vive en el altillo. Estábamos preocupados de quién podría llegar. Me alegro que seas tú, Emilia —dijo Juan mientras sacaba unas llaves de su bolsillo.

—Esperamos verte seguido —dijo Francisco, y ambos desaparecieron tras la puerta de su departamento.

Cuando llegué a mi altillo, lavé los platos que había dejado de la cena y luego encendí mi computador. Tenía un largo mail de Jérôme. Al día siguiente, partía a una de sus excursiones de montañismo. Esta vez intentaría llegar a la cima del Elbrús. Después de leerlo, le conté mi encuentro con la señora Espinoza, el olor a polvo, la solemnidad de Efraín, el jardinero, el té aromático que mutó el orden de las cosas como un brebaje. También le conté de la fotografía de Vera Sigall que había hallado, de sus ojos inquietos que parecían esperar algo.

7. Daniel

Gracia se hizo un nudo en el pelo con ambas manos a la altura de la coronilla y luego lo soltó. A pesar de que iba perfectamente ataviada para su día de trabajo, se veía cansada.

—No lo entiendes —le dije por enésima vez.

—Sí lo entiendo. Pero yo estoy viva, aquí, a tu lado. Y ella no —señaló, golpeando con fuerza la taza de café contra el platillo.

Sentados a la mesa de la cocina, ambos nos quedamos mirando por la ventana. El jardín, paralizado por el frío, estaba sumido en la bruma. Habíamos discutido parte de la noche y estábamos cansados. Las ofensas que nos habíamos prodigado aún flotaban en el aire con sus puntas, hiriéndonos. Había sido una contienda seca, sin concesiones.

Era cierto que Gracia había planificado durante semanas nuestra fiesta de aniversario, que ya tenía contratados a los mozos y al banquetero, y que la mayoría de los invitados ya había confirmado, pero aun así, me dolía que no entendiera mi incapacidad de celebrar mientras tú estabas en esa cama, inconsciente. El solo hecho de discutirlo representaba de antemano una derrota. Yo hubiese querido que fuera ella quien propusiera cancelarla. Gracia, por su parte, habría deseado que yo, animado ante el prospecto de nuestra celebración, hubiera sido capaz de olvidarte por unas horas.

—Si yo hubiera aceptado que tú cocinaras, no estaríamos en esto —señaló.

—Me impresiona lo poco que me conoces, Gracia. Después de tantos años —dije furioso y a la vez vencido. Eran los últimos coletazos de la batalla.

Cuando Gracia comenzó a hablar de la celebración, jugueteé con la idea de ser yo quien preparara el banquete. Era una buena oportunidad para aprender. Pero Gracia se opuso, y yo cedí.

—No me esperes a cenar. Hoy tengo que quedarme hasta más tarde en el canal —señaló, y tomó el último sorbo de su café.

Yo había preparado tostadas y huevos revueltos que ninguno de los dos había tocado.

—Puedo esperarte.

—Como quieras —se levantó de la mesa, tomó su cartera, y sin despedirse, se marchó con un portazo.

Me preparé otro café negro y volví a sentarme. Recordé nuestras conversaciones en tu estudio, y cómo tú me habías hecho ver el material del cual están forjadas las relaciones maritales. Un material cuya composición posee los ingredientes para destruirse a sí mismo. Siempre me resistí a creerte. Al final es un asunto de voluntad, solía decirte. Querer amar y ser fiel a ese objetivo. Pero entonces tú me hablabas de la voracidad del amor, su ansia por tragarse al ser amado y por lograr que este respire tan solo a través de nosotros. Pero sobre todo, me hablabas de ese deseo oculto que tiene el amor de llevarse a cabo sin transacciones ni palabras, movido tan solo por su propia esencia, por su supuesta incondicionalidad.

Salí al jardín con la taza de café entre las manos. En el aire crujía la helada de la mañana. Todo estaba quieto, constreñido. Escuché voces. Me aproximé a la reja que separaba tu casa de la mía y agucé el oído. Era el inspector Álvarez que hablaba con María. Ella, con su delantal a cuadros, le señalaba la puerta que unía nuestros jardines.

—Señor Estévez —escuché que me llamaba el inspector—, justamente quería hablar con usted.

Me acerqué a ellos. María me miró con desconfianza. Nunca entendió nuestras largas horas a puerta cerrada en tu estudio, el que ahora, con sus pequeñas ventanas, nos miraba callado y solitario desde el fondo del jardín.

Charly y Arthur aparecieron entre los matorrales y con sus colas batientes se allegaron a mí. El inspector Álvarez me saludó con una forzada familiaridad y continuó hablando con María. Mientras se entrevistaban, desvié los ojos hacia tu jardín. Las ramas del nogal miraban el suelo pensativas. Fue entonces que vi tus calas. Alguien había arrancado un buen número de ellas. Al acercarme, comprobé que era un corte certero, hecho con tijeras de podar. Sonreí. Tal vez habías cumplido tu anhelo secreto de robar tus propias flores. Volví a pensar en Gracia. Para ella el mundo estaba dividido entre quienes se enredan en él y fracasan, y quienes lo usan para cumplir sus objetivos y tienen éxito.

Llevaba el celular en el bolsillo y lo sentí vibrar. No necesitaba mirar la pantalla para saber quién era. Lo dejé que sonara, mientras pensaba que tal vez lo que debía hacer era cambiar de número y desaparecer.

—Señor Estévez —oí que me llamaba el inspector a mis espaldas—, ¿podemos hablar?

—Sí, sí —dije azorado. Había, sin darme cuenta, caminado hacia las calas.

Insistió en que le contara una vez más los detalles de la mañana en que te encontré. Me preguntó si había visto algo o a alguien sospechoso. Recordé al vagabundo, pero nombrarlo habría sido una forma de inculparlo, y me pareció injusto. Estaba convencido de que se trataba de un hombre inofensivo. El inspector quería saber si en las últimas semanas habías recibido alguna visita o asistido a algún tipo de evento especial, y yo le comenté de tu almuerzo con tu amigo Horacio Infante, en casa de su hija. También me preguntó cuántos días yo había estado fuera de Santiago y si en ese tiempo tuve contacto contigo. Le dije que había partido el jueves por la mañana y retornado el domingo por la noche. Mentía otra vez.

Esa misma tarde, mientras caminaba rumbo a casa después de estar contigo en la clínica, recibí un mensaje de Gracia en mi celular. «Está todo cancelado.» Sentí una inmensa ternura por ella, por los esfuerzos que hacía por conciliar nuestras diferencias. Pasé por el supermercado y compré los ingredientes para prepararle carne a la cacerola.

No importaba que esa noche ella terminara más tarde que lo acostumbrado, eso me daba tiempo para preparar la cena con la calma que necesitaba.

Mientras cortaba las zanahorias y los dientes de ajo, pensé una vez más en el restorán cerca del mar. Era un sueño que amasaba hacía tiempo. Había dibujado los planos e ideado también algunas recetas, todas frescas y simples, en las que empleaba especias propias de este confín de la Tierra y que en nuestro país se habían olvidado. Nunca te lo comenté, porque no quería que tuvieras malos sentimientos hacia ella, pero Gracia detestaba la idea. Se había casado con un arquitecto, solía decirme, y no con el cocinero de un chiringuito.

Salí de la cocina a las doce de la noche. Bebí una botella de pinot noir, y el guiso quedó intacto en la olla. Gracia no había llegado. Me quedé dormido sobre el edredón de nuestra cama con todas las luces de la casa encendidas.

Aunque nunca me lo preguntaste, yo siempre supe que te era difícil entender mi relación con Gracia.

* * *

Yo tenía dieciséis años y ella veinte cuando nos conocimos. Mis padres habían salido de viaje y nos habían dejado a mi hermana menor y a mí en casa de unos tíos. Mi primo Ricardo, seis años mayor que yo, era hosco y violento. Pasaba la mayor parte del tiempo encerrado en su cuarto estudiando o hablando por teléfono, y cuando salía, nunca perdía la oportunidad de burlarse de mí, de empujarme o de ignorar mi presencia. Por eso fue inesperado que el sábado por la noche, mientras con mi hermana mirábamos la televisión en la sala, él me invitara a una fiesta.

—Las ratas también necesitan tomar aire —me dijo con su tono sarcástico.

Era la forma en que se refería a mí desde niños. Pensé que —como muchos de mis amigos— Ricardo planeaba irrumpir en alguna fiesta, y quería que le allanara el camino. En ese entonces yo era alumno de un colegio de hombres, y el afán de generar contacto con el género femenino ocupaba la mayor parte del tiempo y esfuerzos de mis compañeros. Yo ya me había dado cuenta de que no necesitaba salir en busca de las mujeres. Nunca había tenido novia, pero no por falta de oportunidades, sino porque algo esencial en mí se había truncado.

Debía tener doce años, o tal vez trece, cuando sufrí el primer embate. En un par de días nos mudábamos de casa, y una de las amigas de mi madre había venido a ayudarla a embalar. Ordenaban, tomaban té, subían y bajaban las escaleras. Cada vez que la mujer pasaba frente a mi cuarto, abría mi puerta y me decía que era el chico más lindo que había visto nunca. Había entrado al menos cinco veces y cada vez se quedaba más tiempo. En una de esas ocasiones cerró la puerta y me tocó. Me desprendí de ella con violencia, tomé mi pelota de fútbol y salí al jardín. Al poco rato ella estaba ahí. Esa noche me desperté con fiebre. «Un virus», dijo mi madre. Pero yo sabía que no se trataba de un virus. Ese efecto que producía en los demás me enfermaba, me distanciaba del mundo. Había también dificultado la relación con mis pares. Conscientes de lo que ocurría, mi cercanía les incomodaba. Algunos, sin embargo, habían descubierto que podía resultarles de cierta utilidad, como por ejemplo llamar la atención de las chicas más atractivas, o no ser arrojados fuera de las fiestas a las cuales no habían sido invitados. Aun así, yo pronto me escabullía, salía a la calle y emprendía el regreso con una sensación de derrota.

Después de que Ricardo me abandonara en la misma puerta de la fiesta, comencé a vagar por la casa. En la sala, cuatro chicas, sentadas en un sofá, charlaban con animación. Tres de ellas, al verme, cuchichearon entre sí. La cuarta, ignorando mi presencia y las murmuraciones de sus amigas, continuó hablando. Con un vaso de cerveza en la mano, Gracia reía y jugueteaba con su pelo. Tenía los ojos chispeantes y una sonrisa que le daba un aire de conocedora de la vida. Hablaba con seguridad, y sin ser la más bonita, emanaba de ella una poderosa energía. Por primera vez tuve deseos de acercarme a una mujer. Pero no sabía cómo. Después de dar unas vueltas, vi a Gracia y a una de sus amigas internarse en la cocina y las seguí. La cocina era alargada como un vagón de tren y estaba atestada de gente. Cuando logré entrar, Gracia había desaparecido. Me tomé un par de cervezas. Necesitaba hacerme de valor para abordarla cuando la encontrara. Una puerta se abría a un reducido jardín de cemento, donde un grupo se reunía en torno a un brasero. Me uní a ellos y me calenté las manos al fuego. Una mujer con un sombrero que le llegaba a la nariz me ofreció un sorbo de pisco en un vaso de plástico. Me lo tomé al seco. A los pocos segundos estaba mareado. En un rincón del jardín, tras el único árbol, volví a verlas. Gracia era menuda, llevaba una falda negra que dejaba al descubierto unas piernas fuertes y bien formadas. Era ella quien hablaba, mientras la chica asentía atenta, como si recibiera alguna enseñanza. A pesar de la oscuridad, tuve la impresión de que Gracia posaba sus ojos en mí y sonreía. Sentí otra vez la excitación de hacía un rato. Estaba decidido a hablarle. Le pedí a la chica del sombrero que me diera otro sorbo de pisco, y volví a tomar al seco el medio vaso que me sirvió. Ricardo apareció en el jardín y se dirigió hacia Gracia y su amiga. Era más alto y más fornido que el resto. Pasó su brazo por la cintura de Gracia en un gesto de pertenencia y la besó en la boca.

—Rata, ven —me llamó.

En ese instante escuchamos desde el interior el Feliz Cumpleaños y entramos a la casa. Una joven rolliza sostenía una torta que tenía algo de escultura y de desecho. Antes de que terminaran de cantar, me escabullí entre la gente en busca de un baño. Llegué justo a tiempo para abrir la tapa del escusado y expeler una hedionda materia pardusca. Cerré la tapa y me senté sobre ella. Había quedado exhausto y el mareo no se había disipado en absoluto. Alguien golpeaba a la puerta.

—¿Estás bien? —antes de alcanzar a decir algo, Gracia ya estaba dentro—. ¿Qué te pasó? —como yo no abría la boca, ella misma respondió a su pregunta—. No estás acostumbrado a beber, ¿verdad? —yo asentí con un gesto de la cabeza.

Me sentía avergonzado. El olor allí dentro debía de ser insoportable. Gracia se sentó en el borde de la bañera y encendió un cigarrillo, probablemente para disipar la pestilencia. Aspiró hondo y luego arrojó el humo hacia el techo. Tenía las piernas cruzadas a la altura de los tobillos.

—¿Estás mejor? —me preguntó.

Le expliqué que había mezclado cerveza con pisco, y que había resultado ser una combinación fatal. También le confesé que lo había hecho con el fin de reunir las agallas para hablarle. Ella calló. Pensé que se levantaría y saldría del baño. Pero haciendo caso omiso de mi comentario, con una expresión radiante, me preguntó:

—¿Y ya has pensado qué quieres estudiar?

A pesar de la formalidad de su pregunta, su expresión era de un genuino interés.

—Arquitectura.

Me contó que también lo había pensado, pero que al final se había decidido por ingeniería porque no tenía suficiente talento.

—Si no eres capaz de crear algo memorable, es mejor olvidarlo —señaló con seriedad.

Me impresionó que tuviera las cosas tan claras y que se impusiera varas tan altas. Yo nunca me había planteado las cosas así. Simplemente amasaba la idea de construir casas. Las dibujaba en mis cuadernos y en mis libretas. Tenía buenos libros de arquitectura, y estos me hacían pensar que había un lenguaje más allá de las palabras con el que podría expresarme. Descubrimos que como todo aspirante, ambos admirábamos a Frank Lloyd Wright, pero que nuestras casas predilectas no eran las más conocidas, sino aquellas de tono menor, como la casa Robie. Gracia me hacía preguntas directas e interesantes. Se reía fuerte, muchas veces de sus propios comentarios, no porque estuviera centrada en sí misma, o eso me pareció entonces, sino porque representaban una oportunidad para celebrar. Encendió su tercer cigarrillo y oímos golpes en la puerta.

—Gracia, ¿estás ahí?

La voz de Ricardo entró por el resquicio de la puerta, desbaratándolo todo.

—Ya salgo —replicó ella.

—Pero ¿qué haces ahí tanto rato? ¿Estás con alguien?

—Ya salgo —repitió Gracia, sin hacer amago de moverse.

Transcurrieron un par de segundos. Una extraña felicidad me embargó. La vida que había estado aguardando comenzaba por fin. Gracia abrió la puerta. Ricardo tenía el rostro enrojecido y en sus ojos las pupilas estaban tan dilatadas que el iris había desaparecido.

—¡Con la rata! —gritó—. ¡No puedo creerlo! —adelantó el torso y acompañó sus palabras con enérgicos gestos de las manos. Había bloqueado la puerta del baño y no podíamos salir.

—Se sentía mal. Lo acompañaba mientras se ponía mejor —replicó Gracia con firmeza. Se apoyó en el quicio de la puerta, cruzó los brazos y desplegó una mueca de impaciencia. Yo me mantuve unos pasos más atrás.

—¿Acompañándolo? —gritó Ricardo y luego chasqueó la lengua—. ¿Tú crees que soy huevón? ¿De verdad crees que me voy a tragar esa?

—¿Me puedes dejar pasar, por favor? —Ricardo la tomó de un brazo y la detuvo.

—¿Adónde crees que vas? Y tú —señaló dirigiéndose a mí—, me las vas a pagar, ¿oíste?

A pesar de la presión que él ejercía sobre su brazo, Gracia lo miraba con desdén.

—¡Suéltala! —grité. Su cuerpo se tambaleaba. Estaba borracho.

Me miró de soslayo, con fría repugnancia, como si no valiera la pena mirarme de frente. Con un bufido dio media vuelta y salió por la puerta principal.

Esa noche Gracia me llevó a casa de mis tíos en su Peugeot 305. Lo había comprado con sus ahorros. Trabajaba desde los dieciséis años, me dijo. Manejó en silencio por las calles de un Santiago aún prendido por las juergas nocturnas. Iba cabizbaja. Había roto con su novio, y yo era el responsable.

—¿Estarás bien? —me preguntó antes de que descendiera del auto. Me revolvió el cabello como se hace con los niños y me dio un beso en la mejilla. Aún debía apestar. Arrancó a toda velocidad, y su auto desapareció en la oscuridad de la calle.

Después de conocerla, me fue difícil sacármela de la cabeza, y en los meses siguientes sería su imagen la que me acompañaría en mis masturbaciones. Tenía la ilusión de que ella se pondría en contacto conmigo, de que ese encuentro hubiera significado algo también para ella. Pero no lo hizo ni yo tampoco lo intenté. Cuando cursaba mi cuarto año de arquitectura, nos encontramos en una exposición y esa misma noche terminamos haciendo el amor en el departamento que ella compartía con un par de amigas.

A su lado estaba a salvo del efecto que causaba en los otros, protegido de mí mismo, de mis desánimos y mis miedos. A su lado todo era factible, y ella, con sus certezas y su forma práctica de mirar la vida, me lo confirmaba. Al terminar mi carrera nos casamos. Gracia ya ocupaba un lugar prominente en la televisión. Ella había sido capaz de verme, o eso es lo que yo creía. Su mirada me otorgaba la convicción y la fuerza para transformarme en quien soñaba ser.

* * *

Vera, si me he tomado el tiempo de contarte los pormenores de este episodio, es para que entiendas que fue esa determinación de Gracia la que me prendó. Tal vez desde el primer momento vi que ella tenía ese algo del cual yo carecía, y sin ser consciente añoré apropiármelo. Está en tus novelas. Ese sino oculto que une a las personas y cuya maquinaria comienza a trabajar sin nosotros percatarnos.

8. Emilia

Llevaba dos meses yendo a la biblioteca. Sin embargo, el inmenso caudal de información al cual me veía enfrentada me recordaba mi gigantesca ignorancia. Le escribía a Jérôme a diario, dándole cuenta de los más ínfimos detalles de mis días. Hasta que no la ponía en palabras para él, mi nueva vida carecía de consistencia. De orden. De sentido. Sabía que si había llegado hasta ahí, era porque no quería frustrar las expectativas que él tenía de mí. No quería fallarle. Y no lo haría.

Lo que no le contaba era que, a pesar de mi trabajo en la verdulería, el dinero se me acababa antes de llegar a fin de mes. Había por primera vez sentido las punzadas del hambre en mi estómago, en mi cabeza. Me despertaba por la noche con la imagen de un suculento plato de comida incrustada entre mis cejas y las tripas sonándome. Era incapaz de confesarle la verdad. Sin embargo, la omisión de este hecho tan esencial hacía que me distanciara de él de una forma sutil. Como si alguien, lentamente, extrajera con un bisturí un órgano del interior de mi cuerpo.

Un martes por la tarde me llegó un mail de Horacio Infante. Estaba de paso en Chile y me invitaba a un almuerzo que le ofrecía su hija. Celebrarían el premio que había recibido recientemente. El International Sky Book Prize que otorga la Academia Suiza. Yo no estaba preparada para asistir a un evento de esa índole. Hacia el fin de la semana, cuando ya había decidido no ir, Infante volvió a escribirme para contarme que Vera Sigall estaría en el almuerzo.

Vera no recibía a extraños. Vivía recluida y solitaria en algún barrio de Santiago. Su aislamiento era parte de su misterio. Los inicios de su carrera, ovacionada por la crítica, habían sido también los de su leyenda. Jamás se aparecía en los círculos literarios. No firmaba sus libros y muy pocas personas habían podido acercársele. Algunos habían llegado incluso a afirmar que Vera Sigall no existía y que era el seudónimo de un reputado escritor que se ocultaba bajo ese nombre para sentirse libre de las imposiciones de su fama. La idea de conocerla inflamó mi corazón, como si alguien hubiera lanzado un sol dentro de él. Salí a la azotea y miré el cielo en busca de los faros celestes. Podía verlos aun sin verlos. Los elegantes rastros arqueados de Venus, los anillos de Saturno, Aldebarán, Betelgeuse. Los mismos que Vera tantas veces había nombrado en sus escritos y que nos unían de una forma secreta.

Me dieron ganas de hacer cosas bobas, de saltar, de arrojar una pelota a lo alto del cielo, de bailar.

* * *

El día del almuerzo me desperté al alba.

Era un sábado luminoso. Durante la noche, el viento había despejado el aire, y desde mi atalaya podía divisar con desacostumbrada nitidez los techos de las casas y de los edificios, sus terrazas y las antenas, que a la distancia tenían la apariencia de mástiles suspendidos sobre el mar. El sol de la mañana me llenó de optimismo. Después de hacer un par de encargos de la verdulería en mi bicicleta, me di una ducha y me vestí con esmero. Quería causarle una buena impresión a Vera Sigall. Cuando salía me encontré con mis vecinos, Francisco y Juan.

—¿Adónde vas tan elegante? —me preguntaron con su acostumbrado buen humor.

—A conocer a una gran escritora —dije con orgullo.

La hija de Infante vivía en uno de los barrios altos de la ciudad. Temía perderme, por lo cual partí con demasiada antelación. Antes de las doce del día ya estaba frente a su casa, en una calle arbolada y elegante llamada Espoz.

Para hacer tiempo, recorrí el barrio en bicicleta, observando las grandes casas y sus frondosos jardines, resguardados tras altas verjas. A la una y media toqué el timbre. Infante me abrió la puerta. Iba, como siempre, vestido con elegancia.

—Qué gusto me da verte, Emilia —me dijo sin tocarme—. Todos tienen muchas ganas de conocerte.

Llevaba bien sus ochenta y tres años. El pelo cano y abundante, los rasgos bien plantados, los ojos vivaces, propios de alguien con quien la vida ha sido generosa. Un rostro que siempre debió contrastar con su cuerpo ancho, oculto bajo una larga chaqueta que exacerbaba su baja estatura y sus piernas cortas. Un par de chicos se peleaban una pelota en el vestíbulo, hasta que el más grande, cogiéndola entre las manos, desapareció tras una puerta.

—Vamos, entra, entra.

Lo seguí por un amplio pasillo en cuyos muros colgaban una serie de cuadros modernos. Uno de ellos era un retrato de Infante. Una pintura realista, de medio cuerpo, con un fondo que recordaba a Manet. Emanaba de él un aire poderoso y su expresión denotaba seguridad y complacencia.

En la sala, una decena de personas conversaban en torno a una mesa de centro, colmada de bandejas con bocadillos. Los invitados eran todos mayores que yo. Había en la sala un aire de formalidad que me intimidó. Hice un rápido barrido con la mirada en busca de Vera Sigall, pero no la encontré. Una mujer de baja estatura y rostro lavado se puso de pie para recibirme.

—Bienvenida, Emilia. Yo soy Patricia. Mi padre me ha hablado mucho de ti —dijo, al tiempo que sus ojos vagaban por los rostros de los demás.

Presentí, en cambio, las miradas atentas de los otros invitados sobre mí. Infante debió contarles de mi mal. Siempre despertó una morbosa curiosidad. Recién llegaba y ya lamentaba haber ido. Me senté en uno de los sillones y Patricia me alcanzó una copa de champán. Luego brindó por su padre, por sus niños, por todos los parientes que estaban allí reunidos, y finalmente, por Dios.

—Es tan adorable y no se olvida nunca de nosotros.

Hablaba de Dios como de alguien que había estado sentado a su mesa hacía un par de días. La charla continuó su derrotero. Todos miraban a Infante con la curiosidad de quien observa una rara pieza de museo que no logra entender, pero que sabe tiene un valor incalculable. Sentado junto a su hija, la espalda recta, Infante animaba la conversación de sus parientes. De tanto en tanto, me preguntaba si me encontraba a gusto y me sonreía. Pero su atención estaba en otro sitio. Se estiraba las mangas de la chaqueta, se pasaba el dedo por el cuello de la camisa y miraba hacia el pasillo a través de la puerta acristalada.

—No ha comido nada, papá —lo reprendió cariñosamente Patricia.

—Perdona, querida, es que aún no me recupero bien del viaje.

—El pobre lleva siete semanas viajando. La vida del poeta —señaló su hija, sin poder ocultar el orgullo que eso le producía.

Sonó el timbre e Infante se levantó con una inusitada agilidad y desapareció tras la puerta de la sala. Buscando algo a lo cual asirme, miré por la ventana. En el jardín, entre los arbustos, había hortensias lilas.

Recordé la afición de Jovana, uno de los personajes de Vera, de hurtar flores de las casas vecinas. Descubrir su belleza prohibida. Mirar a lado y lado para cerciorarse de que nadie es testigo de su robo. Estirar la mano, coger la flor, herirse con las espinas y huir con el corazón latiendo a toda prisa, investida de una gloria que estaba segura nada más le otorgaría.

Infante tardaba en retornar.

De pronto la vi. Llevaba un vestido al estilo de los años cincuenta y una capa negra con capucha que también tenía reminiscencias de otra época. Era como si se hubiera guardado en algún lugar, indiferente al tiempo que pasaba allá afuera. Aun así, su presencia poseía un garbo innato, una belleza que los años no lograban doblegar. Mechones oscuros, como plumas, pintaban su cabello cano. Y mientras avanzaba hacia nosotros, sus numerosas pulseras chispeaban con la luz y dejaban un delicado tintineo. Traía un ramo de calas envuelto en papel celofán. Infante, a su lado, la miraba con nerviosismo. La charla se detuvo.

—Amigos, les presento a Vera Sigall.

Vera, de pie junto a él, tenía una actitud tímida, incluso contrariada, como si a su avanzada edad aún no se hubiera acostumbrado al efecto que producía en los demás. Le entregó las calas a Patricia, al tiempo que los niños irrumpían en la sala y luego corrían hacia el jardín. Una mujer de delantal azul y pechera blanca salió tras ellos.

Vera detuvo sus ojos en mí.

No era usual que las personas repararan en mi presencia. Di gracias, a ese Dios que Patricia había nombrado con tanta familiaridad, por que el cuerpo fuera un estuche cerrado dentro del cual permanecen ocultos los sentimientos.

Ya nos habíamos sentado a la mesa cuando Vera me dijo:

—Tengo la impresión de que nos hemos visto antes.

Estaba sentada frente a ella. La mesa era ancha y había una cierta distancia entre nosotras, pero aun así pude distinguir su erre arrastrada, que parecía ser la reminiscencia de otra lengua. Tenía la voz ronca y cascada de los fumadores.

—Nunca. Lo recordaría —repliqué.

Infante, a su lado, me echó una mirada intensa que me intimidó. Tuve la sensación de que buscaba algo dentro de mí.

—Es que me resultas familiar, Emilia. ¿Estás segura?

Abrió los ojos. Sus cejas finas parecieron montar aún más alto en su frente, esperando algo. Su boca era de un rosa vivo, recorrida por surcos. Sus comisuras, bien marcadas, denotaban reserva.

Yo volví a asegurarle que era la primera vez que nos encontrábamos.

—No debiste entregar ese material a la biblioteca, Vera. Esta niña desentrañará todos tus secretos —dijo Infante sonriendo.

Luego, con una súbita seriedad, se llevó un trago a la boca, echando la cabeza hacia atrás, para que su contenido entrara hasta el lugar donde él quería que llegara pronto.

—No quiero defraudarte —me advirtió entonces Vera—. Pero todo lo que está allí es insustancial —y mirando a Infante, no sin cierta coquetería, le preguntó—: ¿Fuiste tú quien le metió toda esta locura en la cabeza?

Terminaba cada frase con un tono empinado, que a pesar de su vejez le otorgaba el aire de una niña que indaga por primera vez en asuntos mundanos. Infante sonrió y se llevó una mano al cuello de la camisa, acomodándolo. Su expresión era contenida, en guardia, y parecía estar ahí para ocultar el descalabro de los años, sin lograrlo del todo.

—Sí, fue don Horacio quien me habló de usted por primera vez —respondí. La llaneza de Vera me había incitado a hablarle—. Cursaba mi tercer año de literatura cuando él me sugirió que escribiera mi tesis sobre su obra. Yo ni siquiera había comenzado a pensar en mi tesis. Pero apenas empecé a leerla, supe que él estaba en lo cierto. Yo... —y me detuve.

Era incapaz de seguir. Las palabras se me agolpaban. También los sentimientos, sin orden, queriendo salir al aire para ella.

Desde el otro extremo de la mesa, un hombre le preguntó algo a Infante. Una de esas preguntas que hacen quienes no saben gran cosa de poesía, pero que intentan pasar por conocedores. Infante, reconociendo su naturaleza, le respondió con un sarcasmo bien vestido de gala. Los años no habían mermado su pesada mandíbula, que le daba un aire belicoso. Imaginé que en su juventud debió de intimidar a sus pares y atraer a las mujeres. A ellos se sumó otro hombre, que sí parecía saber de qué estaba hablando. Entablaron una conversación cuyo protagonista era Infante. Todos los escucharon. Me impresionó su metamorfosis. Había observado en su actitud hacia Vera una delicada servidumbre. Sin embargo, ahora, el hombre de los estrados salía de entre las bambalinas y desplegaba su agudeza, su capacidad innata para atraer la atención de los otros con la palabra.

Y mientras él hablaba, yo no podía sacar los ojos de Vera, quien escuchaba a Infante con la cabeza en alto y las manos recogidas en su regazo. Un silencio atento y distante la envolvía. Recordé uno de sus cuentos: *Mundos simultáneos*. En él, un personaje se da cuenta de que ha usado las palabras sin mesura. Que las ha transformado en bufones para llamar la atención de sus pares. En venganza, las palabras le hacen perder la noción de sí mismo y creer que es otro.

Al cabo de un rato, la conversación de los tres hombres ya se había extinguido, e Infante volvió a centrar su atención en Vera. Le ofreció vino y llenó su copa. Luego, reanudando nuestra conversación, dijo:

—Emilia llegó a una de mis lecturas en Nanterre. Fue hace cinco años, ¿verdad? —yo asentí—. Traías *Admoniciones* para que te lo firmara. Era una primera edición en español. No recuerdo dónde la habías conseguido.

—Estaba en la biblioteca de mi madre.

Alguien hizo tintinear una copa. Era el marido de Patricia. Un hombre en sus cincuenta, de piel suave y sonrosada, como la del estómago de un pez. Tenía el cabello claro y escaso. Caía fino sobre su frente y pronto desaparecería.

—Quiero brindar por mi estimado suegro. Por este premio que lo ubica entre los poetas insignes de la humanidad. Es un verdadero orgullo para mí pertenecer a esta familia —dijo, y levantó su copa.

Horacio puso su mano sobre la de Vera y la cerró sobre ella como un ala. Vera permaneció sin moverse, los ojos perdidos en un punto por sobre mi cabeza. Infante retiró la mano, tomó la servilleta que tenía sobre las rodillas y con un gesto cansado se limpió la boca. Un chico de unos quince años apareció en el comedor junto a la mujer que había salido al jardín tras los niños. Traía un papel en la mano. Se veía contrariado. Tal vez incluso había estado llorando. Tenía síndrome de Down.

—Horacito quiere leer una poesía que le escribió a su abuelo. Anda, Horacito, léesela —dijo Patricia.

El chico leyó un poema con voz trémula. Su dificultad de lectura se hizo evidente. Yo me serví una segunda porción de filete, papas, verduras, todo lo que logré que un par de diligentes mozos me ofrecieran. Hacía tiempo que no comía de verdad. Seguía alimentándome de latas y siempre tenía hambre. Vera dejó los cubiertos sobre la mesa y escuchó al chico grave y serena, como si todo lo que ocurría allí le fuera familiar, pero de una forma lejana. Infante escuchaba las palabras del niño, sin dejar de mirar de tanto en tanto a Vera.

Después de terminado el postre, Patricia nos invitó a que pasáramos a la sala. Horacio se levantó después de Vera, y cuando ella estaba de pie ante él, la miró desde su silla, como rendido ante su grandeza. Me pregunté qué sentimientos albergaban el uno por el otro. Infante había alcanzado con su poesía una notoriedad poco usual. Había ganado premios y con ellos, dinero. Sus poemas se recitaban en las calles del mundo. Vivía en París en un departamento que miraba al Sena, y sus innumerables conquistas después de que su matrimonio con la madre de Patricia sucumbiera eran por todos conocidas. Vera, en cambio, permanecía como un tesoro oculto. Su obra era venerada en abstracto por todos, pero solo conocida por algunos. La obra de Infante, sin embargo, era considerada en los círculos eruditos como una poesía «fácil», de sonoridad pegajosa, de contenidos llanos. Una poesía que sin sacrificar hondura, resultaba accesible por su simplicidad. De ahí su éxito, las traducciones, las lecturas en todas partes del mundo. Cientos de personas se reunían a escuchar aquellos versos que los habían acompañado parte de su vida, y que hablaban de algo con lo cual se podían identificar.

¿Qué significaba todo esto para ellos? ¿Había tras esa actitud solícita de Infante y la distancia de Vera una velada competencia? Quizás estaban unidos sentimentalmente o lo habían estado alguna vez. Pero esto no explicaba las curiosas actitudes de ambos.

Mientras caminábamos hacia la sala, el chico del poema se abalanzó sobre mí.

—¿Qué haces en mi casa? —tomó una de mis muñecas con fuerza—. No me gustan los extraños.

Era un chico de grandes proporciones. Sobre sus párpados rasgados caía el cabello fino y claro de su padre. Una mujer que caminaba junto a mí miró a lado y lado esperando que alguien lo detuviera. Nadie de la casa notaba lo que estaba sucediendo. No podía soportar esa mano sudorosa en mi piel. Necesitaba gritar, salir huyendo. Oí la voz de Horacio.

—Suéltala, Horacito —dijo con firmeza. Vera estaba a su lado—. Suéltala ya.

El chico lo miró desafiante, sin desprender mi muñeca.

Yo había comenzado a temblar.

—Ella tiene tanto miedo como tú —dijo Vera.

El chico me soltó. Patricia, percibiendo lo que ocurría, lo cogió por los hombros y se lo llevó sin explicaciones ni palabras. Como al actor suplente de una obra de teatro que yerra en un parlamento y hay que sacarlo de escena con rapidez. Vera se acercó a mí y puso su mano sobre mi hombro. Pero esta vez no me produjo lo de siempre. ¿Qué estaba ocurriendo?

Conocía la obra de Vera al punto que a veces podía predecir sus frases o el rumbo que tomaría la historia. Tenía la impresión de que al leerla, lo que hacía era ver los telones tendiéndose en su mente, escuchar las voces que desde su interior le hablaban antes de llegar a constituirse en un texto. Me mantuve erguida, sofocando mi emoción. Desde una cierta distancia, Infante no despegaba sus ojos de nosotras.

—¿Estás segura de que no nos hemos visto antes? —me preguntó una vez más.

Encendió un cigarrillo y lo aspiró entrecerrando los ojos y empujando con brusquedad el humo hacia afuera. Había algo teatral en sus gestos.

—Estoy segura.

Llegamos a la sala, e Infante se acercó a nosotras. Le habló a Vera al oído y ambos desaparecieron tras la puerta del salón. Patricia servía el café, mientras sus invitados se acomodaban en los grandes sillones.

Tenía que salir de allí.

Esperé algunos minutos y me deslicé fuera de la sala. En el otro extremo del vestíbulo divisé a Infante y a Vera. Me quedé espiándolos a la distancia. Durante los meses que siguieron a esa velada, intentaría muchas veces reconstituir su diálogo. Sus palabras llegaban hasta mí dislocadas, como las piezas de un puzle que alguien arrojaba al aire. Infante se veía nervioso y gesticulaba con las manos. Vera miraba hacia adelante, como quien observa desde las alturas de una terraza un conocido paisaje, mientras negaba con la cabeza en silencio. Pensé que Infante tal vez le estuviera pidiendo algo que ella se negaba a darle. En algún momento él levantó la voz. Era un tono exasperado, que se escapaba de la usual imagen de compostura que proyectaba. Algo en ella le había producido esa reacción.

—Me dejas en una posición difícil, Vera.

—Nada ha cambiado. Todo sigue igual. Tienes que confiar —replicó Vera también en un tono más alto.

Ambos bajaron la voz y ya no pude oír más. Desanduve mis pasos antes de que ellos notaran que los había visto. Entré al baño. Cuando retorné a la sala, ya estaban de vuelta. Vera se despedía de Patricia. Infante a su lado la aguardaba. Vera se dio vuelta y con una sonrisa me dijo:

—Ya me voy, Emilia, espero que nos veamos pronto —miró a Infante, a mí, y luego agregó con una voz sugerente—: Me gustaría mucho que nos viéramos otra vez. Le voy a pedir a Horacio tu mail —me miró sonriendo y dejó caer los párpados.

Me despedí de los invitados desde la distancia y me acerqué a Patricia. Seguía sirviendo el café y sus mejillas tenían manchas rojas. Sudaba. La imaginé suspendida como una araña, en su tela perfecta y frágil. Luego Horacio nos acompañó hasta la puerta.

—Tenemos poco tiempo. Yo parto el martes. ¿Podremos vernos de nuevo y hablar con tranquilidad? —le preguntó a Vera.

—Puedes llamarme, si quieres.

Salíamos a la calle.

—Lo haré —dijo Infante.

Un taxi destartalado, de techo amarillo, aguardaba a Vera frente a la verja.

—Mi fiel Ramiro, siempre tan puntual —dijo—. ¿No quieres que te llevemos a tu casa, Emilia?

—Vine en bicicleta.

Añoré dejarla botada para extender ese tiempo tan precioso con la mujer por quien me había desvelado los últimos años.

Pedaleando calle abajo rumbo a mi casa, las palabras de Vera resonaban en mi interior.

Muy lejos, en algún sitio de la ciudad, escuché las hebras de un coro dominical. Un automóvil aceleró y el rugido de su motor se elevó por sobre los otros. En un reloj que tal vez imaginé, sonaron las cinco de la tarde, y sus sones, altaneros y tristes a la vez, se sumergieron entre los árboles.

9. Daniel

Habían transcurrido dos semanas desde el accidente y en un par de días comenzarían a sacarte del coma. Cabía la posibilidad de que no despertaras. Los médicos lo sabían y yo también, pero nadie lo mencionaba.

Sentado en el sillón frente a tu cama, yo te hablaba, te hacía preguntas que yo mismo respondía, suponiendo cuál hubiera sido tu reacción frente a tal o cual circunstancia. Seguía haciendo caso omiso de las instrucciones del inspector Segundo Álvarez y había sacado algunas cosas de tu casa. En tu velador había colocado la fotografía de Kacyzne. También algunos de tus libros, para que si tus sentidos aún distinguían el mundo, pudieras percibir su olor que tanto apreciabas.

Pero, sobre todo, no me daba por vencido en mis pesquisas. Había comenzado a hacer una lista de todas las personas que tú me habías comentado se habían puesto en contacto contigo en los últimos meses. Periodistas, catedráticos, estudiantes, a quienes en su mayoría habías ignorado, como solías ignorar a los que intentaban traspasar la barrera que habías erigido alrededor tuyo. A muchos de ellos tan solo los recordaba con los apodos que tú les dabas: «la estudiante helénica», «el periodista sinfónico», «el profesor tálpido», apodos cuyos orígenes la mayoría de las veces no entendía. Recordé al psiquiatra que vivía en Madrid y que según me habías contado, después de enviarte un sinnúmero de mails a los cuales tú respondías con monosílabos, había optado por tomar un avión y viajar a Chile. Se habían reunido en un café la semana anterior al accidente. Después de ese encuentro habías quedado decaída, taciturna incluso. Intenté indagar qué había sucedido, pero no quisiste darme detalles. Una de esas tardes te hallé en tu estudio, de pie ante decenas de papeles que habías arrojado al suelo. Te pregunté qué ocurría y me dijiste que habías perdido algo. Luego te pusiste a recogerlos y no permitiste que te ayudara. Tampoco quisiste decirme qué era lo que habías perdido. Te pregunté si tenía alguna relación con el psiquiatra, y guardaste silencio.

Te leía un artículo que había salido en el periódico sobre tu amigo Infante, cuando sonó mi celular. Me levanté del sillón junto a tu cama y miré la pantalla. Era Gracia. La noche anterior, después de varias semanas sin tocarnos, habíamos vuelto a hacer el amor. Había sido un acto rápido, enérgico y vertiginoso.

—¡Te volviste loco! —me gritó a través del teléfono.

Salí al pasillo. Si desde tu lejanía podías oír mis lecturas, también podrías escuchar mis discusiones con Gracia. Y lo último que quería era perturbarte.

—Qué ocurre ahora —dije con una inflexión cansada.

—Te volviste loco —volvió a señalar sin bajar el tono de voz—. Un detective estuvo hoy en el canal. Me dio una vergüenza atroz, Daniel. ¿De verdad quieres destruirnos?

Me alegré de que el inspector Álvarez se hubiera tomado en serio mis sospechas. Sin embargo, lo que no resultaba en absoluto conveniente era que Gracia se enterara. Había callado porque sabía de antemano su reacción, parecida a la que en ese instante estaba teniendo. Pronto me acusaría de ocioso y paranoico.

—Me hizo miles de preguntas de Vera que yo no tenía ni idea cómo contestarle. También me preguntó dónde habías estado la semana anterior al accidente, cuándo habías llegado, qué hacías en la costa, qué relación tenías con Vera, etcétera, etcétera. Fue muy desagradable, Daniel. Vera se cayó. Eso es obvio. Nadie con dos dedos de frente podría pensar lo contrario. No sé qué ideas le metiste tú en la cabeza.

Mientras escuchaba la diatriba de Gracia, caminé hacia la sala de espera. Un par de mujeres de rostro cansado charlaban en susurros, mientras un niño jugaba con un camioncito azul en el suelo. Una de ellas clavó sus ojos en mí. Su mirada me resultó insoportable. Di media vuelta hacia el pasillo. Frente a tu puerta me detuve.

—¿Y qué le respondiste? —le pregunté cauteloso.

—La verdad. Qué más le iba a responder. Le dije que te habías ido a la playa porque querías pensar, querías estar solo y esas cosas.

—¿De verdad le dijiste eso?

—Claro. ¿Qué querías que le dijera? ¿Que estás construyendo el mejor hotel de la región?

La mujer se asomó al pasillo y con burdo disimulo me miró. Apoyé la espalda contra el muro y bajé los ojos hacia el suelo.

—Por ejemplo —dije.

—No voy a mentirle a la PDI, tendría que estar loca.

Las últimas palabras de Gracia me golpearon. Yo sí había mentido. Cuatro veces. Por lo pronto, el inspector ya había descubierto una de ellas. Tal vez Gracia estuviera en lo cierto y comenzaba a perder la razón. Me sentí abatido. Tuve el impulso de confesarle la verdad, pero en ese instante una enfermera entraba en tu cuarto.

—Tengo que cortarte, Gracia.

—¿Estás en la clínica?

—Sí —respondí secamente—. Hablamos en la noche. Quédate tranquila.

—Tranquila no estoy, Daniel. Nada de tranquila —dijo, y cortó.

La mujer se acercaba a pasos rápidos hacia mí, como si hubiera encontrado la llave que le permitiría desvalijarme. Entré en tu habitación y cerré la puerta. La enfermera te tomó la temperatura y luego salió.

Ahí estábamos otra vez, tú y yo solos en nuestro estático y crepuscular mundo de silencio. Y a lo lejos campanas, canciones, penas, ansias, que me recordaron el poema que alguna vez compartiste conmigo. Te hablé de Gracia.

* * *

Había sido ella quien, una mañana de domingo, mientras leíamos el periódico en la cama, había hallado el anuncio.

—Mira —me señaló, al tiempo que me pasaba la página.

Se abría un concurso público para el diseño de un museo a las orillas del río Mapocho, que albergaría la colección más importante de arte latinoamericano del continente. Tendría además una sala de teatro y de música. El proyecto estaría financiado por una fundación extranjera y patrocinado por el Gobierno de Chile. Era, sin duda, uno de los proyectos arquitectónicos más importantes del país de la última década. Hacía unos meses que en los círculos de arquitectos se comentaba sobre él.

—Ya lo conocía —señalé, y seguí enfrascado en el artículo que leía.

—Tienes que presentarte —dijo con una de esas sonrisas suyas que siempre me habían cautivado.

—Ni muerto —alegué.

—Es lo que tú quieres, Daniel, diseñar lugares públicos, intervenir el paisaje, transformar nuestra ciudad en un lugar más amable e interesante.

Escuchaba mi propia voz, las mismas frases hechas, las palabras rimbombantes, que en su boca, como siempre, no sonaban descabelladas.

—¿Tú te das cuenta de que hace rato las oficinas de arquitectura más importantes ya empezaron a echar a andar su maquinaria? Además de todos los arquitectos extranjeros, los pequeños, los grandes, y todos quienes han construido museos en diferentes partes del mundo. Es un proyecto gigante. ¿Entiendes lo que te estoy diciendo?

—Por supuesto que lo entiendo. Por eso tienes que participar.

Volví a mirar el anuncio. Otorgaban sesenta días de plazo para entregar el proyecto. Me reí.

—Deja todo y abócate a este proyecto, Daniel. Yo te ayudo. Tú no tendrás nada de que preocuparte. Solo trabajar en él.

—Eres increíble, Gracia.

La abracé. Envolví con suavidad sus senos con mis manos. Estaban tibios y sus pezones se endurecieron ante mi contacto. Hicimos el amor, y mientras ella me acariciaba, tuve la impresión de que tocaba mi mundo impenetrable, que abría puertas y ventanas, dejando entrar el aire, un aire fresco y limpio, lleno de buenos augurios.

A lo largo de esos dos meses, Gracia cumplió su promesa. Me llenó de mimos y no dejó que nada ni nadie me importunara. Se transformó en mi guardiana y proveedora. Fueron tiempos dulces, colmados de optimismo. Pasaba día tras día encerrado en mi estudio, imaginando el lugar que yo siempre había querido visitar. De alguna forma, el museo estaba ya dentro de mí. La manera en que caía y luego se recogía en el río, las estructuras que, como alas, hendían el cielo, la simplicidad y limpieza de línea. Buscaba, como en su tiempo Frank Lloyd Wright, el uso de materiales autóctonos y una construcción que en lugar de dominar la naturaleza se transformara en su complemento. Después de enviarlo, esperamos juntos los resultados. Largas semanas en que ella no dejó nunca de expresar su confianza. Sus certidumbres me atemorizaban. No quería imaginar lo que sería de nosotros de no lograrlo. Cuando por fin supimos que mi proyecto había sido elegido como el ganador rotundo, lo que experimenté ante todo fue alivio. Gracia organizó una gran fiesta y junto a conocidos, familiares y un puñado de envidiosos arquitectos festejamos la benevolencia de la vida.

Sin embargo, ninguno de los dos podía imaginar lo que ocurriría después. Tras los honores y las entrevistas, el proyecto quedó guardado en el escritorio de algún funcionario sin rostro ni nombre. Al principio, la postergación pareció algo natural. Un proyecto de esa envergadura conlleva una serie de etapas que deben ser franqueadas.

—¿Supiste algo? —me preguntaba Gracia al llegar a casa después del trabajo.

Yo me pasaba el día revisando los planos, ajustándolos, mejorándolos, deteniéndome en detalles que en la primera etapa no había alcanzado a resolver en toda su complejidad.

—No te preocupes, amor, ya te van a llamar —decía ante mi negativa.

Pero el tiempo pasaba, y yo olía el hedor que comenzaba a exudar el cadáver de mi proyecto, un hedor que inundaba hasta el último recodo de nuestras vidas. Aun así, yo continuaba recorriendo sus salas y sus pasillos vacíos en la planimetría, mirando por los grandes ventanales que en lugar de abrirse al río ahora se abrían a la nada.

Al cabo de un año, Gracia comenzó a presionarme para que tomara otros proyectos. Estaba en lo cierto. Yo no podía seguir aguardando algo que nunca llegaría. Pero la vanidad y el afán de magnificencia de quienes se acercaban a mí para que les construyera sus casas se me hacía insoportable, al punto que empecé a dudar de mi vocación. Y Gracia de mí. Al cabo de un tiempo, los ofrecimientos de trabajo se hicieron más escasos, hasta casi desaparecer.

Desde el comienzo, yo había hecho esfuerzos por ser quien ambos queríamos que fuera. Sus intereses eran los míos. Gracia vivía pendiente de la contingencia, mirando a cada instante su computador, su celular, en busca de la última vicisitud pública; se apasionaba con las rencillas de nuestros políticos, sus transacciones, el estado de la moneda, las caídas bursátiles, las minucias empresariales, y yo, a su lado, la seguía; informándome, intentando dar el paso sin tropezar, sin ser sorprendido en la ignorancia, falto de un comentario o de una opinión entendida, siempre arriba de la ola, siempre con esa energía exultante, como si el mundo, mañana, en unas horas, fuera a explotar, y nosotros, desde nuestro promontorio, pudiéramos observarlo reventar a nuestros pies. Para Gracia no había términos medios. Todo o nada. Había sido su lema desde niña, y me lo había dejado saber claramente esa primera vez en la fiesta. La mediocridad, por sobre todas las cosas, no entraba en nuestro mundo perfecto. Gracia me devolvía la imagen de un hombre extraordinario, y mientras su luz brillara sobre mí lo seguiría siendo. Sin embargo, poco a poco dejé de esforzarme. Ya no eran los intersticios del último discurso del presidente para el 21 de mayo lo que me desvelaba, sino asuntos más insustanciales. La construcción de una silla, el dibujo de una biblioteca improbable o el de mi restorán suspendido de un acantilado. De alguna forma, haber ganado ese concurso tan importante, con un proyecto que había diseñado en la soledad de mi estudio, alimentado de mis sueños y fantasías, haber competido con las oficinas más prestigiosas de arquitectos y haberlas vencido, me daba tranquilidad. Me había liberado del peso de mostrarle a Gracia, al mundo y a mí mismo, mi valía. Había recibido por el proyecto una apreciable suma de dinero, y podía, sin incurrir en grandes gastos, solventar mi vida por un buen tiempo. Sin embargo, esta libertad no congeniaba con Gracia y con la relación que habíamos construido. Cuando ella llegaba a casa, y comíamos frente al televisor la cena que yo había preparado, comenzamos a despreciarnos. Mi resistencia pasiva la enfurecía. Ante sus comentarios, yo guardaba silencio, haciéndole saber que su universo me tenía sin cuidado.

Fue entonces que empecé a visitarte con más frecuencia, que abrí la puertecita que une nuestros jardines, que tu palabra y tu vida cimentada en el mundo invisible comenzaron a trazar un camino que ansiaba me llevara de vuelta a mí mismo.

Pero te fuiste antes, Vera, y me dejaste a medio camino, huérfano de tu palabra y de tus calmos silencios, huérfano de ese mundo que compartíamos, que era tuyo y era mío, pero al cual sin ti no sabía cómo regresar.

10. Emilia

Ese lunes, después del almuerzo en casa de la hija de Infante, hice temprano el reparto de la verdulería y luego pedaleé ansiosa hasta la biblioteca. La alegría seguía agitándose como un pez en las profundidades de mi ser.

A las nueve de la mañana estaba sentada frente al material de Vera Sigall, investido ahora de una nueva luz. Tenía la seguridad de que pronto recibiría noticias suyas. Tal vez ese mismo día. No pasaban más de cinco minutos sin que chequeara mi mail en la pantalla del computador. La señora Espinoza revoloteaba a mi alrededor, ordenando papeles, cambiando libros de lugar, como si mi energía la alcanzara también a ella.

Pero había algo que no calzaba. En el almuerzo, Vera había mencionado que esas cajas no contenían nada importante. Sin embargo, todo su contenido lo era. Fotografías, páginas con anotaciones, fragmentos de textos, correspondencia. ¿Estaban entonces sus palabras dirigidas a despistar a Infante? ¿Creaba de esa forma una complicidad entre nosotras?

La idea original de hallar la arqueología de los astros oculta bajo sus letras me pareció insuficiente. Había algo más. Pero ¿cuál era el camino que debía seguir?

Pensé en la naturaleza del acto de buscar.

Unos días atrás había perdido un paquete de finas galletas de nuez y mantequilla que había comprado en un arrebato. Un lujo costoso que tenía vedado. Estaba segura de haberlas guardado en un cajón de la cocina, dentro de una bolsa plástica con el logo del supermercado. Busqué en todos los rincones, pero la bolsa con su contenido había desaparecido. Recién esa mañana, al sacar una taza, de súbito la había encontrado. Había estado todo el tiempo ahí, en el exacto lugar donde creía haberla dejado, solo que no recordaba haberla sacado de la bolsa. Cegada por la idea de la forma que debían tener, había pasado decenas de veces mis ojos sobre ellas sin verlas.

Y mientras seleccionaba algunos papeles, que había decidido estudiar con más atención, pensé que si partía de una idea preconcebida, quizá lo esencial se me pasaría por alto. Si trazaba de antemano la ruta, e imaginaba la forma que debía tener el destino que alcanzaría, lo más probable era que llegara con las manos vacías al mismo lugar de donde había partido. Pensé también que lo oculto no se busca. Se encuentra, simplemente.

Dentro de una de las cajas de Vera, hallé una página amarillenta arrancada de un cuaderno. Lo más probable era que estuviera escrita en ruso. No era la caligrafía de Vera. Cogida con un clip, había una traducción en español.

Hace un mes vendimos el último prendedor de Emma, hoy hemos vendido nuestros zapatos y hemos envuelto nuestros pies en trapos. Junto a un grupo de vecinos, dejamos la ciudad y por la noche ya estábamos en el bosque. Estoy cansado, pero las esperanzas no me abandonan. No sé de dónde vienen, pero ahí están. Vera cumplió seis años. Emma se debilita con la fiebre. Las erupciones han aparecido en sus manos y en sus pies. Apenas logra caminar. Llevo a Emma tomada de la mano y un bolso en mis espaldas. Pueblos abandonados. Cuerpos pudriéndose, arrasados por el tifus. Desolación. Yahveh: ¿dónde, dónde estás?

Luego había un dibujo de un río.

Hemos llegado a Soroca. Las casas están iluminadas.
Una familia nos invitó a su mesa y hemos comido pan. Pan
blanco, pan de verdad.

Era el primer atisbo real que tenía de la historia
de Vera. El texto había sido escrito por su padre y no se
encontraba en la biografía literaria de Benjamin Moser.
Pensé que tal vez Vera en algún momento pensó usarlo
en uno de sus relatos y después desistió. Alguien debió
traducírselo, porque en sus escasas entrevistas, siempre
afirmó que había olvidado la lengua de sus padres y que
la suya era el español. Transcribí el texto, tanto la versión
en español como la original, lo que resultó largo y tedio-
so, porque los signos cirílicos eran en extremo difíciles de
reproducir. Esa noche desperté llorando. La voz de Arón,
el padre de Vera, retumbando en mis oídos.

«¿Dónde, dónde, dónde, dónde?»

Lo supe al día siguiente, el martes 7 de agosto.

La señora Espinoza me aguardaba en la biblioteca
con una expresión lúgubre.

—¿Quieres un café? —me preguntó, y yo asentí.

Luego de servir el café para ambas, se sentó frente
a mí. Me miraba atenta, como si aguardara a que le dijera algo importante. Pero yo no tenía nada significativo
que decirle.

—¿No te has enterado?

Yo negué con un gesto de la cabeza.

Fue entonces que me contó del accidente. Vera se
había caído el día anterior por las escaleras de su casa y
yacía en una cama de hospital, en un sueño del cual tal
vez nunca despertaría.

Volví a mi departamento caminando, no tenía
fuerzas para montarme en la bicicleta. Llegando a casa,
busqué en Internet todo lo relacionado con el accidente

de Vera. La información era escasa y no muy diferente a la que me había dado la señora Espinoza. Habían publicado de ella la misma fotografía de siempre, una del vecino que la halló y otra de la fachada de su casa. Infante, la única persona que nos unía, había emprendido viaje y se hallaba al otro lado del Atlántico. Le escribí ese mismo día. Recibí un mail suyo de Viena. Una nota breve y dolida.

No volví al siguiente día a la biblioteca. Ni tampoco los que le siguieron.

Apenas me levanté de la cama. Quería sumirme en el mismo sueño de Vera. Ya nada tenía sentido. Ni Jérôme, ni mi tesis, ni yo misma.

11. Daniel

Hacía un par de días que los médicos habían comenzado a disminuirte las dosis de sedantes. Según los últimos exámenes, las hemorragias en tu cerebro se habían detenido. Era el momento de eliminar los fármacos y desconectarte.

Me pidieron que aguardara afuera. Me pasé parte de la mañana y de la tarde dando vueltas por el pasillo, mientras los médicos entraban y salían de tu cuarto. Sus palabras eran vagas y escuetas, sus ceños fruncidos.

Por la tarde, sentado en la sala de espera, un chico de no más de siete años me preguntó si su padre, que al parecer visitaba a alguien en alguno de los cuartos de puerta cerrada, tardaría mucho. Jugaba con una maquinita electrónica. Yo no podía responder a su pregunta, pero para que no se percatara de la lentitud del tiempo, comencé a hablarle. Era un chico vivaz y comunicativo, y mientras conversábamos no pude dejar de sentir la añoranza de un hijo. Gracia y yo lo habíamos pospuesto tantas veces, que ya resultaba burlesco plantearlo. Al principio había sido la estabilidad económica, luego el asentarnos en nuestra nueva casa, y siempre, tras esos pretextos que ambos aceptábamos, estaba la carrera de Gracia. Y cuando todos los obstáculos quedaron atrás, ya era muy tarde. No lo sé. Pero los días y los meses y los años se sumaron, sin que ninguno de los dos volviera a plantear el tema de forma enérgica y definitiva.

Había ya aprendido a usar su aparatito electrónico, cuando su padre volvió en su busca a la sala de espera.

El niño corrió a sus brazos y sin mirarme desapareció tras las puertas del ascensor tomado de su mano.

Se hizo de noche y los médicos se esfumaron, dejando tras de sí la absoluta prohibición de entrar en tu cuarto. Lucy me explicó que los pacientes de cierta edad se demoran más tiempo en despertar, y que tú podrías tardar varios días. Intentó convencerme de que me fuera a casa, pero yo sabía que de hacerlo, sería incapaz de descansar, pensando que tal vez tú podrías abrir los ojos y que yo no estaría allí para recibirte.

Llamé a Gracia y le dije que pasaría la noche en la clínica. No se lo tomó bien.

—¿Estás solo? —me preguntó.

—¿Con quién podría estar? —le pregunté yo a mi vez.

—No lo sé. Tú dime.

La imaginé moviéndose inquieta en nuestro cuarto, el celular apoyado entre la cabeza y el hombro, poniendo orden por aquí y por allá.

Por un instante pensé que podía estar refiriéndose a Teresa, pero la idea me resultó tan escabrosa, que la deseché. Era imposible que Gracia supiera. Había actuado con la mayor de las cautelas. Después de cortar, me arrellané en uno de los sillones de la sala de espera y abrí el libro que había traído.

Desde tu accidente había comenzado a releer tus novelas. En mis largos monólogos frente a tu cama no te lo había confesado. No podía revelarte que en mis relecturas buscaba encontrar claves que arrojaran alguna luz sobre tu vida y que tal vez me llevarían también a descubrir lo que había ocurrido la madrugada de tu caída. Hacía días que no tenía noticias del inspector y ya comenzaba a inquietarme. La siguiente vez que él se pusiera en contacto conmigo, le pediría que me diera un número donde ubicarlo. En uno de tus cajones había hallado tu agenda. Estaba casi vacía, pero habías marcado el almuerzo en casa de la hija de Infante el sábado previo a tu caída y tu cita con el psiquiatra que vivía en Madrid. Se llamaba Álvaro Calderón. Lo busqué en Google y descubrí que tenía cuarenta y seis años y que era además profesor de neuropsiquiatría en la Complutense. Tenía a su haber varias publicaciones en revistas especializadas. ¿Qué conversación habían sostenido tú y él que te había dejado perpleja y melancólica? ¿Había ya retornado a España o aún continuaba en Chile?

Me quedé dormido. Un sueño interrumpido por ires y venires nocturnos de seres sin forma. De tanto en tanto me despertaba y las luces blancas y mortecinas de los pasillos me producían la sensación de estar dentro de un refrigerador. Punzado por el frío, que no era real, sino que se generaba en mi interior, intentaba dormirme otra vez, para volver a despertarme al poco rato.

Con los primeros rayos del sol que se colaban por la ventana de la sala, entré al baño y me lavé la cara. Bajé al café de la clínica y tomé desayuno. Un café negro y un par de medialunas que debían ser del día anterior. Volví a subir a tu piso y me encontré en el pasillo con Lucy.

—Está respirando. Pero no ha despertado. El doctor me dijo que si lo veía, le dijera que tuviera paciencia y que ya podía entrar a verla.

—¿Despertará? —la garganta se me cerró y la voz salió apenas.

—Es algo que no se puede saber —dijo, y azorada echó a andar por el corredor.

Desprovisto de los tubos y del respirador, tu rostro volvía a recuperar su belleza. Incluso, tal vez por la falta de exposición a la luz y la ausencia de movimientos, las huellas de expresión y las arrugas propias de tus ochenta y cuatro años parecían haberse aquietado, y tu piel se había vuelto más translúcida y lisa.

Tomé tu mano y acaricié tu frente. Yo sabía que estabas ahí, tras tus párpados cerrados que se agitaban. Sí, estabas ahí, y el lugar que ocupabas en la vida aún no se había cerrado.

A media mañana sonó mi celular. Era Horacio Infante que llamaba desde París. Quería saber de ti. Era la primera vez que se ponía en contacto conmigo. Sonaba perturbado, tal vez incluso había tomado algunos tragos de más. Le conté que te habían desconectado de las máquinas, pero que seguías dormida. Yo estaba cansado y desanimado, e Infante debió notarlo. Cortamos con un adiós sombrío, que quedó flotando en el aire por largo rato hasta desvanecerse bajo tu respiración.

Dos

ción terminaron por relajarla, y pronto conversábamos animados como dos viejos amigos.

—¿Recuerdas a Rodrigo Bulnes? —me preguntó al poco rato.

Yo no alcancé a decir ni sí ni no, cuando María Soledad ya se explayaba en una minuciosa descripción del auge y caída del tal Bulnes. Luego continuó con la de Fuentes, y la, según ella, escandalosa historia de la pareja constituida por Isabel Yáñez y un tal Videla. Fue mi primer atisbo de una de las características de la sociedad chilena que había dejado en mi adolescencia: la de ilustrar el mundo a través de infinitas anécdotas que atañen a otras personas y a quienes tu interlocutor, si se considera de alguna valía, debe por fuerza conocer. Pero tal vez lo más particular de todo el asunto era que la importancia del relato no parecía radicar tanto en los hechos como en los nombres y apellidos de sus protagonistas. Fue hacia el final de la velada que María Soledad me comentó que ese fin de semana tenía un almuerzo en casa de una prima en las afueras de Santiago y que estaría encantada de que yo la acompañara. María Soledad pertenecía a una de esas familias con ancestros anclados en la historia de Chile. Un rector universitario (cuyo nombre llevaba ahora una calle importante de la ciudad), un par de senadores y una tía letrada, doña Eloísa Díaz, la primera mujer que entró a la Universidad de Chile a estudiar medicina. Desde niño su hermano solía hablar de «la tía Isa», y lo que más le divertía era que, por orden del rector, había tenido que asistir a clases de la mano de su madre y que durante las lecciones de anatomía ambas debían permanecer detrás de un biombo.

El prospecto de participar de ese mundo, al cual mi familia había pertenecido, pero en el que yo no había tenido la oportunidad de vivir tras la estruendosa caída económica de mi abuelo, y más tarde la de mi padre, no dejaba de producirme expectación.

El día acordado, ella pasó por mí en su Renault Caravelle. Su prima, según me advirtió, era una mujer poco interesante, pero con aspiraciones intelectuales, y su marido, un connotado abogado, socio de la oficina donde ella trabajaba como su secretaria y asistente.

Llegamos a mediodía. En el espacioso estacionamiento de grava ya había unos cuantos automóviles. A lo lejos, los montes se elevaban y ondeaban sobre la superficie de la tierra como cuerpos sinuosos. Caminábamos hacia la casa a través de un camino bordeado de setos, cuando el dueño de casa salió a nuestro encuentro. María Soledad me presentó como un viejo amigo que había vivido en Europa, asunto que pareció suscitar una cierta curiosidad en nuestro anfitrión, interés que de todas formas se apagó apenas echamos a andar hacia la casa. El hombre iba vestido con una camisa blanca y pantalones color crema, de tela cara y confección impecable, y un pañuelo anudado al cuello.

Atravesamos un jardincillo circular y una fuente afrancesada, y luego dimos la vuelta por el costado de la casa. Era una residencia de dos plantas, imponente y sencilla a la vez, de ventanas de marcos blancos y satinados, y fachada de ladrillo. Estaba coronada por un señorial e impasible tejado de tejuelas con dos ventanas que oteaban la lontananza, y hasta cuyas alturas montaban zarcillos de hiedra. Cada elemento ocupaba el lugar que le correspondía, como silenciosos baluartes de lo establecido.

Tras el alto cerco vegetal que bordeaba el sendero, llegaban hasta nosotros, con una jovialidad veraniega, voces y risas. El camino desembocaba en un parque, donde se abría en toda su magnificencia el verdor del verano y la altitud fresca del cielo. Hombres y mujeres, casual pero elegantemente ataviados, conversaban en grupos alrededor de las mesas y tumbonas de mimbre, dispuestas sobre el césped. Mozos circunspectos mirando el horizonte con las bandejas suspendidas en una mano. Dos galgos se paseaban moviendo sus largas extremidades con un mohín de sorna en las narices. El decorado entero despedía un aire a colonia inglesa, que contrastaba de una forma casi brutal con los desangelados barrios y las viviendas levantadas con cartones y desechos de construcción que habíamos divisado en el camino.

Pronto perdí de vista a María Soledad, lo que me dio licencia para pasearme a mis anchas entre los invitados, con una copa de champán en la mano. De tanto en tanto, me acercaba a alguno de los grupos, cuyas conversaciones, después de saludarme con amable indiferencia, continuaban su curso; pláticas que versaban, en su mayoría, sobre personas que me eran desconocidas. A pesar de sus apariencias cosmopolitas, las pocas veces que intenté entrar en algún tema, planteando un punto de vista que franqueara los límites de nuestro país, me miraban con expresión interrogante y cierto desdén. Al parecer, la cordillera de los Andes, con todo su esplendor y su magnificencia, actuaba de límite entre sus vidas y el mundo.

Al cabo de un rato ya tenía la certeza de que había cometido un error en aceptar la invitación de María Soledad. Pero sobre todo, me mortificaba la idea de haber albergado la esperanza de recuperar algún sentido de pertenencia. Mientras vagaba sin rumbo, los grupos se creaban y deshacían en el césped, para volver a constituirse con otras formas y colores, como manchas de tinta en un papel verde. Un hombre mayor, de buen porte y contextura gruesa, se acercó a mí.

—Lo veo un poco perdido —me dijo. Tenía el cabello cano y sus mejillas enrojecidas (tal vez por el sol o por el efecto de algunas copas de más) estaban atravesadas por líneas profundas que le otorgaban un aire de seriedad y experiencia.

—Así es —le confesé.

Me preguntó quién era y cómo había llegado hasta allí. En pocas palabras le conté el estado de las cosas en mi vida, mi reciente retorno y el trabajo que había desempeñado en Ginebra, lo que provocó su inmediato interés. Él, a su vez, se presentó como Manuel Pérez, «un simple hombre de negocios». Pronto hablábamos de asuntos como la reciente reelección de Juan Domingo Perón, y de Eleanor Roosevelt, a quien él había tenido la oportunidad de conocer en la Comisión de Derechos Humanos de las Naciones Unidas.

Poco a poco fuimos siendo rodeados por otras personas, atraídas por la presencia del hombre, que resultó ser, por las venias de las cuales era objeto, muchísimo más poderoso y popular de lo que él me había confesado. También María Soledad surgió de las profundidades de donde había desaparecido, uniéndose a nuestro animado grupo.

Fue entonces cuando la vi. Conversaba con dos hombres jóvenes bajo unos olmos, sentada en una de las tumbonas de junquillo. Pero más que charlar, parecía aguzar sus sentidos. La misma atracción que ejercía sobre mí, la ejercía también sobre los hombres que conversaban entre ellos, pero con el interés puesto en el efecto que sus palabras provocaban en la mujer. Sus ojos eran escrutadores, alertas, pero a la vez indiferentes, casi crueles. Contemplaba a sus interlocutores, y luego pasaba la mirada por el césped, por los álamos, el cielo y los pájaros graznando a lo lejos. Tenía la nariz prominente y fina, pómulos salientes, labios gruesos en una boca ancha, ojos rasgados y felinos. Llevaba un vestido color crema de extremada simplicidad que resaltaba sus largos huesos, sus hombros y sus brazos delgados. Poseía una de esas bellezas llamativas, que en una mujer menos misteriosa no me habría causado curiosidad. Tenía la teoría en ese entonces de que la excesiva belleza, tanto en hombres como en mujeres, hacía que estos construyeran su vida alrededor de esta vana característica, volviéndolos con el tiempo personas indolentes y poco interesantes.

María Soledad reparó en mi interés por la mujer, y en su rostro se instaló una mueca de disgusto.

—Es judía.

El desdén de sus palabras me impresionó y no hizo más que espolear mi interés y mis ansias por conocerla.

—Se llama Vera Sigall —continuó—. Dicen que su madre murió de sífilis después de que un batallón completo de soviéticos la violara en el pueblo donde vivía. Yo no lo creo. Es como mucho, ¿verdad? Tú sabes, los judíos suelen inventarse unas historias terribles con las que se pasean por el mundo en calidad de víctimas. No entiendo por qué no pueden dar vuelta la página y ser como todos los demás.

No quise seguir escuchando a María Soledad. Me pregunté cuántos de los allí presentes pensarían como ella. La mujer, de tanto en tanto, miraba en nuestra dirección. Sin curiosidad, tan solo como un reconocimiento de lugar. Aun así, cada vez que su cabeza se volteaba, y los músculos de su delgado cuello se tensaban, no podía evitar una cierta emoción. Sus párpados enrojecidos le daban un aire trágico. Pronto me di cuenta de que no era a mí a quien observaba, ni tampoco a María Soledad, sino al amable hombrón que me había acogido. A pesar de mis esfuerzos por desprenderme de María Soledad, ella seguía a mi lado, y en susurros, mientras la conversación del resto del grupo navegaba por nuevos rumbos, ella me informaba de lo que supongo creía eran datos y anécdotas imprescindibles para sobrevivir en ese entorno.

Durante el almuerzo logré sentarme lejos de María Soledad, pero sin demasiado éxito, pues quedé atrapado entre dos amigas que, haciendo caso omiso de mi presencia, intercambiaron comentarios y risitas por sobre mis hombros. A cambio de eso tenía una buena visión de

Vera Sigall, sentada a una de las mesas vecinas. En un par de ocasiones nuestras miradas se cruzaron, pero tras detenerse por una fracción de segundo, sin cambiar un ápice su expresión distante, pasó sobre mí como por sobre una planta. A su lado, enfrascado en una conversación, estaba Pérez con un vaso de champán en la mano, tal cual yo lo había encontrado unas horas atrás.

Por la tarde, muchos de los invitados habían bebido en demasía y dormitaban en las poltronas entre los olmos, o conversaban y reían con estridencia. Tras sus voces se escuchaban los trinos de pájaros que luego callaban. La tarde capitulaba y los colores rojizos del ocaso escalaban el cielo. Pérez y su mujer habían desaparecido. Fue al final de la velada, cuando María Soledad y yo nos subíamos a su automóvil, que volví a verlos. Ella lo sostenía con dificultad de un brazo, mientras él caminaba tambaleante por el sendero de grava. A medio camino surgió un hombre vestido de impecable terno gris, quien sustituyó a Vera en sus esfuerzos por alcanzar el Chevrolet Bel Air que los esperaba con las puertas abiertas, a unos pocos metros. Al cabo de unos minutos, el automóvil nos adelantó en la avenida de álamos, dejando a su paso una estela de polvo que oscureció la visión del camino, de Pérez y de Vera Sigall.

13. Emilia

Los días transcurrieron sellados en un papel negro que no dejaba entrar la luz.

Don José envió a una de sus hijas a preguntar por qué no me había aparecido por el trabajo. La chica tenía un cabello oscuro y rizado que le llegaba hasta la cintura. Le dije que estaba con gripe. No sé si me creyó.

Las latas con que me alimentaba terminaron por acabarse.

Una de esas mañanas, salí a la azotea. La ciudad aún yacía semidormida bajo mis pies. Las copas de los árboles del parque se mecían. A lo lejos, los faroles comenzaban a apagarse. El techo de nubes estaba bajo, como si el cielo se hubiera acercado durante la noche. A través de un agujero, vi un avión que lo surcaba. Fue una imagen fugaz, pero certera. Tras la planicie gris y opaca de nubes, había otro mundo.

Solo había que alcanzarlo.

Me di una ducha, me vestí y esperé a que la mañana se asentara. No sabía con exactitud por qué, pero sí sabía adónde quería ir. Cuando entraba al ascensor, me encontré con Juan y Francisco. No debía lucir muy bien porque me preguntaron si me ocurría algo. Les conté que la escritora a quien había ido a visitar había sufrido un accidente.

* * *

Al cabo de un rato estaba frente a la clínica, un edificio blanco, cuyo acceso de escaleras y altos techos hacía que semejara un hotel. Me acerqué a la recepción y pregunté por ella.

—Está en la habitación 405. Puede subir por el ascensor del fondo —me dijo una de las recepcionistas. Tenía la nariz tan respingada que podía ver el interior de sus ventanas y los vellos que las resguardaban.

Las puertas del ascensor se abrieron en una sala de espera. En un rincón, una mujer leía con el rostro oculto tras una revista. Dos corredores se extendían hacia un lado y otro de la sala, hasta perderse en la penumbra. Me interné por el de la izquierda, donde según las señales se encontraba la habitación 405.

Pasé frente a la habitación de Vera. Su puerta estaba entornada. No pude resistir el impulso de mirar. Las espaldas de un hombre, sentado en una silla contra la puerta, me impidieron ver el interior. Seguí caminando hasta el fondo, donde una ventana proyectaba triángulos de luz que se movían sobre el piso. Luego me devolví sin mirar hacia el cuarto y me senté en la sala de espera.

El calor que emanaba de los muros contrastaba con el frío de mi pieza.

Ahora la mujer tenía la revista cerrada sobre sus rodillas y los ojos puestos en una reproducción barata de Constable colgada del muro. Se respiraba calma, como si el mundo ahí dentro se hubiera detenido para escuchar los latidos de los corazones que yacían tras las puertas cerradas. Una enfermera cruzó la sala a paso rápido.

El veloz repiqueteo de sus tacos quedó resonando en el silencio, llenándolo de expectación. En un costado había una máquina expendedora de alimentos y me levanté para comprar algo.

—Te estaba esperando —oí que decía la mujer.

Tenía una voz mimosa, que parecía contener furtivas y húmedas promesas.

Levanté la cabeza y vi a un hombre joven y alto, cuyos brazos caídos semejaban dos alas prontas a abrirse para emprender el vuelo. Iba vestido con jeans gastados y una camisa blanca que llevaba arremangada hasta el codo, dejando al descubierto sus venas gruesas.

Un médico, seguido por un par de jóvenes practicantes, enfiló en la misma dirección que la enfermera. Sus voces tenían un tono urgente.

La mujer se levantó de su sitio y se acercó al hombre. Llevaba un vestido negro, sin escote, pero que dejaba entrever sus generosas curvas. Los altos tacos le daban una estatura que casi equiparaba la de él. Sus movimientos eran tímidos y contrastaban con la exuberancia de su cuerpo.

—Teresa, ¿qué haces aquí? —le preguntó el hombre. Sonaba enfadado. Su rostro me pareció familiar.

—No respondes mis llamadas —dijo ella, y se llevó una mano al cuello, como protegiéndose.

Me quedé apostada contra el muro junto a la máquina expendedora, intuyendo que mi presencia les resultaría incómoda.

—No es apropiado que vengas.

—¿Y a mí qué? —preguntó ella con ferocidad contenida.

Por segunda vez en dos semanas escuchaba solapada una conversación ajena, y no me hacía sentir nada bien. De soslayo podía ver la expresión contrariada de él.

—Te dije que iba a llamarte cuando pudiera —dijo el hombre en un tono áspero, categórico.

—No me puedes hacer esto —dijo ella casi en un susurro.

—Por favor, Teresa... —replicó él con una expresión cansada que lo hizo ver mayor.

En un gesto rápido, como si hubiera surgido de un lugar diferente al de la conciencia o de la voluntad, la mujer tocó con sus dedos los labios de él. El hombre, con un ademán brusco, la rechazó.

La boca del hombre era fina y las líneas de sus comisuras parecían contener una fuerza velada, una reserva que bien podía ocultar algo benévolo o maligno. Sus ojos, en cambio, eran amigables. Los ojos de un hombre que observa.

De pronto lo recordé. Era él quien había encontrado a Vera Sigall después de su accidente y la había traído a la clínica. Había visto su fotografía en mi búsqueda en Internet.

El ruido brusco de una puerta al golpearse llegó hasta nosotros, pero ellos no parecieron escucharlo. La mujer pestañeaba con frecuencia. Los gestos más nimios parecían surgir desde el fondo de sí misma.

Había algo insoportablemente abierto en ella, casi impúdico.

Tendió la mano y él se la estrechó sin mirarla. Al cabo de unos segundos ella la retiró y cruzó los brazos por debajo de sus pechos. Él fijó sus ojos en ella, serio, y se pasó la palma por el pelo castaño y dócil.

—No debieras estar aquí —repitió.

Ella se acercó más a él y lo besó en la boca con anhelante premura. Pensé en Jérôme. Él y yo nunca nos habíamos besado.

Recordé la primera noción que tuve de mi mal. Tenía ocho años. Mis padres, según apareció en las innumerables terapias a las cuales me sometieron, notaron algo peculiar apenas había nacido.

Era mi cuerpo.

Mi musculatura de recién nacida era rígida y fuerte. En lugar de dormitar, rendida ante la nueva vida como todos los bebés, alzaba la cabeza de las almohadas y con los ojos apenas abiertos escrutaba el mundo. Después de reconstruirlos una y otra vez para los terapeutas, los hechos que se asentaron en mi conciencia son probablemente una mera «historia», alejada de los eventos en sí, una mitología.

Ocurrió en el recreo. Al sonar la campana mis compañeros corrieron al patio de juegos.

Antes de salir, yo solía ordenar mis cuadernos, guardar los lápices en su estuche —aunque después del recreo tuviera que volverlos a sacar—, y siempre llegaba tarde a los juegos. Ese día, sin embargo, llegué al patio y nadie se había subido al resbalín. Era más alto y más empinado que los del parque de mi barrio. Al final, antes de aterrizar, un respingo te hacía sentir un leve vértigo. Un anticipo de la vida.

Fue un golpe seco, y la sangre comenzó a salir en el mismo instante en que mi nuca tocó la piedra filosa. Los niños, a mi alrededor, se quedaron quietos, sin emitir sonido alguno, como los miembros de un coro que de súbito hubiesen perdido la voz. Me pasé la mano por la herida de la cabeza y sentí el contacto tibio y viscoso de la sangre. Corrí hacia el baño y cerré la puerta con llave. Mi ser se perdía a través de esa herida y ya nunca más iba a recuperarlo.

Alertadas por los niños, las maestras comenzaron a tocar la puerta del baño. Pero yo no podía abrirles.

Lograron entrar. La herida ya no sangraba, pero según les informaron más tarde a mis padres, mis manos, mis brazos y mi cara estaban cubiertos de sangre.

No sé qué ocurrió en el interior de ese baño.

Las baldosas estaban frías. Una lucerna en lo alto, por donde entraba la luz de la mañana, dejaba constancia del mundo que había quedado afuera. El resto se pierde en un paisaje gris, sin forma. En el hospital me hicieron cinco puntos en la cabeza. Camino a casa, en el automóvil de mi madre, sentía que mi piel se había dado vuelta, dejando expuesto todo aquello que debía resguardar: las tripas, el corazón, los pulmones, el hígado, las venas.

Un chirrido metálico irrumpió en el silencio del pasillo. El hombre y la mujer se habían desprendido.

Al llegar, cerré la puerta de mi cuarto con llave y me dormí. Dormí de forma profunda. No oí los golpes de mis padres, ni tampoco al cerrajero que llamaron para abrir la puerta. Desperté con los puños cerrados. Había apretado los dedos con tal intensidad que mis uñas habían dejado heridas en mi palma. Perdí el apetito y ya apenas volví a hablar.

Durante las siguientes semanas me hicieron exámenes, buscando algún golpe en la cabeza que hubiera dejado un trauma. Pero no lo encontraron. Frustrados e incapaces de entender lo que me ocurría, mis padres culparon al colegio de negligencia. Yo sabía, sin embargo, que el proceso había comenzado mucho antes. Cuando caminaba en el patio de cemento de mi escuela, mi cuerpo no era mío. Miraba mi mano y todo en ella me era extraño, la piel blanca, los dedos delgados. A veces me asaltaba un terror indecible y quedaba paralizada, desconociéndome, desconociendo cuál era el mecanismo que hacía que cada dedo se moviera. También, en ocasiones, al mirarme en el espejo, encontraba a alguien ajeno. Me era difícil creer que esos ojos negros que me escrutaban sorprendidos desde sus órbitas, que ese torso estrecho y esas trenzas apretadas y oscuras fueran «yo». Era tan intenso mi desconcierto y mi miedo, que olvidaba respirar, y era tan solo en ese resuello agitado, en esa búsqueda apurada de oxígeno para alimentar mis pulmones, que volvía a encontrarme con mi cuerpo. Después de la caída, los episodios de extrañeza se fueron haciendo más frecuentes, y el contacto con el resto de mis compañeros más escaso.

Me cambiaron de colegio y comencé una nueva vida. Una vida donde mi cuerpo había quedado al revés. Un cuerpo que nadie podía tocar.

Desde entonces los libros se transformaron en un hogar sólido y a la vez mudable. Adquirí la habilidad de leer en todas partes: de un cuarto a otro, rumbo al colegio, mientras comía. No había nada que desviara mi atención de las páginas. Estas me cobijaban, al tiempo que me daban una noción del universo al cual tanto temía. Cuando descubrí a los autores latinoamericanos, estos tuvieron en mí el efecto huracanado de los eventos que nos cambian la vida. Recuerdo haber leído incontables veces la muerte del pequeño Rocamadour. Su cuerpo afiebrado, los sones de Brahms, la lluvia, la distancia derrotada de Oliveira, los golpes secos del viejo y su bastón sobre sus cabezas, la oscuridad y luego la evidencia irrefutable de la muerte.

Desde alguna de las habitaciones se oyeron voces y un agudo lamento.

—Quédate tranquilo, no es ella —oí que decía la mujer.

Alguien había muerto. Tras una de esas puertas, alguien nos había dejado. Y no era Vera.

Salí a la calle y caminé con mi bicicleta cogida con ambas manos rumbo a casa. Era consciente del ir y venir del aire en mis pulmones, de mi pulso, del rasgueo de una guitarra que surgía de una ventana entreabierta, de los pasos rígidos de los transeúntes a mi lado. Mi estómago vacío gritaba mudamente. Pero Vera seguía viva y yo también.

Comencé a ir a la clínica todos los días. No sabía cómo explicarle a Jérôme lo que me estaba ocurriendo, porque ni yo misma lo entendía. Dejé de ir a la biblioteca para pasar hora tras hora en esa sala de espera, aguardando que algo ocurriera, no sabía qué exactamente. Me sentaba con un libro y leía. Empecé a estudiar la obra de Horacio Infante. Nunca antes me había interesado en ella, pero ahora, a la luz de nuestro encuentro en casa de su hija, y de la misteriosa relación que guardaba con Vera, sus versos se habían llenado de interrogantes. Recorría el pasillo donde se encontraba la habitación de Vera, esperando la oportunidad de ver su rostro dormido. Más de una vez lo logré. Tras sus ojos cerrados estaba ella. La misma mujer que me había llenado de esperanzas, la mujer que me había tocado y cuyo contacto yo había deseado que perdurara.

Pero lo que me hacía visitar la clínica cada día era la certeza de que si me alejaba de Vera Sigall, sucumbiría al miedo, a la desazón, y sin darme cuenta estaría sobrevolando el Atlántico rumbo a Grenoble, rumbo a lo conocido, y todo volvería a ser como hasta entonces: mudo y quieto. Había llegado hasta allí por ella, y era su presencia, al otro lado de esa puerta, la que me sostenía e impulsaba hacia un lugar que desconocía, pero que sabía estaba ahí para mí.

14. Daniel

Cuando llegué a la clínica, Lucy y una de sus compañeras de trabajo estaban apostadas a la puerta de tu cuarto. A unos pocos metros, en el pasillo, tres mujeres mayores hablaban en voz baja, mirando en su dirección. Apuré el paso y le pregunté a Lucy lo que ocurría.

—Se coló la noticia de que la señora Sigall ha dado signos de recuperación. Una de sus amigas, la más alta —dijo, señalando con disimulo a una de las mujeres—, afirma que la vio mover los dedos y llamó a la prensa. Yo había salido un momento y cuando volví no vi nada. ¡Dios, ahí vienen! —exclamó.

Me di la vuelta y por el pasillo tres hombres caminaban hacia nosotros. Uno de ellos traía una cámara fotográfica. El médico que te había recibido la mañana que llegaste a la clínica venía con ellos. También, más atrás, volví a ver a la chica que desde hacía un par de semanas se sentaba sola en la sala de espera. Llevaba el pelo cortado a lo paje y unos gruesos anteojos de marco negro. Era menuda y de baja estatura, e iba vestida de una manera que de tan arcaica resultaba poco convencional: falda escocesa tableada hasta las rodillas, jersey de cuello alto sobre un pecho liso, medias gruesas de lana y zapatos planos con cordones. Tenía la apariencia de una niña, con excepción de sus ojos negros, que bajo unas gruesas cejas contenían un maduro recelo. Los periodistas, por fortuna, tenían apuro y se contentaron con un par de respuestas del médico. Alguna semicelebridad había anunciado su divorcio de otra semicelebridad y había convocado a una conferencia de prensa en el otro extremo de Santiago. El médico entró a tu habitación y dejó la puerta entreabierta. La chica de los zapatos con cordones se quedó frente a ella, mirando hacia el interior. Era tal su ensimismamiento, que parecía estudiar una ecuación escrita en una pizarra. Traía un libro entre los brazos y lo apretó contra su pecho, sin dejar de observarte. Mi primer impulso fue cerrar la puerta, pero su intensa concentración me hizo desistir. Al cabo de unos segundos pareció retornar del trance que tu imagen había provocado en ella y miró azorada a su alrededor. Nadie más que yo pareció percatarse de su presencia. Alzó la vista, me miró de soslayo y se refregó la nariz con la palma de la mano. Antes de que saliera caminando a toda prisa por el pasillo, le sonreí, pero ella no me devolvió la sonrisa. En su mirada creí percibir cierto desprecio y a la vez un llamado. Pensé en un globo de helio que se alejaba y que, con su cuerda al aire, añoraba que alguien lo cogiera y lo retornara a la tierra.

El inspector continuaba sin ponerse en contacto conmigo. Había intentado ubicarlo, pero mis tentativas habían perecido en la maraña de telefonistas que se pasaban mis llamadas de una a otra como en una posta sin fin. Tampoco había avanzado mucho en mis pesquisas, pero en lugar de desvanecerse, la idea de que tu caída no había sido fortuita aumentaba día a día. Sabía que esas cosas ocurren, la gente se cae, la gente sufre accidentes, la gente se muere, pero no tú, no tú.

15. Horacio

Volví a ver a Vera Sigall seis meses después, en una recepción de la embajada de Argentina. Esa tarde de verano en el campo había logrado que María Soledad me hablara de ella en el camino de vuelta. Así fue como me enteré de que Manuel Pérez, su marido, la adelantaba por veinte años, que él tenía dos matrimonios previos y que, en los diez que llevaban casados, Vera no había nunca dejado de serle infiel. María Soledad no solo la tildó de ramera, sino también de arribista. Lo que más le molestaba era el hecho de que ella, siendo «una judía», hubiera contraído matrimonio con Manuel Pérez. Pérez, según sus palabras, era un hombre que pertenecía «a la más alta alcurnia del país», lo que no dejó de producirme un dejo de risa, puesto que esos linajes a los cuales ella se refería estaban compuestos por los descendientes de unos paupérrimos españoles que llegaron a Chile en busca de fortuna.

Si he de ser riguroso, debo comentar que había visto a Vera Sigall en tres ocasiones anteriores a nuestro encuentro en la embajada. La primera, ante las puertas del Teatro Municipal. En esa oportunidad, tras detener por una fracción de segundo la mirada sobre mí, como si mis facciones le sonaran conocidas pero no le produjeran mayor interés, ella tornó la vista hacia su acompañante, un hombre de buena estampa que me recordó la acusación de María Soledad, produciéndome un leve malestar. La segunda vez, la había divisado tras las ventanas de la librería de Darío Carmona. Estuve tentado de entrar, pero ella, con un libro entre las manos, y sentada en un taburete, miraba hacia el frente con los ojos entornados. Su soledad y su quietud hablaban de fuerza, pero al mismo tiempo delataban su fragilidad. El pudor de interrumpir sus cavilaciones y la certeza de que una vez más me miraría sin verme me hicieron desistir. La tercera fue frente al café Paula, en la esquina de San Antonio con Agustinas, junto a un niño, a quien, acuclillada en el suelo, le limpiaba la boca con un pañuelo. Sosteniendo un cono de helado, el niño se dejaba hacer con docilidad. Tenía la delgadez de los convalecientes, los ojos rasgados y los pómulos altos de su madre. La expresión de Vera era de una inmensa dulzura. Al terminar, ella le acarició el rostro. Pensé que ese gesto era una suerte de reconocimiento, una constatación de que el niño seguía allí, a su lado, y que era suyo.

Para mí habían sido seis meses fructíferos. Sobre todo porque había logrado publicar, con la ayuda de un amigo que trabajaba en una imprenta, un libro de poemas, y los comentarios —aunque escasos— habían sido positivos. Otros asuntos también habían cambiado. Mis ahorros habían resultado más escuálidos, o mis gastos más copiosos de lo que había presupuestado, y había tenido que aceptar un trabajo de las Naciones Unidas que implicaba retornar a Ginebra por algún tiempo. En unas semanas emprendería el viaje.

Recuerdo que en las largas reuniones a las cuales tenía que asistir por mi nuevo trabajo, solía hacer listas en mis cuadernos de las mujeres con quienes había tenido relaciones, catalogándolas según un ramplón orden que incluía su grado de belleza y liberalismo en los avatares sexuales. A un costado de sus nombres agregaba un código: S por sublime, P por pasable, D por deficiente y MQD por menos que deficiente. Listas que después cubría con rayones y trazos, dejando oculta la identidad de las implicadas, que en su mayoría estaban casadas, algunas incluso comprometidas, prontas a contraer matrimonio. No me sentía orgulloso de mis aventuras, pero me consolaba diciéndome que con ninguna de ellas había tenido un simple coito, y que a cada una le había dado algo de mí mismo. Las palabras de María Soledad con respecto a las recurrentes infidelidades de Vera Sigall no me habían pasado inadvertidas, y en algún lugar de mi conciencia albergaba la esperanza de agregar su nombre a aquella lista. En ese entonces estaba convencido de que el camino de un hombre es el que lo lleva hasta la próxima mujer a quien besará, o mejor aún, si las condiciones lo permiten, a quien se llevará a la cama.

En mis fantasías, imaginaba los ojos de Vera Sigall por fin posándose en mí, reconociendo nuestra pertenencia a la tierra baldía de los sin tierra. Pero esa noche en la embajada de Argentina, las cosas sucedieron de una forma que ni en mis más desfachatadas fantasías pude haber concebido.

La residencia del embajador era una de las casas más suntuosas de la ciudad. De cada objeto y rincón destilaba un aire de lujo y buen gusto, y a través de las ventanas se veía el extenso parque a su alrededor. Vi a Vera apenas entrar. Llevaba un vestido color violeta de ruedo amplio, que resaltaba su cintura fina. Su presencia proyectaba ahora una soltura que la vez anterior no había advertido. Mientras conversaba con un grupo de mujeres, Vera reía, gesticulaba y acercaba su oído a los comentarios del resto, con total avenencia. Era obvio que ese despliegue de mundanidad (que ante mis ojos críticos de poeta en ciernes resultaba falso y aparatoso) le era natural. Experimenté un dejo de decepción, y el resto de la velada no hice esfuerzo alguno por acercarme a ella. Manuel Pérez estaba enfrascado en una de sus conversaciones, las manos enlazadas en la espalda, ligeramente encorvado. No fue hasta que nos dispusimos a pasar a las mesas, que Pérez y Vera Sigall volvieron a reunirse. Noté, sin embargo, que en el transcurso de esos meses los años parecían haber caído sobre Manuel Pérez con todo su peso. Incluso su traje, de impecable factura, era demasiado grande para su cuerpo a todas luces enflaquecido. Vera se acercó a él, le susurró algo al oído y luego de tomarlo del brazo caminaron juntos hasta su mesa. Noté que el hombre, a pesar de que miraba al frente con determinación, se tambaleaba, y al sentarse, pasó algunos segundos recuperando el aliento. Vera y su marido quedaron en una mesa adyacente a la mía, pero a mis espaldas, y ya no tuve la oportunidad de observarlos durante la cena. Después de tantos años, cuando intento reconstituir lo que ocurrió a continuación, me doy cuenta de que los hechos, tal cual acontecieron, están distorsionados por las múltiples versiones que Vera y yo recreamos de ellos a lo largo del tiempo, cargándolos de subjetividad y de una pátina de romanticismo que sin duda no tuvieron. Hay momentos así. Momentos que con el tiempo se transforman en fábulas compartidas. Los reconstituimos con el fin de acomodarlos a nuestra historia y transformarlos en algo que podemos atesorar.

Recuerdo que una gran lámpara de lágrimas, al arrojar sus brillos sobre los rostros empolvados de las mujeres, delataba sus imperfecciones. La música de un cuarteto de cuerdas atemperaba el ambiente desde el fondo de la sala, un sonido que tras las voces y las risas le daba al escenario una textura suave. Fue desde lo hondo de esa armonía que irrumpieron los gritos.

—¿Cómo se atreve usted a hablar así de Mussolini? —chillaba una mujer.

—Y usted, ¿cómo se atreve a adulterar la historia, señora? —oí entonces la voz de Vera, nítida, como la de un cristal que irrumpe en el silencio. Volteé la cabeza y la vi. Sus ojos tenían algo salvaje y a la vez triste.

—¿Cuál es su autoridad moral? La de ser judía, la de destruirle la vida a un hombre como...

—No te atrevas, Sonia —irrumpió la voz de Manuel Pérez.

—Señores, señores... —gritó otro hombre.

—¿Acaso no te das cuenta, Manuel? —volvió a gritar la mujer.

—Me doy cuenta de que no tengo paciencia para tanta ignorancia y estupidez —punzó Manuel y se levantó de su sitio con tal violencia que volcó la silla.

—Déjala, no vale la pena... —oí que decía Vera, quien también se alzaba de su asiento y pasaba su brazo desnudo por el hombro de Manuel.

En la sala se había hecho el silencio, y las cuerdas ahora se escuchaban desde el fondo, como el decorado trágico de una comedia. En medio del silencio, solo interrumpido por el sonido de la música, ambos avanzaron por la sala entre las mesas, ante los ojos atónitos de los demás. Vera desplegaba el aplomo de su juventud con el mentón alto y la mirada gélida al frente, mientras Pérez caminaba a paso lento cogido de su brazo. Me levanté de mi mesa y alcancé a la pareja. A pesar de que Manuel había perdido la envergadura de unos meses atrás, continuaba siendo un hombre grande. Tomé a Manuel de un codo, mientras Vera lo hacía del otro, y así seguimos avanzando hacia las puertas de la sala. Las alfombras mullidas absorbían nuestros pasos y a la vez parecían dificultarlos, como si una fuerza desde el centro de la Tierra atentara contra nuestros esfuerzos por mantener la dignidad. Un funcionario de la embajada, cuya línea en el centro del cabello parecía haber sido trazada con una regla, nos alcanzó, y con un acento marcadamente argentino, balbuceó palabras confusas, que no estaba claro si intentaban disuadirnos de nuestra fuga o alentarla. Pero de todas formas, dijera lo que dijera, ya no había vuelta atrás. El mismo chofer de la tarde de campo aguardaba a los Pérez a las puertas de la residencia. Desde el interior de la casa llegaba el sonido de la música.

—Podemos llevarte... —balbuceó Vera. En sus ojos entreví su entereza y a la vez su desconsuelo. Me gustó que diera por sentado que yo no iba a retornar allí dentro. También me gustó que me tuteara.

Juntos ayudamos a Manuel a acomodarse en el asiento delantero, y ambos nos subimos atrás. La casa iluminada a nuestras espaldas me hizo pensar en un crucero del cual habíamos desembarcado y que ahora seguía imperturbable su rumbo. Sus pasajeros, habiendo ya olvidado el mal rato que los Pérez les habían hecho pasar, debían de haber reanudado sus charlas. El chofer puso en marcha el motor y yo abrí la ventanilla. Cruzamos las calles de un Santiago solitario. Cada cierto trecho adelantábamos carromatos atestados de bultos y periódicos empujados por hombres descalzos. La respiración de Manuel era pesada. Con los ojos cerrados soltaba improperios. A lo lejos se divisaba el cerro San Cristóbal. Mientras Vera miraba hacia la calle, sintiéndome un poco miserable por lo que hacía, yo observaba cómo subían y bajaban sus pechos al respirar, y si me acomodaba en cierto ángulo, podía incluso ver el surco que se producía entre ellos. Su cuerpo despedía un fresco aroma a jabón.

—¿Dónde quieres que te llevemos? —escuché que me preguntaba Vera—. Horacio Infante, ¿verdad? —me impresionó que supiera mi nombre.

Le indiqué mis coordenadas y continuamos sin decir palabra.

—Me necesita —dijo, y al cabo de unos segundos, con una sonrisa entre irónica y triste, agregó—: Y yo a él.

Cuando llegamos frente a las puertas de mi edificio, Manuel roncaba entrecortadamente y respiraba con dificultad.

—Se pondrá bien —señaló Vera.

Me bajé del auto y, mientras sacaba las llaves del bolsillo de mi abrigo, ella bajó la ventanilla y dijo:

—Gracias, Horacio.

* * *

A la mañana siguiente de esa extraña velada en la embajada de Argentina, me encontré a las puertas de mi edificio con uno de mis vecinos. Me había visto llegar la noche anterior y había reconocido a Manuel Pérez dentro del automóvil. Lo imaginé espiando entre los visillos de una de las ventanas de su departamento del primer piso y sentí desagrado. Era un hombre atildado, de bigotillo gris y escaso, que había jubilado de algún puesto en el servicio público y se dedicaba la mayor parte del tiempo a pasear a su perro por el barrio. Así me enteré de que la familia de Pérez había hecho su fortuna en la minería, y que por años, como hombre de negocios, había sido él quien se encargara de amasarla y aumentarla. Ese mismo día fui a la Biblioteca Nacional. Buscaba un libro de un poeta olvidado del Siglo de Oro, amigo de Lope de Vega, cuando se me ocurrió que tal vez en algún texto de historia podría encontrar más información sobre la familia Pérez. Los datos que allí encontré corroboraban y ampliaban las revelaciones de mi vecino, pero no me ayudaban a formarme una idea más cabal de Pérez. De todas formas, había ya aprendido que tanto los libros de historia como los museos, en su afán por las generalidades, engullen las particularidades de los hombres y mujeres que las constituyen, exaltando la identidad de unos pocos. Más bien, siempre he acudido a las novelas y a la poesía en busca de entendimiento.

Unos días después tendría la oportunidad de saber más. Un antiguo amigo de mi época escolar, Miguel Sanfeliú, me invitó a almorzar al Club de la Unión.

Nos disponíamos a tomar nuestro último bajativo en la gran sala de piso ajedrezado del club, cuando se acercó a nosotros un hombre y se sentó a nuestra mesa. Traía un puro aprisionado entre los dientes. Un hombre calvo sentado ante un piano de cola tocaba una pieza de Debussy sin mucha convicción.

—Mucho gusto, Bernardo Ruiz —se presentó, y luego, sin preámbulo alguno, me preguntó—: ¿Los conoce hace mucho tiempo? —noté un leve desprecio en su tono.

—No sé a quiénes se refiere —respondí con aprensión.

—Me refiero a los Pérez —aclaró, y luego, sin sacarse el puro de la boca, exhaló una gruesa bocanada de humo que se deshizo a pocos centímetros de su cara.

—La verdad es que no los conozco en absoluto —dije.

En el espejo que tenía ante mí, uno de los muchos que cubrían las paredes de la sala, vi a un hombre cuyos gestos estaban llenos de una arrogante y casi ridícula convicción. Tenía el cabello mal cortado y el rostro imberbe. Transcurrieron tan solo décimas de segundo antes de darme cuenta de que era yo mismo.

—Entonces diría que su *performance* de la otra noche es aún más espectacular de lo que pareció —replicó Ruiz.

—¿De qué están hablando? —preguntó Sanfeliú.

En unas pocas palabras el hombre le explicó a mi amigo lo que había ocurrido en la embajada, y Sanfeliú rio de buena gana. Uno de los candiles apostados frente a los espejos se apagó, dejando ante nosotros un rincón en sombras. El pianista dejó de tocar, se acomodó la pajarita y se levantó de su taburete pesadamente.

—No sabía que tuvieras vocaciones quijotescas —dijo entre risas mi amigo.

—Lo cierto es que para mí ambos son un misterio —me aventuré.

—Ya veo... —dijo Ruiz con una sonrisa de medio lado, e intuí que saboreaba de antemano las revelaciones que se aprontaba a hacerme.

De súbito, al mirar su rostro sanguíneo, su papada y sus bucles amarillos ordenados sobre su ancha cabeza, pensé en la tía chismosa de Scarlett O'Hara.

—Ocurrió hace más de quince años, pero aun así, hay muchos que no se lo perdonan, sobre todo sus familiares. Y como seguramente deben saber, los Pérez Somavía están emparentados con *tout le Santiagó* —dijo, dándole a estas últimas palabras un acento francés.

—Explíqueme, por favor —le rogué.

Fue así como me enteré de que Pérez había sido, desde las sombras, uno de los principales artífices de la migración de veinte mil judíos a Bolivia entre los años 1938 y 1941, junto a su amigo el magnate de la minería boliviana Mauricio Hochschild.

—Pero lo que hace todo esto aún más interesante es que el padre de Manuel, don Jorge Pérez, fue uno de los fundadores del Partido Nazi en Chile.

Un grupo de hombres entró en la sala y sus zapatos sonaron en el piso embaldosado. Dos de ellos los adelantaban en unos pasos, hablando con animación, mientras que los otros, en silencio, los seguían.

—Don Jorge era el principal inversionista del periódico nazi *El Trabajo* y amigo de Keller, ya sabe, ese ignorante con pretensiones de divinidad. Manuel no solo desafió a su clase, uniéndose a un magnate boliviano y judío, sino sobre todo a su padre. Acuérdese que esos eran tiempos donde la mayoría de los países latinoamericanos, frente a la ocupación nazi, habían cerrado sus puertas a los inmigrantes hebreos. La acción de Manuel destruyó a su padre. Dicen que don Jorge enviaba a Alemania parte de su fortuna para financiar algún oscuro experimento que involucraba cuerpos de judíos muertos en las cámaras de gas. Pero, claro, nadie hasta ahora ha podido corroborarlo. Un tiempo después, su padre tuvo un derrame cerebral y ese fue su fin. Todos acusaron a Manuel de habérselo provocado.

—¿Y Vera Sigall?

—¿A qué se refiere?

—¿Cómo entra Vera en todo esto? Ella es judía. Incluso tiene un leve acento.

—Ah, esa es otra historia, pero lo que puedo asegurarle es que Pérez se casó con ella para terminar de destruir la relación que tenía con su familia. Algunos dicen que fue una forma de redimir la culpa y la vergüenza que pesaban sobre él debido a las acciones de su padre. Pero no es mucho lo que se sabe de ella. Yo la he visto un par de veces, es bellísima, de eso no cabe duda. Dicen que tiene una lengua muy aguda y que le sobra inteligencia.

A estas alturas, mi amigo Sanfeliú miraba su reloj con insistencia y pronto se levantó. Tenía una reunión y debía partir. Ofreció llevarme en su coche, pero yo insistí en que prefería caminar. La información que había recibido me había impactado. Debo confesar que también sentí un dejo de envidia por Pérez. Desde mi bizantino lugar en el Comité para los Refugiados de las Naciones Unidas, jamás podría llegar a hacer algo tan importante y grandioso como lo que él había hecho.

Al cabo de unos días, a través del conserje, recibí una misiva de Vera. Venía sin sellos postales, por lo cual imaginé que debía haber sido el chofer quien la trajera. En ella, Vera volvía a darme las gracias. Había leído mi libro de poemas, del cual hacía agudos y entendidos comentarios. Había incluso detectado las alusiones, que nadie había descubierto o comentado, que yo hacía de Saint-John Perse. No mencionaba la posibilidad de que volviéramos a encontrarnos, pero en el reverso del sobre estaba escrita, con letra clara y limpia, su dirección.

Al fin de ese mes emprendí mi viaje a Ginebra y no sería hasta después de un año que volvería a ver a Vera.

16. Emilia

Una tarde pasé por una tienda de artículos de terraza y compré un toldo blanco de cuatro pies, que instalé apoyado contra el muro de la cocina.

Cuando el frío era menos penetrante, me apostaba ahí a mirar la puesta de sol. Desde mi atalaya podía ver las cuatro esquinas de la ciudad, la cordillera de los Andes, la de la Costa y el cielo en toda su extensión. También, si me asomaba a la barandilla, alcanzaba a ver el ajetreo de la calle. Todos esos seres humanos moviéndose sin fin, los autos, las bicicletas, la tienda de abarrotes de enfrente, iluminada de día y de noche con luces de neón, y a un costado la panadería, siempre atestada de gente buscando el pan fresco que salía de sus hornos. Me gustaba oír el barullo.

El silencio de mi pequeño mundo me dolía.

Las seis horas que me separaban de Jérôme eran tan infranqueables como los miles de kilómetros de tierra y de mar que había sobrevolado.

Agitado por la brisa, mi toldo se movía alegre y etéreo. Me hacía pensar en las velas de una embarcación. Entonces imaginaba que navegaba rumbo a tierras lejanas de donde nunca regresaría. En otras ocasiones, pensaba que estaba bajo una carpa en el desierto, y que pronto vería un cometa atravesar su cielo gigante y claro. Me gustaba esa sensación momentánea de vivir a la deriva, como una medusa, en medio de los colores del ocaso.

Pero la mayoría de las tardes, al llegar de la clínica, me instalaba en mi escritorio a trabajar en lo que ahora constituía el centro de mis estudios: la relación entre la obra de Infante y la de Vera Sigall. Había descubierto que los versos de él estaban con frecuencia presentes en la obra de ella. Sobre todo los primeros, los más poderosos, y los que habían catapultado a Infante como uno de los poetas de habla hispana más respetados de nuestro tiempo. Comencé a hacer un catastro de todos los párrafos donde Vera hacía alusiones y reproducía parte de sus versos. El contexto, los personajes desde los cuales surgían. En unas ocasiones eran parte de la corriente de conciencia de alguno de ellos, ideas que sellaban largas reflexiones, otorgándoles, al final, la fuerza que requerían. En otras, surgían en los diálogos, una nota destemplada que mostraba el particular mundo del personaje. En muchos de ellos, el sentido del poema era el origen de una escena, de un conflicto, de un tramo de la historia, y eran estos paralelos los que más me intrigaban. Llevaba varios días detenida en la tercera novela de Vera: *El trapecio más alto*. La relación entre los versos de Infante y la historia de esta novela se producía a varios niveles, tanto en la forma como en el contenido.

En la novela, los dos personajes principales, Octavio y Sinalefa, tienen un *encuentro clandestino* en una ciudad permanentemente nevada. Ambos están casados con otros y viven en diferentes continentes. Sinalefa ha accedido a encontrarse con Octavio en esa *ciudad insondable*. Están allí juntos y solitarios a la vez, *sin esperar nada ni pedirlo,* vagan por la ciudad cubierta de nieve, sin preguntarle al otro el sentido último de ese encuentro, temerosos de desatar sus sentimientos, de confesarse a sí mismos y al otro que *un desahogo fui de tu rabia y tu hastío, en la antesala de esa nieve neoyorquina.* Y mientras caminan, poco a poco comienzan a revelarse sus infidelidades anteriores, *aventuras mínimas y casi olvidadas.* La estructura original de los versos de Infante es la de los tankas. Construidos en cinco, siete y cinco sílabas.

aventuras, mínimas,
y casi olvidadas,

de las que no nos
vanagloriábamos, no
por pudorosos,
sino porque de verdad
no eran importantes,

aunque con el
tiempo fueron creciendo
hasta llegar a
ser espinas en nuestros
costados, torturando

nuestras mentes con
embestidas de celos
no del todo
justificados, o al
menos es lo que quiero

pensar en esta
fecha tardía, y es
lo que tú siempre
decías, mirándome
inquisitivamente

Octavio y Sinalefa continúan encontrándose en diferentes lugares del mundo. Pero aunque los escenarios se van sucediendo uno al otro, el verdadero viaje y el más peligroso es el que hacen juntos a los trasfondos de los celos. Lo que ha comenzado como un juego en las calles de la ciudad nevada se vuelve una obsesión. *No sé por qué lo / hicimos, pero ahí / está, y ya no / hay vuelta atrás.* Octavio descubre el placer doloroso de imaginar el cuerpo desnudo de Sinalefa siendo acariciado y poseído por otro hombre. *Solo / quedan el dolor y las / mil sospechas sin / redención ni escape. / Así transcurren / las noches preñadas / de insomnios, rugidos / asfixiantes y / sombríos, que hacían / temblar nuestras almas.*

Tuve la certeza de que había descubierto algo importante. Un secreto oculto que nadie había visto antes. Vera entretejía en su prosa los versos de Infante como hebras.

Salí a la azotea.

El sol hacía rato que se había escondido. Mil interrogantes daban vueltas en mi cabeza. A lo lejos oía el tintineo de las pulseras de Vera, que parecía decirme: «Atenta, atenta».

Además de Benjamin Moser, dos académicos y un importante crítico habían estudiado la obra de Vera en detalle. Los tres dominaban el español. Esto era evidente en sus observaciones y la agudeza de sus análisis. Sin embargo, en ninguno de sus estudios se hacía mención a lo que yo había descubierto. Era probable que ninguno de ellos conociera en profundidad la poesía de Infante. Lo de Vera caía, sin duda, en el campo de las alusiones. Pero el hecho de que fuera un recurso válido no le quitaba valor ni misterio a mi descubrimiento. O eso quería creer al menos. Pensé que quizá se trataba de un código oculto, un juego que ambos habían acordado. Tal vez en los versos de Infante, que yo no conocía a cabalidad, hubiese también extractos de la obra de Vera.

Me di varias vueltas en redondo por la azotea, sumida en estas cavilaciones. Hacía rato que se había asentado la noche. Entré en la cocina y abrí un tarro de atún. Corté un tomate en rebanadas y lo mezclé con el pescado. También me serví un par de hojas de lechuga y un huevo duro que no me había comido la noche anterior.

Llené un vaso con agua y llevé mi merienda a la alcoba. Solía cenar sentada a mi escritorio, leyendo algún texto, o haciendo anotaciones en mi cuaderno. Pero esa noche, aunque no había comido durante el día, me era difícil tragar bocado. La conclusión más fácil era suponer que Infante y Vera Sigall habían sido amantes. Intenté reconstituir los detalles del almuerzo en casa de su hija. También la conversación que escuché en el vestíbulo.

No sabía en ese entonces cómo eran las relaciones entre la gente mayor. Apenas conocía las de los chicos de mi edad. Pero aun con todas mis limitaciones e ignorancia, en aquel almuerzo percibí que lo de ellos era más que el encuentro de dos antiguos amantes. Una trama compleja de sentimientos los ataba. El resultado, estaba segura, de una historia compuesta por sentimientos fuertes, que no abarcaban tan solo el espectro del amor.

17. Daniel

Pasadas las doce salí de tu cuarto para almorzar en un pequeño restorán a un par de cuadras de la clínica. El aire en el corredor era húmedo y grueso, como el de un invernadero.

No la había visto al llegar, pero ahí estaba otra vez, sentada en la sala de espera con un libro sobre las piernas. En lugar de seguir de largo, me quedé observándola desde el pasillo. Llevaba casi un mes viniendo todos los días. Desde el incidente de los reporteros, nuestros ojos se habían cruzado un par de veces, y había vislumbrado la fuerza de su mirada. Parecía detenida en otra época, intocada por los avatares del mundo moderno. No era solo su atuendo —las faldas plisadas, las medias de lana gruesa, los zapatos acordonados— y el rostro lavado, blanco y redondo, también su mente parecía flotar sin tiempo. Era difícil definir su edad. Su apariencia era la de una chica de no más de quince años, pero su aislamiento, que la rodeaba como una coraza de hierro, me hacía pensar en una mujer mayor.

Se levantó y con el morral al hombro echó a andar hacia el ascensor. Decidí seguirla. Bajé las escaleras corriendo y llegué al primer piso en el momento en que las puertas del elevador se abrían. Salió a la calle. Era un día frío de septiembre. Por un instante la perdí entre un grupo de niños que apareció desde la esquina. Ella atravesó la calle encogida, los brazos ceñidos a la altura de su pecho, mirando hacia el suelo. Caminó unos pocos metros por el sendero que bordea el río Mapocho y se sentó en un banco. Sacó un paquete de galletas de su morral, lo abrió con cuidado y se comió una a pequeños mordiscos. Y así, una tras otra, mirando concentrada los automóviles que surcaban la avenida Santa María, como si aquel acto fuera parte de un rito. Tuve la impresión de que violaba su intimidad. Pensé en dar media vuelta, pero algo me detuvo. Sus ojos oscuros, que se asomaban tras sus anteojos, tenían un aire de indefensión. Me acerqué a la banqueta y me senté a su lado. Ella, sin mirarme, se levantó de un salto y agarró su morral entre los brazos.

—No te vayas —le dije.

Respiraba aceleradamente y todos sus sentidos parecían azuzados. Pensé en un ciervo en medio de un erial, expuesto ante la aparición intempestiva de un predador.

—No me tengas miedo —le dije.

—Me has dicho dos «no» en menos de un minuto —dijo. De su boca brotaba el aliento y se desvanecía en el aire frío.

Con una mano echó hacia atrás su brillante flequillo negro, que de inmediato volvió a caer sobre sus ojos. Su voz era delgada pero firme, y tenía un dejo extranjero. Frunció el entrecejo a causa de la luz que apareció entre las nubes. Sus cejas gruesas y oscuras parecieron unirse en el centro. Se quedó mirando hacia la calle.

—Me gustaría que te quedaras —dije entonces, cuidando que en mi frase no apareciera un furtivo «no».

Se sentó en el borde opuesto del banco, se restregó la nariz y luego escondió ambas manos entre sus rodillas. Permanecimos en silencio.

—Iba camino a almorzar, si quieres vienes conmigo —le propuse.

Ella negó con un gesto de la cabeza. Tenía los pies muy juntos, el cuerpo tenso. No me miraba, pero podía ver su perfil serio y a la vez expectante. En cualquier momento se levantaría y desaparecería.

—Hay un restorán de barrio a una cuadra donde sirven una sopa maravillosa —insistí.

Se levantó sin decir palabra y se quedó así, sin mirarme, pero tampoco haciendo ningún amago por partir.

—Imagino que es un sí —señalé, sin esperar respuesta.

La chica deslizó su mirada sobre mí y enseguida enterró los ojos en el suelo. Eché a andar hacia el restorán, y ella, unos pasos más atrás, me siguió.

18. Emilia

Tenía hambre y la idea de un plato de comida caliente fue más fuerte que mis aprensiones.

Él iba delante, volteando la cabeza cada cierto trecho. Caminaba sin prisa y con naturalidad. A pesar del sol, el frío me cogía a dos manos. Un par de cuadras más allá se detuvo en un restorán. En la puerta crecía una enredadera cuyas hojas brillaban como si alguien las hubiera aceitado. Al entrar, trastabillé. Fue entonces cuando él me tomó del codo y yo di un salto.

—¿Estás bien?

—Sí —respondí con la cabeza gacha, y mirando mis zapatos señalé—: No puedes tocarme. ¿Entiendes?

—Lo entiendo.

Me impresionó su respuesta. Rotunda y clara.

—Me llamo Daniel Estévez —señaló mientras entrábamos.

—Y yo Emilia Husson.

El local era pequeño y de sus ventanas colgaban cortinas a ganchillo. Los clientes, en su mayoría, no debían tener menos de setenta años. Algunos reían y se hablaban de una mesa a otra con familiaridad. Los aromas que emergían de la cocina y que permanecían suspendidos en el aire golpearon mis sentidos. Comencé a sudar y sentí en mi estómago una sensación de vacío aún más intensa. A nuestro paso, las señoras miraban a Daniel. Más de una le sonrió, y él les sonrió a su vez. Una de ellas lo detuvo, y él le preguntó:

—¿Logró sacar la copia de su llave, señora Marta?

A lo cual la mujer respondió con una sonrisa, mientras miraba de reojo a sus amigas —tan vetustas como ella— con picardía.

Nos sentamos a la única mesa desocupada, donde las sonrisas ajadas y los aromas nos siguieron. En el techo, una lámpara nos miraba con sus destellos cansados.

—En una novela que leía de adolescente había una chica que se llamaba señorita Husson y que me volvía loco —rio Daniel.

—¿Y cómo era? —pregunté.

—¿Además de súper sexi? —replicó riendo.

—Además de eso —dije ruborizada.

—Era endiabladamente inteligente.

Yo bajé los ojos y los enterré en el menú.

—¿Quieres ordenar? Pide lo que quieras —agregó, cambiando de tema, al ver que sus palabras me habían azorado.

—¿De verdad?

—¡Sí, claro! —exclamó.

Estudié el menú. Entretanto, Daniel pidió una jarra de agua y dos copas de vino.

—Quiero el menestrón. Y luego el filete con papas fritas. Ah, y de postre las manzanas al horno con canela.

Él se largó a reír y luego dijo:

—Se ve que tienes las cosas claras.

—Así es.

—Has elegido muy bien. Diría que son los mejores platos que tienen. Yo preparo un menestrón casi tan bueno como este.

—¿Cómo lo haces?

—¿De verdad te interesa?

Nunca había tenido curiosidad por los secretos de cocina, pero ahora me parecía el tema más interesante del mundo. Los mozos iban y venían cargando sus platos humeantes. Daniel se estiró las mangas del suéter, se echó el pelo hacia atrás con una mano y comenzó a hablar.

—Bueno, lo primero que hay que hacer es sofreír el tocino en aceite de oliva hasta que quede dorado, luego las zanahorias, el apio y la cebolla. Eso sí, la olla tiene que ser bastante grande. Luego pones los porotos, el tomate triturado y los sofríes otro poco. Echas el caldo y lo dejas cocinarse por al menos cuarenta minutos. Después le agregas la pasta, el ajo, un poco de perejil, la albahaca picada y continúas cocinándolo otros diez minutos.

Dos hoyuelos en sus mejillas aparecían con su sonrisa. Su voz me entibiaba. Mientras lo escuchaba, percibía a mi alrededor los gestos lentos de los viejos, sus rostros flácidos, sus mejillas derrumbadas, sus párpados pesados. Bebí un sorbo de vino y su ardor se vertió en mi estómago vacío.

—Ah, y al final le agregas unas pocas hojas de espinaca, justo antes de sacarlo del fuego, para que guarden su color verde y fresco. Muy importante, lo sirves con queso parmesano y un poco de aceite de oliva.

—Suena delicioso —comenté entusiasmada.

Sobre la mesa, tocadas por el sol, bailaban unas motas de polvo.

—Algún día podría cocinarlo para ti —dijo animado, como si las palabras fueran un sabor en su boca.

No me gustó que dijera eso. Implicaba una intimidad precipitada. Mi rostro debió reflejar mis sentimientos. Él calló. La atmósfera se hizo densa. Y bajo su espesor estaba yo. No debía olvidar que había llegado hasta ese lugar movida por el hambre.

Su celular sonó. Lo sacó del bolsillo de su chaqueta, lo puso en silencio y lo dejó sobre la mesa. La pantalla continuó algunos segundos encendida. En los próximos minutos volvió a iluminarse varias veces. Alguien intentaba comunicarse con él desesperadamente y Daniel lo ignoraba. Comimos sin hablar, envueltos todavía en el hechizo perdido de momentos atrás.

La última vez que había estado en un restorán había sido con Jérôme. Hacía ocho días que no respondía mis mails. Quería creer que estaba en uno de sus viajes exploratorios y que había olvidado advertirme que no tendría señal. Mi padre, de niña, solía desaparecer por semanas. En ese entonces los teléfonos celulares eran escasos y enviar una carta por correo era algo impensable para él. Yo lo añoraba. Contaba los días de su ausencia, sin saber cuántos serían. Sin saber cuándo lo vería aparecer por la puerta de nuestra casa con sus pantalones de explorador, el pelo enmarañado y la tez enrojecida por las largas horas a la intemperie. Imaginaba que un agujero se abría en el centro de la Tierra. Un agujero por el cual mi padre desaparecía. Ahora, ante el silencio de Jérôme, volvía a sentir esa ansiedad.

La jarra de agua reposaba en el centro de la mesa, con su callada simplicidad. Mientras comíamos, en una o dos ocasiones levanté la vista y me tropecé con los ojos de Daniel. Había algo inquisidor en su brillo. Como si se encontrara frente a un insecto que hubiese estado buscando.

—¿Tienes algún enfermo en la clínica? —me preguntó.

Ya habíamos terminado el primer plato.

Asentí con un gesto. No le dije que ambos visitábamos a Vera Sigall. Pensé que si le confesaba la verdad, el precario equilibrio que había alcanzado con mis visitas se rompería.

—Me impresiona tu tenacidad, no faltas ni un día —me dijo.

—Y a mí la tuya.

Él rio. Sus hombros vibraron como las copas de los árboles. Había en su semblante una propensión a la alegría. Callamos otra vez. Aún no habíamos comido el segundo plato ni el postre.

—Mi sueño es tener un restorán —dijo de pronto. Se detuvo y luego agregó—: Colgando de un acantilado frente al mar.

—¿Por qué de un acantilado?

—Me gusta la idea de que esté suspendido. Ya he hecho los dibujos. Soy arquitecto.

—¿Construyes casas?

—No muchas —rio otra vez.

—¿Porque sueñas todo el tiempo con tu restorán? —me miró con los ojos muy abiertos y se largó a reír. Yo continué—: A mí me suele suceder. Cuando quiero algo con mucha, mucha fuerza, el resto de las cosas deja de interesarme. Y como ya nada me interesa, todo deja de funcionar.

—Estás hablando de la pasión.

—¿Pasión?

Yo tenía una mano posada sobre la mesa y la oculté bajo el mantel.

—De la pasión y de lo que estamos dispuestos a hacer por ella —dijo con cierta dureza.

—¿Y esa es tu pasión? ¿Construir un restorán que cuelgue de un acantilado?

—Sí, entre otras, claro —afirmó riendo—. ¿Y tú?

Me tomó desprevenida.

—Las letras y las estrellas.

—Yo tenía una amiga... —mencionó, y se detuvo—. Tengo. Sí, tengo una amiga con tus mismas pasiones. Es a ella a quien voy a visitar todos los días a la clínica.

No podía seguir omitiendo la verdad. De hacerlo, ya no habría vuelta atrás. Daniel parecía ser una buena persona y yo no tenía muchas personas a mi alrededor. Era una ecuación simple de resolver.

—Quiero decirte algo.

Todo su cuerpo se alzó en actitud atenta.

—Estoy en la clínica todos los días por Vera Sigall.

—Lo intuía —sonrió y cruzó los brazos, como si alguien hubiera depositado un trofeo entre ellos.

—¿Verdad? ¿Por qué?

—Porque siempre estás sola, porque te lo pasas leyendo, y sobre todo, porque traes aires de otras tierras, como ella.

—¡Lo sabías! —exclamé, intentando quitarle peso a sus últimas palabras y a la emoción que me producían.

Podría haber mencionado que me había descubierto husmeando su puerta, o que me había visto leyendo alguno de sus libros. Cualquier cosa. Pero no. Había dicho que traíamos el mismo aire. ¡El mismo aire!

Sus palabras me insuflaron ánimo para hablarle. Le conté que escribía mi tesis sobre su obra, pero que ahora, después de su accidente, había perdido el rumbo. Solo su cercanía, postrada en esa cama de la clínica, me permitía continuar. No le conté, sin embargo, de los avances que había hecho relacionando la obra de Infante con la suya. Aún me sumergía en ellos como un buscador de tesoros, sin mapa ni coordenadas, sin saber la naturaleza del caudal en cuya búsqueda me embarcaba. Terminé de hablarle y me sentí agotada.

Daniel no se había movido.

Creo que los dos sopesábamos la dimensión de ese encuentro, del hecho que él y yo estuviéramos ahí, hablando de la mujer a quien ambos visitábamos a diario, cada uno por sus propias razones. Me contó del accidente y de cómo la había hallado. Expresaba los acontecimientos y las ideas con palabras sencillas, sin frases pomposas ni grandilocuentes, y sobre todo, sin vuelcos melodramáticos. Pensé en cómo las palabras a veces se desprenden de los acontecimientos que narran y comienzan a jugar otros roles. En ese momento, lo importante no eran los detalles que Daniel expresaba, sino el hecho de que me los estuviera contando, de que los compartiéramos, y que para los dos poseyeran el mismo significado.

El accidente de Vera Sigall había dejado a Daniel en un estado tan confuso y huérfano como el mío.

Su celular volvía a encenderse sobre la mesa, sin sonido, persistente. Salimos a la calle y caminamos juntos hacia la clínica. Eran tan solo un par de cuadras, y ambos guardamos silencio. Las hojas de los árboles, agitadas por la brisa, hablaban en susurros entre ellas.

Nos despedimos a las puertas de la clínica. Me preguntó si volvería al día siguiente, y yo asentí.

—Nos vemos entonces —dijo.

Él entró y yo eché a andar calle abajo.

Tenía mi bicicleta en el subsuelo de la clínica, pero necesitaba separarme pronto de Daniel. Restaurar el orden. Caminé por Bellavista a paso rápido. Absorbiendo el mundo exterior. Las casas azules y blancas, los perros vagos, los olores que se filtraban en el aire. Al cabo de un rato, la voz de Daniel fue quedando atrás.

Solo entonces volví a la clínica, cogí mi bicicleta y retorné a mi altillo. Mientras pedaleaba, recordé el breve contacto de la mano de Daniel en mi codo. Recordé también cuando de adolescente llenaba libretas y cuadernos con preguntas: ¿Poseen los animales conciencia de su cuerpo? Si el cuerpo cambiara, ¿cambiaría también lo que está adentro? ¿Dónde estoy «yo»? ¿Afuera? ¿Adentro? Si alguien me hubiera dado a escoger, yo habría elegido deshacerme de mi cuerpo. Soñaba despierta con un mundo en donde, despojados de toda materialidad corporal, los corazones y las conciencias se encontraban de forma verdadera y absoluta.

19. Horacio

Un par de meses después de mi arribo a Ginebra, me animé a enviarle una carta a Vera. La fui escribiendo en el transcurso de varios días, sentado frente a mi ventana desde donde alcanzaba a ver la ribera del lago Leman. Me había instalado en un departamento que había sido amoblado pretenciosa pero pobremente: lámparas de vidrio, alfombras persas, muebles afrancesados y vajilla de porcelana cuyas tazas estaban en su mayoría desorejadas. Era un lugar ínfimo, pero donde a pesar de todo me sentía a gusto. En la carta le contaba a Vera de mi trabajo, de las largas noches en vela, de mis poemas y hallazgos, de cómo, mientras escribía, la emoción aceleraba mi pulso, y que junto con la euforia me embargaba el temor. Nunca llegué a explicarle, ni en esa ni en ninguna de las cartas que siguieron, la naturaleza de ese miedo, porque yo mismo era incapaz de formulármela. Lo cierto es que temía que la veta creativa se cerrara, o que esta fuera tan solo un atado de fuegos fatuos, producto de la ilusión y de mis ansias de escribir. Sin embargo, el miedo más profundo, me temo, era carecer de talento.

El caso es que en esa primera carta, a pesar de tener un tono personal, no dejaba traslucir los sentimientos que había albergado por ella el tiempo antes de partir. Su respuesta llegó al cabo de unas semanas. Vera recogía y afianzaba el tono de confianza e intimidad que yo había instaurado.

Fue así como iniciamos un diálogo epistolar, en el cual primaba un equilibrio entre la confidencia y la respetuosa distancia. En sus cartas, Vera me contaba anécdotas que en su mano adquirían una gracia y un relieve deslumbrantes. Sin embargo, en algunas de ellas había un aire liviano, festivo, que me parecía impostado. Tenía la sensación de que me escondía algo, de que en sus cartas agudas y por lo general optimistas, el centro mismo de su vida permanecía oculto, encapsulado. Años después me confesaría que fue en esas cartas, muchas sin enviar, que descubrió la exaltación que se apoderaba de ella al poner una palabra junto a la otra y constatar que juntas adquirían un sentido, una sonoridad que producía algo nuevo y único, un territorio propio que empezaría, poco a poco, a transformarse en su verdadera patria. Me contaba de sus lecturas, de su descubrimiento temprano de Faulkner, de los cuentos laberínticos de Borges, y más tarde, de Kafka. De tanto en tanto, se aventuraba a enviarme un poema. Vera tenía plena conciencia del peso de cada palabra, también de su brillo u opacidad. Las trataba con cautela, jamás equivocando un paso, y tal prudencia, combinada con su pasión, avivaba de una forma inédita mi propia escritura.

En una de sus cartas me confirmó que el niño que yo había visto frente al café era su hijo, que tenía seis años y que se llamaba Julián. Solía explayarse sobre él, describiéndome los paseos que acostumbraban a hacer juntos al centro y también al zoológico, donde pasaban horas observando especialmente a los pájaros. Julián padecía de algún tipo de deficiencia pulmonar, e imposibilitado de asistir al colegio, pasaba largas temporadas en casa, donde Vera lo instruía en las materias que a ella le parecían importantes. Julián comenzaba a leer junto a su madre *El león, la bruja y el ropero*. La adoración que tenía por su hijo era evidente, y era probable que sus periódicas recaídas y consiguientes reclusiones le otorgaran a Vera la oportunidad de constituir con él un mundo aparte, un mundo propio.

Fue en esa primavera que publiqué mi segundo libro en la editorial Orbe. Eran tan solo doce poemas y la recepción fue mejor que la del primero, lo que hizo que en algún lugar de mi conciencia empezara a abrigar la idea de dedicarme de lleno a escribir. No obstante, sabía que aún no era el momento.

Hacia el fin de ese mismo año fui invitado por un organismo internacional a un encuentro sobre migraciones que se llevaría a cabo en Nueva York. Una noche, mientras le escribía a Vera, tuve la imagen de nosotros caminando por sus calles, y en un arrebato, le propuse que nos encontráramos en esa ciudad. De ambos lados, en las últimas cartas, se habían colado tímidos indicios de que tras las letras que cruzaban el Atlántico con regularidad, había un hombre y una mujer de carne y hueso que se deseaban. Era consciente del riesgo que corría de ser rechazado, de lo descabellado que resultaba invitar, a un lugar tan remoto para ambos, a una mujer casada a quien no había visto más que en dos ocasiones, y a quien, sobre todo, no había nunca tocado.

La carta de Vera se demoró más de lo acostumbrado en llegar. Había días en que pensaba que no me respondería, que había sido un error transgredir esa línea innombrable que, paradójicamente, había permitido nuestra proximidad. Cuando en medio de los avatares del día recordaba que aún no había recibido su respuesta, y que tal vez nunca lo haría, me prometía que si ella me escribía, nunca volvería a intentarlo. Nuestra amistad se había fraguado en las letras, y aspirar a darle otra forma era destruirla. Decidí escribirle pidiéndole disculpas por mi exabrupto, pero el mismo día en que me disponía a hacerlo, recibí su respuesta.

Me hablaba de un cumpleaños al que había asistido con Pérez, deteniéndose en esos detalles que tan solo ella veía, y que revelaban su capacidad para entender la naturaleza humana. Estaba aliviado. Vera había ignorado con serenidad mi desatinada proposición. Sin embargo, después de su firma, había una nota. Tan solo dos frases que lo transmutaban todo:

Mis sentidos se apagan. ¿Cuándo?

20. Daniel

Después de despedirme de Emilia en las puertas de la clínica, pasé por el primer piso en busca de un café antes de retornar a tu cuarto. Mientras caminaba hasta allí no había dejado de pensar en ella. Pero no de la misma forma en que pensaba en otras mujeres. De su ser emanaba fragilidad y a la vez fortaleza, desatando en mí impulsos contradictorios. Por un lado, ansiaba protegerla de algo que creía que la atormentaba, y por el otro, su presencia me producía el temor de estar aproximándome a algo que podía hacerme daño.

El inspector Álvarez me aguardaba en la sala de espera. Verlo me causó una alegría que jamás imaginé podría sentir ante la presencia de un policía.

—Necesito conversar con usted. ¿Le parece aquí o preferiría en otro lugar? —preguntó.

—¿Ha descubierto algo? —inquirí animado—. Hay una cafetería en el primer piso, podemos hablar allá —añadí.

Sentados a una mesa le entregué la lista que había confeccionado y le hablé de Calderón, el psiquiatra y profesor de la Complutense con quien te habías reunido la semana anterior al accidente. Le conté de tu inquietud después de encontrarte con él y le sugerí que averiguara si aún se encontraba en Chile. El inspector me escuchó con educada distancia y luego dijo:

—Iré al grano, señor Estévez, ¿le parece? —declaró y yo asentí—. Hay un par de cosas que no me calzan y me gustaría que usted me las aclarara.

Instintivamente me reincorporé en mi asiento.

—Hice algunas averiguaciones. Según lo que consta en el hotel donde se hospedó en Los Peumos, el fin de semana previo al suceso, usted cerró su cuenta el sábado 4 de agosto por la mañana. Ambos con su mujer sostienen que usted llegó a su casa el domingo por la noche. ¿Dónde estuvo desde la mañana del sábado hasta ese domingo por la noche?

—Todo esto es ridículo —proferí casi gritando.

—Por favor, no se enoje —dijo con una expresión preocupada—. Lo que pasa es que no puedo dejar ningún cabo suelto. Ese es mi trabajo. Si hay algo que no calza, tengo que hacerlo calzar.

—Es un asunto personal que no tengo por qué compartir con usted —le dije en un tono firme—. Mi única intención es aclarar lo que le ocurrió a Vera, y mi vida no guarda ninguna relación con ello.

—Usted entenderá que estoy conversando con otras personas. Con sus vecinos, con el médico que la atendió, con su mujer, la señora Gracia Silva.

—Sí, ya me había enterado —dije molesto, al recordar la discusión que habíamos tenido con Gracia. Gracias a ella, el inspector estaba perfectamente al tanto de que le había mentido—. ¿De verdad quiere saber? —pregunté con sequedad.

—Si no es mucha la molestia.

—Fui a ver un sitio cerca de Los Peumos. Y esa noche, la del sábado, acampé allí.

—¿Acampó?

—Así es. Creo que aún tengo la carpa dentro del maletero de mi automóvil, por si quiere verla.

—No es necesario.

Había de hecho acampado en el sitio. Quería identificar el recorrido exacto del sol en el espacio donde imaginaba debía estar emplazada la construcción de mi restorán. Un esfuerzo vano, puesto que el sitio no era mío, y dado su valor, resultaba imposible para mí adquirirlo. La versión que le daba al inspector, sin embargo, no era del todo cierta. No había acampado allí el sábado, sino durante la semana. Esa noche y el domingo que le siguió los pasé con Teresa.

* * *

No me produce orgullo decirte lo que te voy a contar, aunque es probable que tú lo supieras de todas formas. Teresa, la mujer con quien te visité ese domingo, y a quien te introduje como una amiga de infancia, era mi amante. Hablo en pasado porque ya no lo es. Nos conocimos de niños. Vivía a un par de casas de la nuestra y era buena amiga de mi hermana. Una niña tímida, poco agraciada, que desde los rincones me perseguía con su mirada. Me volví a topar con ella hace poco más de un año, uno de esos encuentros pedestres, no demasiado dignos de ser contados. La fila del supermercado, una mujer que me mira, luego su nombre, el recuerdo de la niña regordeta, la risa, el intercambio de números de teléfono, los mensajes, la primera cita, el hotel parejero y los sucesivos encuentros. ¿Por qué? Porque Teresa conocía al niño que fui, mi inocencia; porque de todas las profesiones, ella había escogido la de veterinaria, actividad que, junto con la de dentista, Gracia despreciaba; porque Teresa era débil, insegura, y junto a ella recuperaba, al menos mientras estábamos juntos, el brío perdido, el sentido de mí mismo. Porque Gracia hacía tiempo había comenzado a evitarme sexualmente. Ya perdido el ímpetu de seguirla en su carrera vertiginosa hacia el éxito, negarse a tener sexo conmigo era el poder que ella ejercía sobre mí. Un poder que nunca imaginé podía ser tan brutal. Si algo yo tenía claro cuando me casé con Gracia, es que no le sería infiel. Me parecía algo vulgar, propio de los hombres débiles y toscos, cuya única manera de otorgarles a sus vidas un gramo de esplendor es de esa forma fácil e inmediata. Estaba convencido de que la fidelidad le daba sustancia a mi vida, una vida que de otro modo se hubiera descompuesto en sensaciones pasajeras e insustanciales, vaciándola de contenido. La fidelidad no era un valor moral, sino existencial.

A pesar de todo aquello, ahí estaba, ideando citas furtivas con Teresa. No intento justificarme, pero esos encuentros disipaban la sensación de fracaso que se cernía sobre mí.

Está dicho, ya ves. Sé que tú no me juzgas, pero aun así, no me siento mejor al confesártelo. Ese domingo, cuando llevé a Teresa a tu casa, yo sabía que tú sabías, y sabía también que te estaba haciendo cómplice de mi amantazgo sin tu consentimiento. Que transgredía tu confianza.

Aunque la idea resultara disparatada, de pronto pensé que nuestra visita clandestina a tu casa y tu caída unas horas más tarde podían estar ligadas de una forma oculta e impensable.

21. Emilia

Por segundo día consecutivo, después del reparto matutino de la verdulería, retornaba a trabajar en mi altillo. Mis investigaciones seguían su curso. Después de analizar *El trapecio más alto,* me había abocado al estudio de la segunda novela de Vera Sigall: *Flores disecadas y cosas así.*

En esta obra, ella había comenzado a desarrollar ese lenguaje abstracto, casi alegórico, que luego se volvería parte de su mundo imaginario. Aquí, los versos de Infante estaban urdidos de una forma más fina y a la vez más definitoria. Su poesía parecía dar origen al tono de la prosa. Me pasaba horas sentada a mi escritorio, yendo del texto de Vera a los versos de Infante, sin cejar, con los puños comprimidos por la frustración de no hallar las relaciones. Hasta que de súbito las veía.

Tres palabras, cuatro. Ocultas entre los dobleces de la trama. Mi asombro era tan agudo, que me encandilaba.

Me recordaba la forma en que mi padre había buscado sus estrellas muertas. Estrellas apenas visibles, de rápido movimiento y débil luminosidad. La única forma de avistarlas es buscándolas cerca del Sol. La luz del sol revela su movimiento. Recuerdo la excitación de mi padre cuando por la mañana llegaba a casa después de haber descubierto alguna nueva estrella muerta en la materia oscura del firmamento. La seguía noche tras noche. Hasta tener la certeza de que allí estaba. Y de que era suya.

De la misma forma yo descubría, oculto en el tejido complejo de palabras e historias de Vera, algún verso de Infante que solo podía ser visto a la luz de un sol que lo iluminaba, haciéndolo visible ante mis ojos.

Las obras de Vera y de Infante estaban ligadas, de eso no cabía duda. Ahora había que descubrir por qué.

Recordé mi primer encuentro con Infante cuando después de una de sus charlas en Nanterre, junto a otras decenas de estudiantes, me acerqué a él para que me firmara uno de sus libros. Infante había recitado algunos de sus poemas frente a una numerosa audiencia. Lo hacía sin afectación, con una distancia y sequedad bajo las cuales tal vez se ocultaba cierta timidez. Iba vestido formalmente, chaqueta azul cruzada y pantalones claros. Me llamaron la atención sus fuertes cejas, bajo las cuales sus ojos estaban sólidamente asentados. Sus gestos poseían lentitud y parsimonia.

—¿De dónde sacaste esto? —me preguntó, al ver el libro que le había entregado.

Era una edición de su primer poemario, *Admoniciones*. Mi madre debió comprarlo en una librería de viejos, porque tenía la primera página arrancada.

Me preguntó mi nombre para escribir la dedicatoria.

—Emilia Husson Vásquez.

Él alzó la mirada del libro y me preguntó si mi madre era chilena.

Yo solía en ese entonces dar mi nombre completo. Me gustaba cómo sonaban ambos apellidos uno junto al otro. Husson era suave, con sus eses, su hache muda, y rimaba con los vientos del monzón. Vásquez me hacía pensar en un guerrero. La uve y la zeta eran los escudos que lo protegían de sus enemigos, mientras que la cu estaba plantada en su centro, como una lanza. Recuerdo sus ojos fijos en mí. La simpatía que de ellos se desprendía y cómo con calma, haciendo caso omiso de la larga fila que aguardaba su turno, me preguntó cuántos años tenía, qué estudiaba, dónde había crecido. Preguntas a las que yo respondí con monosílabos, incapaz de concentrarme. Anotó su número de teléfono en la primera página del libro y me dijo que lo llamara cuando quisiera. Salí de allí bajo la mirada curiosa de los estudiantes que habían presenciado la escena.

Aguardé un par de días para no parecer ansiosa y lo llamé. Respondió el teléfono al instante y me propuso que nos encontráramos en el cementerio Père-Lachaise.

Mientras caminábamos entre las tumbas, Horacio Infante me regaló una novela de Vera Sigall. Yo había oído hablar de ella en la universidad, pero nunca la había leído. Todo lo que salía de mi boca me parecía banal e insignificante frente a la figura de ese hombre mayor y erudito, que representaba el mundo al cual yo aspiraba a pertenecer. Los días siguientes no dejé de preguntarme por qué Horacio Infante se había dado el tiempo de reunirse conmigo. Yo no podía ser la primera hija de chilena y estudiante de literatura que encontraba en sus periplos por el mundo. Fue ante la tumba de Pierre Abélard que me preguntó por mis padres.

—Tus padres trabajaron en el observatorio de Niza, ¿verdad?

—Sí, antes de que yo naciera. ¿Los conoce? —le pregunté, sorprendida de que supiera de ellos.

—No personalmente —dijo—. Tu madre se llama Pilar. Pilar Vásquez, ¿verdad? —yo asentí—. Entre los chilenos solemos saber el derrotero de nuestros compatriotas, sobre todo en el caso de tu madre. Ser astrónoma y haber trabajado en uno de los observatorios más importantes del mundo no es para nada común. Aunque no soy un gran entendido, las estrellas siempre me han producido fascinación. Debe ser tal vez la influencia de Huidobro.

—Uno de los ensayos más importantes de mi padre comienza con una cita de *Altazor*. «Siento un telescopio que me apunta como un revólver» —recité. No sé de dónde saqué la entereza para hacerlo.

—«La cola de un cometa me azota el rostro y pasa relleno de eternidad» —continuó él, luego sonrió y en su mirada se asentó un tibio fulgor en suspenso.

Sin palabras, y sin otro gesto más que el de aminorar el paso, sentí que me instaba a hablar. No sé por qué lo hice. Le conté que mi padre no era mi padre. También le conté que no me importaba. Porque a pesar de no tener un lazo de sangre, ambos estábamos hechos de la misma materia.

Se detuvo. Sus ojos chispearon al mirarme. Me pidió que le hablara de él. De su trabajo, de las estrellas que había descubierto. Yo le conté que de niña, después que mamá abandonó su labor en el telescopio para concentrarse en las matemáticas, solíamos encontrarnos con él los fines de semana en el observatorio de Calerne, donde trabajaba. La atención de Infante, como el de un suave foco de luz puesto sobre mí, me exhortaba a seguir. Le conté que él solía auscultar el cielo por las noches y dormir al levante del sol. En el fondo de un corredor, donde siempre había botellas de cerveza y platos con restos de comida, estaba el cuarto de observación. Tenía una ventana en lo alto. En el centro, una gigantesca máquina ocupaba casi todo el espacio. En ella se tomaban fotografías y se medían los emplazamientos de los astros. En mis visitas, mi padre me permitía que ordenara las placas fotográficas por número y que trasladara la información que contenían a una tabla. La temperatura aproximada, la posición de la estrella, latitud, longitud y la posición general de la imagen en el cielo. Esto le permitía, comparando la información con la de otras placas tomadas con anterioridad, saber si la estrella había estado allí antes o no. El desafío consistía en hallar estrellas muertas y también en verlas nacer o morir. Recuerdo que un año mi padre descubrió sesenta y cuatro estrellas, treinta y dos de las cuales estaban muertas.

Hablé como si compusiera un collage cuyas imágenes llevaba tiempo recopilando. Miré a Infante. Sus ojos tenían un brillo acuoso que reflejaba todo lo que nos rodeaba en su forma desnuda.

No podía saber en ese momento el significado pleno de sus preguntas, ni las emociones que mis palabras desataban en él.

Al cabo de un par de semanas de nuestro paseo por Père-Lachaise, hallé en mi casillero de la universidad un paquete con la obra completa de Vera Sigall y los tres libros de estudio que se habían publicado sobre ella. Durante el tiempo que sobrevino a nuestro encuentro —a pesar de que pasaba largas temporadas fuera de Francia—, Infante no perdió contacto conmigo. Un año después, cuando yo le anuncié que escribiría mi tesis sobre ella, llegó a mi departamento *Hojas de hierba*, de Whitman, en una bella edición de Alba. Entre sus páginas encontré uno de los versos del poeta, que Infante había transcrito para mí con su puño y letra:

Ni yo, ni nadie puede recorrer ese camino por ti,
Debes transitarlo por ti mismo.
No está lejos. Está al alcance.
Quizá ya has estado en él desde que naciste sin saberlo.
Quizá está en todas partes, en el mar y en la tierra.

Me pareció adecuado para el viaje que emprendía. Infante me había mostrado la obra de Vera Sigall, pero ahora el derrotero que tomara estaba en mis manos.

¿Contaba Horacio Infante con que yo llegara hasta allí? ¿Fue acaso un plan minuciosamente maquinado por él desde ese primer encuentro en la universidad? ¿Para qué? ¿Por qué?

Estaba sentada frente a mi escritorio, la bandeja y el plato vacío con la cena de esa noche a un costado de la mesa, cuando de súbito la respuesta acudió a mi mente. Me sacudió al punto que debí salir afuera y respirar varias veces para apaciguarme.

Infante me había usado. La tesis que yo escribiría, y que él mismo se encargaría de difundir a través de sus contactos en el mundo literario, pondría de manifiesto la enorme influencia que él había tenido en la obra de una escritora de culto como Vera Sigall. En los primeros instantes pensé que lo había hecho por simple vanidad. Pero pronto me di cuenta de que era mucho más que eso. Sería un golpe para sus detractores, para ese grupo de críticos y académicos que desde sus atalayas lo habían menospreciado. No me importaba ser yo la portadora de la buena noticia. Por el contrario, en alguna parte de mí me sentía agradecida de que me hubiera escogido. Lo que no le perdonaba a Infante era que me hubiese manipulado como una de las tantas marionetas con las que imaginé había forjado su fama. Entendía también que de habérmelo planteado directamente, yo no habría considerado que hacía un hallazgo. Era probable que, aun sabiendo los beneficios que podía traerme, por orgullo, hubiera abandonado el proyecto.

Pero ¿por qué yo? ¿Por qué una simple estudiante de literatura? ¿Por qué no uno de los tantos críticos que lo habían alabado todos esos años?

Necesitaba una respuesta. Necesitaba saber más.

Entré de vuelta a mi cuarto y le escribí un mail contándole de mis hallazgos. Era un mail entusiasta, donde le expresaba mi excitación ante la magnitud de mi descubrimiento. Después de haberme dado mil vueltas con mi tesis, había por fin encontrado el camino que él me había anunciado en el poema de Whitman. Había estado buscándolo en las estrellas, y sin embargo lo había encontrado en un lugar muy diferente, en el mismísimo punto de partida de todo el viaje: «Él». Me pareció que mis palabras eran lo bastante halagadoras como para no dejar traslucir mis verdaderos sentimientos, y al mismo tiempo, abrir la puerta que me permitiría seguir adelante con mi investigación.

Después de enviarle el mail, puse ambas manos sobre la mesa y miré la sombra gigante que proyectaba mi figura sobre el muro. Tenía una sensación de triunfo. Como si en lugar de observar el mundo desde las orillas, alguien me hubiera empujado hacia su centro.

Un gato amarillo apareció en mi ventana.

Sus ojos jaspeados se cruzaron con los míos. Luego contempló la habitación, y arqueando el lomo, dio un salto y desapareció. Tenía que contarle a Jérôme lo que había descubierto. Aunque hacía diez días que él no respondía a mis mails, yo continuaba escribiéndole. Esta vez, sin embargo, al cabo de un par de frases tuve una sensación que nunca antes había experimentado: entre las infinitas máscaras que guardaba ocultas en los rincones de mi cuarto, una más brillante había saltado a mí. Una que no quería escribirle a Jérôme.

A lo largo de los años habíamos jugado cada uno un rol. Papeles que nadie nos había asignado, pero en los cuales ambos nos acomodamos como en un mullido sillón. Cuando estábamos juntos, aislados en nuestro mundo particular, era como si constituyéramos un mismo ser. Sentí miedo de estar ligada a alguien de esa forma tan rotunda, y al mismo tiempo sentirme tan sola.

El gato volvió a aparecer en el alféizar y procedió a limpiarse una paletilla con su lengua rosada. La luna naciente brillaba cercana y nítida. Como si alguien la hubiera recortado, pintado y colgado de mi ventana.

A la mañana siguiente, como todos los días, comencé por el reparto de la verdulería. Ya conocía a mis clientes, la mayoría gente de edad que aparecía ante la puerta en pantuflas y entablaba una breve conversación conmigo. Así me enteré de que el chico que me antecedía en los mandados había perecido atropellado a pocas cuadras de la verdulería, que don José tenía ancestros gitanos y que si lo hallabas de buen humor, podías hacer que sacara su guitarra y te tocara una pieza de Paco de Lucía. Pero ese día estaba apurada. Quería llegar a la biblioteca en busca de más pistas que me hicieran entender la relación que había entre Infante y Vera Sigall. En el ascensor me encontré con mi vecino Juan. Me preguntó por mi amiga accidentada, y sin darme cuenta comencé a contarle de Vera Sigall, de su estado, de las horas que pasaba en la sala de espera. No sé por qué lo hice. Tal vez porque necesitaba contárselo a alguien.

Apenas llegué a la biblioteca me sumergí de vuelta en las cajas de Vera Sigall. Tenía la impresión de estar viéndolas por primera vez. Tan diferente era ahora mi mirada sobre el material que estaba frente a mí. La investigación había adquirido visos detectivescos, y yo ya sabía que aquello que buscaba podía estar oculto de las formas más diversas. Había llevado un paquete de papas fritas y a la hora del almuerzo me las comí en el jardín. Al final de la tarde, había vuelto a revisar parte importante del material. Entre otras cosas, había apartado una carta dirigida a un destinatario sin nombre donde Vera Sigall hablaba de su hijo Julián. La carta databa de 1952. El niño había estado enfermo y temía por su salud. «Es muy frágil», le decía. «Él no ha nacido para el roce duro con la vida, ni tampoco con la crueldad.» «Todo lo conmueve.» «Sus mejillas tienen un color desmayado.» También comentaba sus lecturas de los cuentos de Flannery O'Connor, especialmente uno que lleva el nombre de *Vista en el bosque*. Luego volvía a su hijo, con una minuciosidad rayando la obsesión. «Sus ojos negros tienen la impertinencia del fuego.» Recordé mis ojos, también negros, y pensé que me hubiera gustado que alguien los hubiese descrito de esa forma. La carta terminaba abruptamente: «Lo que más me importa no lo puedo contar. Se me escapa, como el color de las cosas invisibles». Y pensé que en esa frase estaba la semilla de lo que sería su búsqueda y también la de sus personajes. Esa «cosa» que mediaba entre el ser y el objeto, y que al intentar atraparla se desvanecía.

También aparté algunas notas hechas en servilletas de papel cuyas fechas rondaban la de la carta: «Verde es hombre, blanco es mujer». Y otra: «Rojo puede ser hijo o hija». Recordé un poema de Infante en el cual rememora imágenes de su infancia adjudicándole a cada una de ellas un color.

«Verde», «blanco», «hija», «hijo», murmuré. Pensé que estaba condenada a pasarme la vida volteando las palabras para descubrir lo que ocultaban, de la misma forma que de niña levantaba las piedras para ver las lombrices que vivían en la oscuridad.

22. Horacio

Llegué una madrugada de diciembre de 1953 a un Nueva York cubierto de nieve. Había intentado, sin éxito, reservar una habitación en el hotel Chelsea, donde menos de un mes atrás, Dylan Thomas, en compañía del poeta irlandés Brendan Behan, se había embriagado hasta morir. Pero claro, no era su muerte la que me llamaba a ese lugar, sino los largos días que Thomas había pasado escribiendo en la habitación 205. El hotel Chelsea vivía uno de sus tantos momentos de esplendor y sus habitaciones estaban ocupadas por músicos, dramaturgos, actores, y lo más importante para mí, por poetas que permanecían allí largas temporadas. No obstante, logré un cuarto en un hotel cercano que me permitiría, al menos cuando pasara frente a las puertas del Chelsea, respirar el aire «creativo» que suponía emanaba de él.

Vera llegaba desde Chile en un largo vuelo que contemplaba paradas en Lima, Guayaquil, Panamá y Miami. La esperé dándome vueltas en mi pieza, en el lobby y luego en los alrededores del hotel. Solía experimentar un cierto nerviosismo frente a la perspectiva de encontrarme con una mujer. Mi lista se había engrosado en esos meses en Ginebra, pero no de forma considerable. La conquista se me daba con bastante naturalidad. Eran encuentros que tenían una dosis justa de romanticismo, de expectación y de aventura. Debo confesar que en algunas ocasiones habría llegado hasta el punto justo en que la conquista quedaba confirmada y me habría dado por satisfecho antes de que el acto mismo se consumara; como un pescador que luego de sentir el tironeo desesperado de su presa, la deja en libertad. Pero supongo que las buenas costumbres y el orgullo me lo impedían.

Cuando el taxi de Vera se detuvo frente al hotel, yo la esperaba bajo la marquesina del acceso. Las puertas batientes se abrían y cerraban. Había pasado tanto tiempo desde la última vez que había estado con ella, y los momentos juntos habían sido tan escasos, que su imagen se había deformado en mi memoria. A sus treinta y cinco años, un año mayor que yo, despedía un aire juvenil, pero aun así, me pareció que el tiempo no había pasado en vano sobre ella. Temí lo que pudiera pensar de mí. He de agregar que esos signos inequívocos de su madurez, en lugar de desilusionarme, hicieron que mi deseo se acrecentara. Traía un largo abrigo de piel de zorro plateado que le daba un aire majestuoso. Dejó la maleta en el suelo y nos dimos un cauto beso en la mejilla. Volví a oler ese aroma a jabón que había notado hacía casi un año, penetrante y fresco, que hizo que la piel de la nuca se me erizara.

—Tengo hambre —me dijo sonriendo, y con un gesto suave despejó su frente.

—Podemos llevar la maleta al cuarto y luego salimos —le propuse.

No había podido reservar una habitación con vista hacia la calle, y nuestra ventana se orientaba hacia el fondo, donde en un cuadrado rodeado de edificios había una pista de patinaje. Estábamos de pie, frente a la ventana, con nuestros abrigos puestos y las manos embutidas en los bolsillos, y ambos vimos cómo desde una casita de madera, al estilo de Hansel y Gretel, emergieron dos jóvenes con patines cogidos de la mano que comenzaron a hacer piruetas en el hielo.

—¿Vamos? —sugerí con nerviosismo. Y salimos a la calle.

La llevé a un café de la calle 24 para que tomara desayuno. Hacía un frío endemoniado. Los sonidos de los pasos de los transeúntes y de los automóviles eran absorbidos por la capa de nieve.

Una vez en el café, nos sentamos frente a una ventana, desde donde teníamos una buena vista de la calle. Vera se sacó el abrigo. Traía un suéter de seda de color bermellón que resaltaba su piel pálida. Se subió las mangas por encima de sus finas muñecas y después de estudiar el menú con detención, pidió café con leche, tostadas con mermelada y un pastel de frutillas. Hablamos de su viaje y del mío, de la impresión que nos había producido aterrizar en una superficie blanca. El placer con que Vera comía produjo en mí un sentimiento de tranquilidad. En un momento de silencio le hablé de algo que me daba vueltas en la cabeza hacía semanas.

—«Mis sentidos se apagan», me escribiste cuando decidiste que nos encontráramos aquí. ¿Qué quisiste decir?

Vera se volvió hacia la ventana. Diminutas gotas de agua jaspeaban el cristal.

—No lo recuerdo. De verdad que no. Puedo imaginar el sentimiento, pero no puedo recordarlo. Quizá me refería a que paulatinamente se pierde la capacidad de percibir el mundo. O puede que ni siquiera eso, quizá... —se detuvo a media frase.

Trazó con el dedo índice una línea sobre la superficie empañada del cristal. Noté que llevaba en su mano derecha un anillo de tres argollas entrelazadas.

—¿Quizá qué?

—Quizá lo dije así, como hice esta línea. ¿La alcanzas a ver?

La escasa luz del exterior se colaba a través del trazo que Vera había dibujado.

Sin retornar al hotel, caminamos por las calles nevadas, y con cada paso parecíamos conquistar un nuevo trecho. O más bien, ajustar la realidad al camino que habíamos recorrido en nuestra correspondencia. Aun así, cuando la veía caminar con paso inseguro pero alegre por la superficie congelada de la acera, los hombros rectos y su abrigo de piel cayendo hasta el suelo, no podía dejar de volver a sentir extrañeza. Soplaba un viento que se colaba por el cuello de mi camisa. Entramos a un par de galerías de arte para cobijarnos del frío, y en una de ellas, junto a otros pintores latinoamericanos de talla menor, había un cuadro de Jesús Rafael Soto. Una de sus primeras pinturas geométricas y abstractas, de colores planos y brillantes. Soto en ese entonces vivía en París y no había alcanzado aún la notoriedad que adquiriría más tarde. Me impresionó que Vera reconociera su obra. Tenía tantas preguntas que hacerle, eran tantos los misterios que encerraba ese rostro de pómulos altos y ojos verdes que miraban todo con entusiasmo y fruición.

—¿Haces esto con frecuencia? —me preguntó mientras caminábamos rumbo a la estación de Grand Central.

Su pregunta me tomó por sorpresa.

—¿Y tú?

Ella rio de buena gana.

—No seas tramposo. Yo te pregunté primero —dijo, con una mezcla de aire infantil y de mujer experimentada.

—A excepción de una pareja con quien mantuve una larga relación, nunca he pasado la noche con una mujer.

Le había hablado con honestidad. En mis encuentros anteriores, siempre me había asegurado de que mis compañeras de aventura tomaran una habitación aparte en los hoteles donde nos reuníamos. Y cuando estas citas tenían lugar en mi departamento, las llevaba a sus hogares antes de que el sueño nos alcanzara.

—¿Y tú? —volví a arremeter.

—Manuel no ha sido el único hombre con quien he estado —me respondió.

Recordé las palabras de María Soledad y un instantáneo golpe de celos me invadió. Imaginé todas esas veces que, a espaldas de su marido, Vera se había entregado a los brazos de otros hombres. Seguimos caminando a paso rápido y no volvimos a hablar. Un conductor dio un frenazo y resbaló sobre la calzada helada. Ambos nos estremecimos. Vera cogió mi brazo y continuamos nuestra marcha.

Al llegar a Grand Central, el frío era casi inaguantable. Nos sentamos a una mesa en el balcón oeste del segundo piso y estuvimos un buen rato calentándonos las manos con nuestro propio aliento. Desde lo alto de la bóveda, el cielo verde agua y sus constelaciones hacían olvidar la crudeza del invierno. En el ala central, hombres de trajes oscuros y mujeres vestidas con cauta elegancia caminaban apurados.

Después de una copa de vino, Vera desplegaba esa mundanidad y confianza en sí misma que había entrevisto en la embajada de Argentina. Hablaba con soltura, saltando de un tema en otro, reía con liviandad, movía las manos y prendía sus cigarrillos con un encendedor de oro. Pero también volvía a percibir su mirada distante del día de campo, o la melancolía de la tarde en que la vi a través de los cristales de la librería. Especialmente cuando guardaba silencio, le daba una honda calada a su cigarrillo y alzaba el cuello hacia las alturas arqueadas de la estación. De pronto, como impelida a emerger de su mundo y obligada a tomar una actitud de alegría y coraje, se levantó, y frente a mí, con toda su estatura, me dijo:

—Horacio Infante, quiero que sepas que yo jamás voy a colgarme de tu cuello.

Expulsó el humo hacia el techo y fijó por un segundo su mirada en uno de los delicados dibujos, tal vez el centauro, o el caballo alado, como si necesitara un testigo para sus palabras. Dicho esto, volvió a sentarse. Me fijé en la palidez de sus mejillas. Algún pesar parecía retenerla en una zona oscura. Pero al mismo tiempo, su expresión era desafiante, no exenta de ironía, y sobre todo, salpicada de erotismo.

Mucho tiempo después descubriría que esas palabras, dichas desde un lugar que yo entonces desconocía, serían las que detonarían en mí el férreo propósito de enamorar a Vera Sigall.

Terminamos de almorzar y salimos a la calle. Nevaba otra vez. No debían ser más de las cuatro de la tarde, pero ya había oscurecido. Sobre las largas pestañas de Vera quedaron suspendidos unos ínfimos cristales de nieve. Nos abotonamos nuestros abrigos y escondimos las manos enguantadas dentro de los bolsillos. Caminamos un par de cuadras bajo la nieve y luego tomamos un taxi al hotel. Habíamos pasado el día dando vueltas por la ciudad, y ahora llegaba el momento de encontrarnos a solas. Una inmensa ansiedad me embargaba. Según mis listas, y la imagen que tenía de mí mismo, yo era un hombre experimentado. Entonces, ¿qué era lo que me ocurría? ¿Era acaso el miedo a herirla? ¿O era quizás el presentimiento de que ella podría destruir algo en mí?

Arropados con nuestros abrigos dentro del taxi, mirábamos en silencio las vitrinas iluminadas de las tiendas. Bajo las farolas de la calle, los copos de nieve se volvían dorados.

Subimos las escaleras del hotel sin apuro. En las ventanas oscurecidas de nuestro cuarto solo podíamos ver los contornos de nuestras figuras de pie. Nos dimos un beso. Recuerdo el calor de su cuerpo contra el mío. Sobre las sábanas, su desnudez blanca me causó cierta tristeza. No porque hubiera algo patético en ella, por el contrario, Vera era aún más deseable de lo que había imaginado. Cada cuerpo de mujer tiene sus particularidades, pero a la vez son todos iguales. Y el de Vera era, al fin y al cabo, uno más de los tantos que había conocido, y este hecho, tan banal, tan vulgar, era el que me entristecía. Deseaba en ese momento que todo lo que ocurriera entre nosotros fuera inédito, para ella, para mí, que, mientras la nieve continuaba cayendo mansa tras nuestra ventana, juntos descubriéramos por primera vez los placeres de fundirse en el cuerpo de un otro. Fue este anhelo el que hizo que cada gesto, cada avance, tuviera una impronta fresca, arrebatadora, pero a la vez melancólica.

Nos quedamos dormidos bajo los cobertores, mi mano sobre su cadera, nuestras respiraciones estrellándose una contra la otra.

Al despertar por la mañana, Vera, sentada en el borde de la cama, me miraba. Tenía un cigarrillo sin encender entre los dedos. Afuera había dejado de nevar y la alcoba estaba sumergida en una fría luz blanca. Pronto hacíamos el amor con aún más confianza, como si su cuerpo y el mío se reconocieran más allá de la escasa experiencia que cada uno había tenido en esas horas del otro.

Esa noche asistimos al teatro a ver *El jardín de los cerezos*. En la oscuridad vi que Vera lloraba. Me pregunté qué podía emocionarla de esas vidas construidas por Chéjov para expresar la insulsez de la existencia humana. Más tarde sentí el impulso de preguntarle. Pero la intimidad física que habíamos alcanzado no se traducía en una confianza plena. Podíamos mostrarnos desnudos, tocarnos, hacer el amor, pero lo que se escondía bajo la superficie de la piel aún constituía un territorio que debíamos explorar con cautela.

Después de la función salimos a la calle. El frío era aún más penetrante que el día anterior. Caminamos hasta un restorán italiano que estaba a media cuadra. La gruesa capa blanca seguía absorbiendo los sonidos, y en

el aire se respiraba un silencio tranquilizador, casi místi-
co. Vera me había pedido que trajera conmigo mis últimos poemas, y por eso yo llevaba algunos de ellos en una
carpeta bajo el brazo. Mientras caminábamos, al intentar
ayudar a Vera a cruzar un charco congelado, la carpeta
cayó al suelo. Los papeles volaron un segundo, para quedar
desparramados sobre la acera escarchada. Con un increíble
buen humor recogimos cada hoja, muchas ya inservibles,
y las guardamos de vuelta en la carpeta. Vera, sin embargo, cogió una, y detenida bajo una farola, leyó en silencio; luego, alzó la vista y me miró.

—Tienes talento, Horacio Infante —dijo con una
expresión seria, tras la cual se vislumbraba un dejo de
picardía—. Vas a llegar lejos. Pero yo no usaría la expresión «albor». No en esa frase al menos.

Yo sabía dónde se encontraba esa palabra, entre
otras dos más largas, con las que formaba una oración
que me había cautivado por su pureza. Fue justamente
lo que Vera puntualizó, que estaba allí demasiado consciente de sí misma y del efecto que producía en las otras,
y que eso la hacía descollar de una forma que destruía el
poema. Me impresionó su sagacidad y su convicción. No
solo estaba en lo cierto, sino que su comentario abría un
nuevo criterio para combinar las palabras. Movido por el
orgullo, no le concedí la razón y solo le prometí, aparen-
tando liviandad, que lo pensaría.

Entramos en el restorán y pedimos una botella de
vino. Vera se veía alegre. Su rostro pálido resplandecía al
contrastar con el suéter negro de cuello alto y el collar de
perlas que llevaba puesto. Sentados uno frente al otro, en
la calidez de ese pequeño oasis, me pregunté si Vera le
habría contado a alguien de su viaje conmigo, y la idea
de que hubiera por fuerza mentido —con certeza a Pérez— no me gustó en absoluto. No podía saber en ese
instante cómo las ocultaciones, en sus formas más pertur-

badoras e intrincadas, serían un eje y al mismo tiempo un motor que definiría su vida y la mía.

Le pedí que me hablara de su hijo Julián.

—Está obsesionado con las estrellas —sus ojos brillaron. Se quedó pensando unos segundos y luego continuó—: Ayer, las constelaciones en la bóveda de Grand Central lo habrían maravillado.

Sacó un cigarrillo de su cartera de noche y lo encendió con mano firme, sin volver la vista hacia mí, como si de esta forma estuviera cerrando un libro que por ahora debía permanecer así.

Hacia el final de la velada, cuando compartíamos una tarta de grosellas, me preguntó:

—¿Cuántas son?

—¿Cuántas qué? —le pregunté sonriendo.

—Mujeres —me respondió.

En su expresión no había amago de resentimiento, sino una genuina, y de alguna forma morbosa, curiosidad.

—Treinta y tres.

—¿Las has contado? —rio con veleidad, pero sin afectación.

—En ocasiones... —repliqué cauteloso.

A pesar de su evidente buen ánimo, no sabía adónde podría llevarnos esa charla. Sobre el edificio del frente, entre las nubes, apareció una asombrosa media luna, iluminándolas.

—¿Y tú?

La idea de que Vera fuera una mujer experimentada, habitante de la tierra en esos entonces reservada para los hombres, exacerbaba mi excitación a la vez que me ofuscaba. Afuera, la luna se había vuelto a ocultar tras las nubes y había dejado un telón blanco de luz nocturna.

—¿Y tú? —inquirí una vez más.

—¿De verdad quieres saber? —le dio una larga calada a su cigarrillo. Su mirada se volvió intensa.

Mi deseo por ella recrudeció.

—Me casé a los veintidós. Desde entonces ha habido dos. Con ninguno pasé más de dos noches, y nunca tuve para ellos ni una sola palabra de ternura.

—Las nuestras serán tres —repliqué.

—Pero no esperes ternura de mí —replicó con una expresión que se volvió grave, aunque en absoluto dramática.

Yo tampoco había tenido palabras dulces para mis amantes. Aunque había sido el uso de ellas, por alguna de las mujeres con quienes había estado, el que en ocasiones me había hecho ceder más de lo conveniente. Recordé a Francisca, una contadora grandulona, casada con un colega suyo más o menos mediocre que la maltrataba. Solía llamarme «corazón» o «caramelo», epítetos que desarmaban mis propósitos de mantenerla a distancia. Había sido tal vez la ausencia de ese léxico del amor a lo largo de mi vida la que producía ese desajuste. El haber estado rodeado de seres no dados a las muestras de afecto, más allá de los límites de lo aceptado por una educación emocionalmente austera. Estuve incluso, en algún momento, tentado de pedirle que dejara a su marido y que rehiciera su vida conmigo. Pero no lo hice. Ella de todas formas lo dejó. Me di cuenta entonces de que no la quería en absoluto, que tras esas palabras acarameladas y su entrega incondicional se escondía en realidad una mujer cuyo único deseo era escapar de la vida que llevaba, y que al fin y al cabo, yo no representaba para ella más que un vehículo para lograrlo. Mis sospechas no fueron infundadas. Al poco tiempo de haber terminado conmigo se quedó embarazada de otro hombre, y en vista de que él se desentendía del asunto, desesperada, me pidió que me casara con ella. Le hablé a Vera de Francisca de forma vaga, sin nombrarla. También le conté de María Angélica, una colombiana con quien había tenido un amorío reciente. Una mujer menuda y ambiciosa que había cometido el pecado de quererme más de lo que yo estaba dispuesto a soportar. Una situación que desentrañaba en mí un fondo de crueldad que me desconcertaba, y a la vez me abatía. Me impresionó el buen humor con que Vera escuchó mis historias. Como si en lugar de apesadumbrarla, no solo alivianaran su corazón, sino también me hicieran más atractivo ante sus ojos. Era paradójico, porque ninguna de ellas tenía un ápice de heroísmo; por el contrario, dejaban de manifiesto una cierta falta de entereza, cinismo y frialdad.

Al comentárselo, ella replicó:

—Me gusta que me hables con honestidad —se echó el pelo a un lado y con una mano sobre su hombro lo sostuvo allí.

Yo intentaba devolverle una respuesta adecuada, cuando, indicando la ventana, ella exclamó:

—¡Mira!

El pasado retorna siempre en la forma de cosas pequeñas. Y lo que trae de vuelta ese momento a mi memoria es el velo transparente y luminoso de nieve que, movido por un hálito de viento, atravesó nuestra ventana. Vera extendió un brazo por encima de la mesa y tocó mi mano.

Salimos del restorán casi a medianoche. La temperatura había aumentado unos pocos grados y unos finos arroyos de agua sucia y hielo corrían por los bordes de las aceras. Habíamos bebido bastante. Vera trastabillaba y luego reía, como si el hecho de estar embriagada la divirtiera de una forma particular. Tomamos el último taxi que debió de transitar por las calles esa noche. De vuelta en el hotel nos abrazamos ansiosos a las puertas de nuestro cuarto. En una de las habitaciones vecinas se había celebrado un banquete y los restos estaban apilados en el pasillo.

El día que partíamos, un sol tímido caía sobre la nieve a medias descongelada. Me despedí de Vera en el aeropuerto. La vi alejarse tras la mampara y pensé que nuestras confesiones, además de enardecer el deseo que experimentábamos por el otro, lo que habían hecho era establecer los límites. Ambos temíamos aventurarnos hacia el lugar donde nuestro encuentro podría llevarnos. Durante los días que pasamos juntos, no hablamos ni una sola vez de futuro ni de la posibilidad de volvernos a encontrar.

23. Daniel

No pensé que al verla me pondría tan contento. Allí estaba otra vez, sentada en la salita con sus zapatos a cordones, la falda tableada de siempre y ese aire de venir de otro tiempo. Llevaba la corta melena cogida por dos horquillas rojas. Esos cuatro días en que ella no se había aparecido por la clínica, sin confesármelo, había estado esperándola.

—Hola —me dijo con una sonrisa tímida, y volvió a enterrar los ojos en un libro que tenía sobre las rodillas.

No pareció experimentar alegría alguna, lo que me hizo pensar que tal vez nuestro almuerzo no había significado mucho para ella.

—¿Quieres entrar a verla? —le pregunté.

—¿Puedo? —me preguntó ella a su vez, levantando los ojos con una expresión esperanzada.

—Claro, ven —dije, y eché a andar hacia tu cuarto.

Las cortinas estaban corridas, y un tímido rayo de luz caía sobre tu rostro dormido. Habías adelgazado y tu piel delgada y frágil parecía estar pegada a tus pómulos. Emilia se acercó a tu cama y te observó largo rato, sin decir palabra. Cogía sus antebrazos con las manos, como si sintiera frío.

—Está sonriendo —observó.

Te miré como te había mirado incontables veces en el transcurso de ese tiempo, y por primera vez vi una sonrisa oculta bajo el velo uniforme de tu sueño.

—Es cierto.

—Flota Arcturus a lo lejos y mira a Unukalhai de soslayo —susurró.

—¿Qué dices? —le pregunté desconcertado.

—Ella entiende —respondió con una gran sonrisa que iluminó su rostro.

—¿Crees que te escucha?

—Claro.

—Yo también le converso.

—Lo sé.

—¿Por qué lo sabes?

—Porque te he escuchado.

Sonreí. Desde el pasillo nos llegaron las voces de niños que debían de visitar a algún paciente.

—Pero no me has respondido. ¿Qué le decías?

—Es un verso —convino—. Arcturus es una de las estrellas más brillantes del hemisferio norte, pero se está muriendo. Cuando termine de morir tendrá una capa dura y dejará de brillar.

Yo de estrellas lo ignoraba todo y no supe qué responderle. Pensé que desde tu sueño reías. Una chica de bototos y calcetines me había dejado sin habla.

—Siéntate —le dije, ofreciéndole uno de los dos silloncitos de tu cuarto.

Me miró con sus ojos negros muy abiertos, como si le estuviera ofreciendo una de sus estrellas. Me fijé que nunca unía los labios del todo, produciendo en el centro de su boca un pequeño orificio negro, como una arveja. Al poco rato ambos conversábamos contigo, con la misma naturalidad con que yo lo había hecho a lo largo de esos meses, pero ahora la conversación era más animada. Había, hasta entonces, pretendido soslayar un hecho que me golpeaba cada mañana, cada noche, cuando con la cabeza vuelta hacia el muro oía la respiración de Gracia en el otro extremo de la cama. Tan solo ahora, escuchando a Emilia hablarte atolondradamente de Infante, de las alusiones que tú hacías de su obra, de Sinalefa y de Octavio y de todos tus personajes que en su voz parecían cobrar vida, la completa noción de mi soledad se hizo patente. Tuve ganas de abrazarla. Me levanté del sillón y me aproximé a la ventana. Ella guardó silencio y me miró con esos ojos suyos tan raros, que me hacían pensar que era yo quien me miraba a mí mismo, y lo que veía se reflejaba en sus ojos.

—¿Pasa algo? —me preguntó.

—No, no, es que llevo dos meses hablando solo en este cuarto, ya ves, y llegas tú, y... bueno.

—Y yo también hablo —dijo, y se largó a reír.

Mi celular sonaba otra vez. Era Teresa. La mañana en que ella se había aparecido por la clínica yo había sido claro: no quería volver a verla. Después de tu caída las cosas habían cambiado, yo había cambiado, y en este nuevo orden ella no tenía lugar. Lo silencié, como lo hacía cada vez que su nombre aparecía en mi pantalla, y en la siguiente hora esta volvió a iluminarse varias veces. Pensé que al salir de la clínica lo mejor sería llamarla, hablar con ella una vez más y hacerle entender como fuera que lo nuestro había terminado. Lamentablemente lo olvidé.

Desde ese día, Emilia comenzó a aguardarme en la salita, y no era hasta que yo la invitaba a pasar, que se levantaba de su sitio y caminábamos juntos por el pasillo hacia tu cuarto.

Cuando no estaba con Emilia, y retornaba a la distancia fría pero cordial de Gracia, me sentía intranquilo. Todo en esa joven me resultaba familiar y a la vez extraño. Habitaba un mundo que me recordaba el tuyo. A veces se quedaba quieta, en silencio, como si se hubiera olvidado de sí misma y de nosotros, y entonces un aire antiguo emergía de ella, un aire que la hacía parecer mayor de los veinticuatro años que tenía. Le gustaba que le contara historias relacionadas contigo. Le interesaban los detalles más nimios y me hacía preguntas que revelaban el cabal conocimiento que tenía de tu obra. Me gustaba recordar nuestros días para ella. Ambos sabíamos que tú, desde la base de tu silencio, nos escuchabas. Hablaba poco de sí misma, como tú. Y cuando lo hacía, usaba frases sucintas y evasivas que me hacían recordar el día del restorán, cuando al coger su codo, ella me había detenido de golpe. Desde entonces, nunca más había intentado tocarla, pero tampoco había logrado reunir las agallas para preguntarle el motivo de su reacción.

A cierta hora, el ritmo habitual se detenía y la clínica se volvía un lugar silencioso. Teníamos entonces la impresión de estar en una isla, donde tú y nosotros éramos los únicos habitantes.

Una de esas tardes, mientras le contaba a Emilia de nuestros paseos al cerro San Cristóbal, el inspector Álvarez volvió a aparecer. Lucy nos anunció su llegada. Me reuní con él en la sala de espera.

—¿Cómo está, señor Estévez? —me saludó—. Si no le importa, quisiera tener unas palabritas con usted. He seguido avanzando.

—Estoy con una amiga —dije—, espéreme un segundo que la voy a avisar.

Volví a tu cuarto y desde la puerta vi que Emilia te hablaba en susurros. Había aproximado el silloncito a tu cama y tenía una de tus manos entre las suyas. Pronunciaba mi nombre.

—¿Le hablabas de mí? —le pregunté, y ella se sobresaltó. Soltó tu mano y ocultó las suyas en el hueco de sus axilas.

—Solo quería saber cómo sonaba tu nombre cuando ella lo escuchaba —respondió sonrojándose. Me miró con sus ojos negros tras los cuales parecía vivir algo indomable y triste.

Recordé lo que tú decías. Que al pronunciar un nombre, unos hilos invisibles nos unen a la persona que nombramos.

—Pues a mí en tu boca me ha sonado diferente. Como el nombre de una persona buena.

—¿Y no lo eres acaso? —preguntó, al tiempo que se frotaba la nariz con la palma de la mano.

—No sé, a veces pienso que todo lo que toco termina mal.

—Todo, todo, todo, eso no es posible. Quizás algunas cosas —ambos reímos. Y abriendo las manos dijo—: ¿Ves?

Le conté de mis sospechas de tu caída y la presencia del inspector en la clínica. La sonrisa se desvaneció de su rostro. A través de la ventana la luz del poniente entraba con su tímida fuerza primaveral. Quería saber más detalles, y yo le prometí contárselos cuando terminara con él.

—¿No te importa si me quedo a solas con Vera?

—Es fantástico que estés aquí, Emilia —dije, y salí.

El inspector Álvarez me esperaba frente a las puertas del ascensor. Bajamos a la cafetería y nos sentamos a una mesa contra la ventana. Pedimos dos cafés. El aire estaba caliente y húmedo. Tras el mostrador, un camarero sentado en un alto taburete miraba un partido de fútbol en una pantalla de televisión suspendida contra el muro.

—Estuve con Teresa Peña —dijo el inspector Álvarez y carraspeó.

—¿Qué hay con ella? —pregunté con sequedad, sin poder ocultar mi sorpresa y desagrado.

—Usted me dirá —señaló el inspector, abriendo apenas la boca, como si debajo de su lengua ocultara la clave del misterio.

Tenía la impresión de estar dentro de una de esas malas series televisivas, en que todos los gestos de acusadores y acusados parecieran estar calcados de un molde.

Las preguntas y respuestas concisas, los gestos y silencios previstos, el escenario impersonal, la tierra de nadie. En la pantalla, un arquero se lanzaba hacia la izquierda mientras que el balón partía a la derecha. En una contorsión increíble del arquero, la pelota, que ya parecía haber horadado el arco, se estrelló contra su tobillo derecho, rebotando y lanzándola lejos. El camarero se levantó de su banqueta y, levantando los puños, ahogó un grito de júbilo.

Tuve el impulso de acelerar el proceso, de contarle todo de un tirón, pero también, aun cuando lo que sucedería en los próximos minutos era previsible, una parte de mí quería experimentarlo en todos sus matices. Una sensación similar, imagino, a la de esas personas que obtienen placer infligiéndose dolor a sí mismas.

No quería preguntarle a Álvarez cómo había dado con Teresa. No estaba dispuesto a entrar con él en un ámbito de confianza e intimidad. Sin embargo, no tuve que esperar mucho para despejar mis interrogantes. Había sido ella quien se acercara a la PDI. Yo le había comentado aquella vez en la clínica de mis sospechas y también que había contactado a la policía. Teresa le había relatado al inspector con lujo de detalles nuestra visita a tu casa. Le había, de hecho, contado todo.

Cuando el inspector hubo partido, dejándome sentado a la mesa con los dos cafés ya fríos sin tocar, sentí una extraña sensación de libertad. El juego de las ocultaciones se había terminado para mí. Cabía incluso la posibilidad de que Álvarez hablara de nuevo con Gracia y todo saliera a la luz.

24. Emilia

No era un buen signo.

Mientras lo esperaba, apenas podía concentrarme en otra cosa que no fuera esperarlo.

Oí sus pasos en la escalerilla que conducía a la azotea y salí de mi cuarto. Lo aguardé frente a la puerta de la cocina.

—Hola —me saludó.

Soltó las bolsas de supermercado y miró a su alrededor. El sol en su retirada había coloreado las nubes. En el poniente, los naranjos eran vivos y densos. En el oriente, la cordillera y los edificios se habían teñido de un rosa parejo, como si alguien hubiera extraído de ellos el resto de los colores.

—¡Este lugar es fantástico! —exclamó Daniel, dando vueltas en redondo.

Entramos a la cocina, y al poco rato cocinaba en una gran sartén que él mismo había traído. Tocino, setas gigantes, pimienta y aceite de oliva. Sacamos las sillas y la mesa de la cocina y las pusimos bajo el toldo blanco que ondeaba. Mientras comíamos animados en ese anochecer de noviembre, los edificios se distanciaron. Un bloque tras otro, hasta un punto donde se desvanecieron. Y entonces las luces comenzaron a encenderse. Por aquí y por allá, como polillas. El zumbido de los motores se perdió en la lejanía.

La soledad que tantas veces había experimentado a esas mismas horas, en ese mismo sitio, se ablandaba.

—¿Sabes? Este podría ser el lugar que estaba buscando —señaló.

Miraba hacia adelante a través de su copa que sostenía a la altura de sus ojos.

—¿Qué quieres decir?

—El restorán. Este lugar es como un acantilado.

Me largué a reír. A nuestro alrededor, en su inmensa extensión, la ciudad brillaba.

—Tienes toda la razón —afirmé entusiasmada, palmoteando las manos—. Es perfecto, Daniel.

Al terminar el postre —helado de mora con arándanos— ya habíamos diseñado una estrategia. Daniel haría una gran cena a la cual invitaríamos a algunos de sus amigos, mis vecinos y otras personas que se nos ocurrirían en el camino. Tal vez incluso uno o más críticos culinarios. No sería un restorán abierto, sino un sitio para quienes quisieran compartir con sus amigos una cena especial.

—Transatlántico, ¿te gusta ese nombre? —me preguntó.

—Es lo que yo imagino siempre. Que vivo en un barco gigante que se dispone a cruzar el océano.

En lo alto del cielo los extremos de la luna eran puntiagudos. Como los de una estalactita. Pensé que la felicidad llega por los caminos más extraños. A su propio aire. No hay forma de convocarla, ni esperarla. Puede aparecer, como no hacerlo nunca.

Estuvimos un buen rato dándonos vueltas por la azotea imaginando la distribución de las mesas, el color de los manteles, el estilo de las sillas, los árboles y flores con que llenaríamos el lugar. Llegamos incluso a planificar una ampliación de la cocina.

Cuando nos sentamos para la segunda ronda de helados, Daniel me habló del policía. El día anterior, después de que él partiera, había quedado demasiado abatido para contarme. El domingo antes del accidente, Daniel había estado en casa de Vera junto a la mujer con quien yo lo había visto en la clínica. Su nombre era Teresa y habían sido amantes.

Amantes. Una larga ese entró seseante por canales ocultos de mis oídos cuando pronunció esta palabra. Los amantes se soban desnudos sobre las sábanas. Comparten fluidos. Saliva contra saliva. Entrelazan sus cuerpos. Refriegan sus bocas sobre la piel sudada del otro. Sentí náuseas.

—Perdona que te cuente todo esto. Al fin y al cabo no tiene ninguna relevancia —dijo, tal vez percatándose de mi malestar.

—No, no, por supuesto que la tiene —me reincorporé en mi silla—. ¿Sabes?, yo también creo que algo debió precipitar la caída de Vera —dije—. Cuando estuve con ella me impresionó su estampa firme, su viveza. No era una anciana de esas que se resbalan en las escaleras y caen. No lo era. Pero ¿qué entonces?

—Es una pregunta que me carcome los sesos, Emilia. ¿Qué la hizo caer de esa forma tan violenta? ¿Qué ocurrió realmente?

—Lo que voy a decir es una tontera. Pero ya que estamos en esto.

Me detuve.

—Dime.

—¿Conoces a Horacio Infante?

—No personalmente. Vera a veces lo mencionaba.

Intenté explicarle lo que había observado durante el almuerzo. La complicidad, la pleitesía que él le profesaba, la enrevesada madeja de gestos donde creí percibir sentimientos que los unían de una extraña forma. En la conversación que sostuvieron a solas, Infante no solo parecía exasperado, sino que había sido brusco con ella.

También le conté de mis descubrimientos, de cómo la poesía de Infante aparecía en los textos de Vera. Enfaticé el hecho de que ella nunca hubiera mencionado la relación de su obra con la de él, y que a su vez Infante me hubiera guiado, sin yo saberlo, para que descubriera su secreto.

—Todo lo que dices es increíble y relevante —señaló Daniel.

Me contó cómo el día del accidente, sabiendo que Vera había almorzado con Infante ese mismo fin de semana, se consiguió a través de los contactos de su mujer en la televisión un número de teléfono para llamarlo. Cuando le anunció lo que le había ocurrido a Vera, Infante había sonado consternado. Sin embargo, nunca apareció por la clínica y solo volvió a saber de él cuando un par de semanas después lo llamó desde París para preguntar por Vera.

También le conté a Daniel que le había escrito a Infante refiriéndole mis descubrimientos. No una vez, sino varias, y que hasta ese día no me había respondido. Ni Daniel ni yo sabíamos de qué estábamos hablando. Ni adónde queríamos llegar con nuestras palabras. Tampoco sabíamos si existía algún nexo entre lo que nos contábamos, y a su vez, si tenía relación con la caída de Vera. La posibilidad de que la tuviera era tan remota, que ni siquiera llegábamos a imaginarla. Pero aun así, algo había quedado acoplado en nuestras conciencias, y por largo rato intentamos agregarle información a lo que ya habíamos puesto sobre la mesa, con el fin de abrir alguna ranura por donde pudiera entrar una hipótesis. Fue entonces que me contó del psiquiatra español, el doctor Calderón, y de la extraña tristeza en que había dejado a Vera el encuentro que había tenido con él unos días antes de su caída.

—A pesar de sus cambios de ánimo, yo nunca la había visto así, Emilia. Esa tarde en que la encontré en su estudio, estoy convencido de que buscaba algo que estaba relacionado con él. Había desesperación en su mirada, una suerte de desamparo, no sé cómo explicarlo.

—¿No se te ha ocurrido buscar en sus papeles? —pregunté con cautela—. ¿Los que guarda en su estudio?

—No —replicó tajante.

—Entiendo —dije—. Yo tampoco podría husmear en sus escritos y documentos de la biblioteca si no tuviera la certeza de que fue ella quien los donó.

* * *

Callamos casi a medianoche. Las luces de la ciudad sobre el fondo oscuro parecían peces fosforescentes titilando en un gran mar. Seguíamos sentados a la mesa.

—Transatlántico —murmuré—. Es lindo.

—Hacía mucho tiempo que no me sentía tan bien —me dijo Daniel.

—Lo mismo yo.

Apenas terminadas estas palabras, me arrepentí. Me levanté de golpe, confundida.

—¿Qué pasa?

—Nada.

—Tienes miedo, ¿verdad?

—Sí.

—Yo también.

—Pero el tuyo y el mío no son el mismo miedo.

—Y tú qué sabes.

—Lo sé.

—Siéntate —yo obedecí.

Estuvimos unos instantes así. Yo respirando sin compás, y él mirándome. Yo tenía ambas manos sobre la mesa, como un acusado aguardando su sentencia. Acercó su mano a la mía, sin tocarla. Volvió a moverla, hasta montar la punta de sus dedos sobre los míos. Abrí la mano ligeramente y sus dedos quedaron enlazados con los míos, formando una trama que luego se cerró cuando él posó su otra mano sobre el dorso de la mía, cubriéndola.

Por primera vez comprendía a uno de los personajes de Vera, cuando un día descubre que lo complicado de hablar es tener que usar las palabras. Ese contacto era una forma de comunicarnos. Y al percibirlo de esta forma, no tuve el impulso de escapar.

Pero aun así tenía miedo.

Miedo de que Daniel intentara ir más lejos. Al cabo de un momento volvió a tomar su copa de vino y bebió en silencio. No había cruzado el umbral, y al tiempo que experimentaba alivio, una parte de mí resentía que no lo hubiera intentado.

Por fuerza debía haber percibido mi mal. Sin embargo, no había intentado preguntarme nada. Y yo se lo agradecía. Todas las explicaciones, la secuencia de eventos que había construido con el afán de encerrar mi «mal» en una historia coherente, hacía tiempo que se habían vaciado de contenido. El pasado es así, supongo. Necesitamos congelarlo en una dimensión única para poder manejarlo, sabiendo, sin embargo, que al hacerlo estamos soslayando su compleja verdad.

Durante los días que siguieron traté de reconstituir en mi memoria el contacto de su piel contra la mía, su textura, recordar la presión que había ejercido, la tibieza que se había filtrado en mí como una luz que a través de una puerta clausurada enciende tenuemente un cuarto que ha permanecido en la oscuridad.

25. Horacio

Después de nuestro encuentro en Nueva York, empezamos a escribirnos a diario. La intimidad física que habíamos alcanzado en esos tres días se traducía ahora en una creciente pasión epistolar. Sin embargo, cuando por primera vez le dije que la quería, así sencillamente: «Te quiero mucho», Vera me escribió que ella nunca dejaría a Pérez, que con gran esfuerzo había logrado construir una familia, y que a pesar de que también me quería, ese sentimiento nunca llegaría a opacar el que abrigaba por su marido. Su respuesta, desproporcionada en relación a las simples y de alguna forma poco comprometidas letras que yo le había enviado, me hicieron entender, no solo que el lazo que la unía a Pérez estaba construido de un material que yo no conocía, al parecer indestructible, sino también que Vera se tomaba en serio las palabras. De ahí en adelante comencé a usarlas con extrema cautela, y cuando el vocablo «amor» apareció en nuestra correspondencia, lo hizo después de cientos de otros, más débiles, pero que fueron cimentando el camino para llegar a él. Lo que sentía por Vera era genuino, de eso no tenía dudas. Pero tampoco olvidaba sus palabras de Grand Central, y cómo los límites que me impuso, al advertirme que yo nunca llegaría a ser más de lo que era en ese instante para ella, habían detonado en mí un desafío. Su resistencia era el estímulo que me movía a doblegarla. Nada nuevo, por lo demás. Ya Ovidio les recomendaba a las mujeres casadas cerrar las puertas de sus alcobas y dificultarles el camino a sus esposos para enardecer sus deseos.

No fue hasta nueve meses más tarde que volvimos a encontrarnos. Unos días después de mi cumpleaños número treinta y cinco.

Durante ese tiempo, su vida y la mía habían tenido sus vicisitudes. Pérez consiguió que Julián observara las estrellas a través de un gran telescopio por primera vez; Vera estuvo casi tres semanas postrada en cama con una infección en los bronquios y sus cartas se volvieron tristes; yo me mudé a un departamento más grande y luminoso y publiqué *Corola,* mi tercer libro de poemas.

Nos reunimos en Río de Janeiro un sábado de agosto de 1954, en ocasión de un encuentro de las Naciones Unidas que se llevaría a cabo en esa ciudad. Mi vuelo llegó un par de horas antes y la esperé en el aeropuerto. Un hombre que aguardaba a unos pocos metros hacía sonar dos campanas de hierro unidas entre sí por un arco combado. Era un sonido agudo, que seguía el ritmo de una samba. Recuerdo con nitidez el instante en que, apostado contra un muro leyendo *El paraíso perdido,* escuché su voz.

—Horacio —me llamó desde cierta distancia. Era la primera vez que pronunciaba mi nombre sin acompañarlo de mi apellido.

En los segundos que tardó en alcanzarme, tuve la impresión de que ese hombre a quien Vera nombraba no era yo mismo, que en su boca, yo perdía mi identidad. Un sentimiento que con el tiempo se haría más fuerte.

Nos abrazamos con timidez. Tenía ese olor penetrante y lozano que había advertido en ella desde la primera ocasión. Al desprendernos, nos observamos uno al otro, sonriendo nerviosos, y luego echamos a andar hacia las puertas del aeropuerto mirándonos de reojo, reconociéndonos. Vera llevaba un vestido rosa, y a pesar de sus treinta y seis años, su piel blanca y lisa tenía una frescura casi adolescente. Volví a experimentar la extrañeza que había sentido al verla en Nueva York. En cada ocasión, Vera era la misma y a la vez otra mujer. Había adelgazado un poco y todos sus rasgos parecían haberse acentuado. Los pómulos más altos, la nariz más afilada, la boca más grande. Un automóvil de las Naciones Unidas nos aguardaba en el acceso del aeropuerto. Por un instante pensé con desazón que, de alguna forma, los viajes, los aeropuertos y los automóviles oficiales eran una repetición empalidecida de lo que Vera vivía con Pérez. Tuve que esforzarme para que este pensamiento no empañara la felicidad que la anticipación de su cuerpo me producía. Entramos a Río en silencio, las manos cogidas, mirándonos y sonriendo. Vera apretaba su muslo contra el mío.

La ciudad nos recibía iluminada con el aire festivo de esos años, al tiempo que en el costado de la carretera la vista se perdía en la oscuridad del mar. El viento sacudía las palmeras, y en las escasas zonas iluminadas de la playa, la arena se arremolinaba. Un coche nos adelantó. En la radio sonaba a todo volumen *Cry*, la canción de Johnnie Ray que había hecho furor hacía algún tiempo.

A partir del día siguiente, después de las reuniones a las cuales tenía que asistir por la mañana, nos encerramos en nuestro cuarto y casi no salimos. La gigantesca amplitud del mar que se desplegaba ante nosotros producía, a pesar de que el cuarto era más bien pequeño, una impresión de espacio y de libertad. Pero la verdadera libertad estaba, claro, dentro de esas cuatro paredes, en nuestros encuentros amorosos que adquirían una intensidad erótica que antes yo jamás había alcanzado. Por la noche, los sonidos lejanos de las sambas y el viento que golpeaba suave contra nuestra ventana acompañaban la urgencia con que el tacto de uno buscaba al otro.

La mañana de nuestro segundo día en Río, Vera quiso leer, en voz alta, los poemas de mi nuevo libro. Se calzó unos zapatos altos de puntera negra, y en su larga camisa de dormir, se apostó contra la ventana. El mar en el fondo se veía liso y blanquecino, como cubierto por una extensa tela recién planchada.

—¿Por qué te pones zapatos? —le pregunté riendo.

—Por decoro —se volvió con su espesa melena sobre los hombros e hizo una vuelta de bailarina.

Antes de su publicación le había enviado uno a uno los poemas, y sus comentarios, delicados y cardinales, se habían transformado para mí en una necesidad. Algunos versos, después de sus observaciones, habían incluso quedado fuera, otros habían mutado de esencia o de forma; en suma, habían terminado siendo muy superiores a los que les habían dado origen. Leyó de pie, el perfil serio y agudo, su figura rotunda dibujada contra la ventana, mientras desde la playa de Copacabana nos alcanzaban los gritos de un grupo de chicos que jugaban a la pelota. Leía con calma, sin grandes énfasis ni teatralidad, pero con una hondura que hacía que las palabras en su boca adquirieran una nueva dimensión. Todo aquello me producía una felicidad indecible, como si fuera la antesala del futuro que me aguardaba.

La última tarde, mientras ambos dormitábamos sobre las sábanas húmedas, con el ventilador de cinco aspas dando vueltas sobre nuestras cabezas, Vera me dijo:

—Horacio Infante —su voz, en medio del silencio amodorrado, sonó como una burbuja que hubiera explotado dentro de su garganta.

—¿Qué? —pregunté, y me froté los ojos.

Se sentó de rodillas sobre la cama, el torso bien erguido, sus pechos apuntando hacia la ventana y los ojos poseídos por un fulgor esperanzado. No habíamos encendido la luz y el último resplandor del sol que entraba horizontal por nuestra ventana hacía que la habitación semejara una caja fosforescente.

—Traje algo para ti —estiró los brazos y unió sus manos sobre su cabeza. La piel pálida de sus axilas brilló en la luz amarillenta.

Luego se levantó de un salto y sacó un cuaderno de tapas rojas de su maleta.

—He estado escribiendo —me dijo con un leve rubor en las mejillas.

—¿Poemas?

—No, no, no —replicó con vehemencia—. Yo no podría —agregó, y contrajo la boca mirando hacia el suelo—. Son cuentos.

Estrechaba el cuaderno con ambos brazos contra sus pechos desnudos. Tenía la apariencia de una adolescente. Era algo que ocurría con frecuencia, sobre todo después de que hacíamos el amor y su rostro yacía relajado contra las almohadas, y sonreía plácida, mirándome a los ojos con satisfacción.

—Prométeme que vas a ser indulgente. No como yo soy contigo.

—Tú eres implacable.

—Lo sé.

—Te lo prometo —dije—. Me muero por que me los leas.

—Prefiero que los leas tú. Son solo dos —dejó el cuaderno bajo su almohada, y sacó del clóset un vestido blanco muy simple.

—¿Qué haces?

—Voy a salir a caminar mientras tú los lees. No podría quedarme aquí. Me moriría de ansiedad.

—Es que no puedo dejar que te vayas.

—Claro que sí.

No se había puesto sostén, y sus pezones se insinuaban a través de la tela delgada del vestido. Sentí deseos de ella, y también una punzada de celos al pensar que otros hombres, al verla, experimentarían lo mismo que yo.

—Quédate cerca del hotel. No vayas muy lejos. Es peligroso —señalé.

Me dio un beso, me dijo que me quedara tranquilo, se calzó unos zapatos blancos de taco bajo, tomó su cartera y salió. Saqué el cuaderno del lugar donde ella lo había dejado y comencé a leer. En la calle un claxon sonó un rato y luego se fundió en el zumbido de fondo. Desde la primera frase supe que lo que tenía ante mis ojos era un texto no tan solo maduro, sino también particular.

El primer cuento hablaba de una niña que le contaba historias a su madre mientras esta última, postrada en su lecho y en un avanzado estado de demencia, moría de sífilis. Recordé las palabras de María Soledad y me conmoví ante la posibilidad de que el texto que tenía en mis manos estuviera basado en la vida de Vera, esa vida que yo apenas había entrevisto. Las historias que la niña le contaba a su madre las transportaban a un mundo lleno de detalles, de personajes, de olores, de lugares. Como si la enfermedad de su madre fuera parte del mundo del horror y de lo implausible, y necesitara, a través de la ficción, tocar la realidad. Día a día, los esfuerzos de la niña se volvían más desesperados, mientras la madre moría irremediablemente. Y era allí donde, sin una pizca de dramatismo, la narración se hacía casi insoportable, al punto que debí detenerme. Abrí la ventana e hice vanos esfuerzos por encontrar a Vera entre los transeúntes que paseaban por la ribera. Una avioneta cruzó el cielo. Los quitasoles en la playa vibraban con el viento. Los bañistas habían desaparecido y sobre la arena reinaba una pacífica soledad. Al cabo de unos minutos retorné a la lectura, sobrecogido. El talento nato de Vera me despertaba sentimientos turbulentos y exultantes. Ambiguos. Leí el segundo cuento. Era menos emocionante, pero igual de bien narrado que el primero. El resto del cuaderno rojo estaba vacío. Lo más probable era que los hubiera transcrito de sus originales, porque ninguno de los dos tenía siquiera una tacha. Poseían la misma precisión con que había corregido mis poemas. Volví a mirar por la ventana. Muy a lo lejos distinguí un grupo de jóvenes que jugaban voleibol bajo las últimas luces del atardecer. Necesitaba expresarle a Vera lo que ella ya debía saber. Necesitaba decirle además que la apoyaría, que la guiaría, que estaría a su lado en ese camino que debía por fuerza emprender. Debía continuar escribiendo y mostrarle al mundo la gran escritora que ya era.

La esperé impaciente, excitado, encendido. Cuando golpeó la puerta de nuestra habitación, corrí a abrirla y la abracé.

—¿Te gustaron? —me preguntó apenas, entre mis besos que le impedían hablarme.

Yo volví a besarla y a estrecharla.

—Sí, sí, sí. Eres una gran escritora, Vera Sigall.

Esa noche nos vestimos de gala y salimos a celebrar.

Después de esos días juntos, hicimos el camino al aeropuerto sin hablarnos. Pero no era el mismo silencio de nuestro arribo. Era un silencio triste, abatido. Nos separábamos otra vez, y una vez más no nos habíamos planteado cuándo ni dónde volveríamos a encontrarnos. Una omisión deliberada, que hacíamos con fingida naturalidad para encubrir nuestros sentimientos.

26. Daniel

Llegaba de vuelta a casa después de mi trote diario, cuando oí que sonaba el celular en la cocina. Teresa no me había vuelto a llamar desde la revelación que le hiciera a la policía sobre nosotros, pero aun así, cada vez que oía el zumbido del teléfono pensaba que podía ser ella. Su venganza por «botarla», como había denominado al hecho de que terminara con ella, había sido lo bastante despiadada como para comenzar a temerla. Miré la pantalla. Se trataba de un número desconocido.

—Disculpe que lo moleste, señor Estévez —escuché la voz del inspector Álvarez—. Quisiera comentarle solo un par de cositas.

Era la primera vez que me llamaba. Todas nuestras conversaciones habían tenido lugar en tu casa o en la clínica.

—Resulta... —comenzó a hablar, y luego se detuvo.

—Dígame —le pedí con firmeza.

—Bueno, solo quería advertirle que su señora esposa está al tanto de su asunto —dijo con evidente azoro en la voz.

—Ya veo —señalé.

Recordé esa noche, cuando aguardaba a que salieras del coma y Gracia me preguntó si estaba solo.

—Quiero que sepa que no se enteró por mí, en todo caso. Fue ella quien me habló. Dijo que los había visto entrar en la casa de la señora Sigall el domingo antes del accidente.

—Ya veo —repetí aturdido.

Miré a mi alrededor. Sobre la cómoda, un florero de cerámica color ámbar sostenía un ramo de gardenias a punto de marchitarse.

—Y la segunda cosita, señor Estévez. Resulta que varios de sus vecinos nos han hablado de un vagabundo que hace más de un año ronda el barrio. ¿Lo ha visto?

—Sí, claro.

El inspector me comentó que lo buscaba para interrogarlo. No le mencioné que me había topado con él el mismo día del accidente. Me pidió que si lo veía, le avisara de inmediato. Le pregunté si lo consideraba un sospechoso y él me respondió que nada ni nadie podía descartarse en esa etapa, pero que le interesaba hablar con él, sobre todo por si hubiese visto algo que llamara su atención esa mañana.

Después de cortar, me quedé con el celular en la mano frente a la ventana. El ciruelo que había plantado el año anterior comenzaba a florecer por primera vez. El cielo, de un azul sereno, estaba despejado e inusualmente limpio. Cerré los ojos ante la imagen de esa anacrónica primavera que me hería. Me senté sobre la cama y me quedé un buen rato allí, con el cuerpo sudado por el trote. Mis sentimientos surgían confusos y era incapaz de pensar con claridad. ¿Hacía cuánto tiempo que Gracia sabía lo de Teresa? Pensé en todo lo que debía de haber sufrido y sentí por ella una inmensa ternura, una necesidad de arrullarla, hablarle, explicarle. Vi bajo una nueva dimensión lo que debió de significar para ella que yo me negara a celebrar nuestro aniversario, vi sus ojos empañados, su decepción. Tuve el impulso de llamarla a su celular y pedirle que me perdonara. Me golpeé la cabeza varias veces con los puños. ¿Cómo podía, después de todos los esfuerzos de Gracia por ayudarme, hacerla sufrir de esa forma? Intenté hallar en su comportamiento de las últimas semanas vestigios del odio y de la rabia que debía sentir, pero no encontré nada. Tal vez Gracia había dejado de quererme. Pero entonces, ¿por qué no me había encarado, en lugar de reproducir día tras día esa farsa? ¿Temía acaso que yo aceptara mi culpa y la dejara? La idea de una Gracia temerosa ante la pérdida de lo que habíamos construido juntos me resultaba dolorosa, pero al mismo tiempo no del todo convincente. Impulsado por un pensamiento que opacó todos los demás, me levanté de un salto. Gracia debía tener un amante, y el descubrimiento de mi deslealtad le otorgaba la paz de conciencia para poder seguir en lo suyo. Abrí la ventana. En el jardín reinaba una calma que me pareció artificial. Todo parecía cubierto por una pátina de falsedad. Lo que Gracia hacía al no enfrentarme era ganar tiempo. El tiempo que necesitaba para descubrir adónde podían llevarla los sentimientos que albergaba por ese otro hombre. Estábamos a mano. Ella en lo suyo y yo en lo mío. En tanto, podíamos continuar con nuestra vida. Mal que mal nuestra convivencia no había sido nunca un infierno, y a ambos, por diferentes razones, nos acomodaba. La camiseta sudada se me había pegado al cuerpo y la brisa matutina enfriaba mis brazos. Me impresionaba la falta de emoción con que los pensamientos cruzaban mi cerebro. Había, sin embargo, algo que no calzaba. ¿Por qué, si Gracia aspiraba a la permanencia de ese estado de las cosas, había hablado con el inspector? ¿Qué era lo que ganaba haciéndolo? ¿Era acaso una venganza, como la de Teresa? En su cabeza debió barajar la posibilidad de que yo, por pudor, le hubiera ocultado nuestra visita a tu casa ese domingo. Hablándole se aseguraba de que el inspector lo supiera, sin importar las consecuencias que esto pudiese tener para mi vida y la nuestra.

Que Gracia tuviera un amante era un escenario que, de alguna forma, había contemplado. Dado su atractivo, la posición que ostentaba y el descontento con nuestro matrimonio, las probabilidades de que surgiera un hombre que la hiciera sentir mejor eran considerables. Pero me era difícil digerir la idea de que las cosas hubiesen llegado a un punto tan álgido entre nosotros como para que quisiera perjudicarme.

Entré al baño y eché a andar el agua de la ducha. Permanecí allí dentro un buen rato, el agua caliente golpeándome, el vapor inundando el cubículo, hasta que todo vestigio de realidad desapareció. Apoyado contra el muro del baño, me asaltó un sentimiento de pesadumbre que no experimentaba desde mi niñez.

Ese día no fui a verte a la clínica. Me senté frente a mi computadora y le di los últimos toques al menú que había estado ideando para la cena del Transatlántico. Luego terminé los detalles de un proyecto de ampliación y envié el dibujo por correo electrónico.

A media mañana no lograba aún desembarazarme de la inquietud y saqué a pasear a Arthur y Charly. Recorrimos el mismo camino que solíamos hacer tú y yo. Antes de llegar a Los Conquistadores, enfrente de la botillería, creí ver al vagabundo. Apresuré el paso, pero al alcanzar la esquina, él había desaparecido. Me di un par de vueltas y volví al sitio donde creí haberlo visto. Bajo el tronco de un viejo cerezo encontré el atado de tarros que solía llevar colgado de un hombro. Charly y Arthur gemían y se agitaban mientras los olisqueaban. Pensé en llamar a Álvarez, pero desistí. Por alguna razón que no alcanzaba a entender aún, quería ser el primero en hablar con él. Lo esperé algunos minutos, imaginando que tendría que retornar en busca de sus pertenencias, pero no apareció.

De regreso, solté a los perros en el jardín y entré a tu estudio. Permanecí largo rato ahí dentro, mirando por una de tus minúsculas ventanas el verdor del jardín. Sentado a tu escritorio me quedé dormido. Desperté sudando. Volví a casa y me preparé un té con aroma a mango. Así transcurrió el día, sabiendo que lo que hacía, en ese ir y venir sin destino, era aguardar a Gracia.

Llegó después de haber terminado el noticiero de la noche. Yo había preparado una cazuela de carne y comimos —como de costumbre— en la cocina frente al televisor. Yo la observaba de reojo, y cada cierto rato nuestras miradas se encontraban. Gracia se detenía un segundo en mí, como si fuera a decirme algo, pero luego volvía la atención a la pantalla, donde una pareja de adolescentes discutía dentro de un Impala estacionado frente a un lago desierto. En un momento recogí la vajilla y me dispuse a lavar. Gracia se acomodó en la silla, sin despegar los ojos del televisor. Ahora los chicos se acariciaban tendidos en la hierba junto a su Impala blanco. Me quedé observando a mi mujer y tuve la impresión de estar frente a una extraña. La terrible verdad que había aprendido ese día no me dejaba en paz. Gracia no solo había descubierto lo de Teresa, sino que me había delatado a la policía. Ya no podía saber cuáles eran los pensamientos que cruzaban su mente. Volví a pensar en ese sitio del otro que nadie puede alcanzar. Cuán errado estaba al creer que aquello que se podía ver y tocar constituía la realidad. La vida verdadera ocurre en ese otro espacio, oculta bajo la apariencia material de las cosas.

Terminé de lavar y me senté a su lado. Nuestras miradas se cruzaron. Vi en sus ojos esa implícita invitación a la intimidad que siempre había aceptado con ardor. Resultaba algo inesperado, y dada la situación, su mirada debió haberme repelido, pero en lugar de eso me excité. La propuesta provenía de una extraña y todo lo que ocurriera sería, en esas circunstancias, una novedad. Me levanté con el propósito de terminar de ordenar la cocina. En tanto, Gracia subió las escaleras. Sus movimientos en el segundo piso espolearon mi deseo. Imaginé sus curvas, su pubis, y vi, como no lo había hecho en mucho tiempo, el sensual atractivo de Gracia. La había sorprendido muchas veces frente al espejo del baño observando su cuerpo, moviendo las caderas con lentitud a lado y lado, o sosteniendo con ambas manos sus pechos, y ante mi intempestiva aparición en su intimidad, ella había alzado los brazos y los había unido sobre su cabeza, riendo ante la cautivante apostura de su cuerpo y mi mirada deseosa de ella. Pero ahora esa imagen, que había traído tantas veces a mi memoria cuando en la soledad de mis mañanas me masturbaba, adquiría un tinte nuevo, más excitante, porque ese cuerpo, que había contemplado como parte de mí mismo, ya no me pertenecía.

Entré a nuestro cuarto. Gracia, en el baño, había echado a correr el agua de la bañera.

Menos de media hora después hacíamos el amor sin mirarnos ni una sola vez a los ojos, sin un gesto de ternura, sin una caricia que no estuviera destinada a enarbolar el placer propio. Ambos sabíamos que el otro sabía. Ese conocimiento mutuo se sentía como una tercera persona en nuestro cuarto, que nos despojaba de toda familiaridad, al tiempo que azuzaba nuestros sentidos. Cada movimiento enérgico y desesperado de Gracia para sentirme con más intensidad era una forma de despreciarme, de hacerme ver su poder, y cuán inútil era toda la carcasa que acompañaba ese miembro erecto que le otorgaba placer. Despojado de todo romanticismo, el sexo aparecía ante nosotros con su verdadero rostro, violento y secreto, donde la necesidad de satisfacer la punzante urgencia propia es lo único que prima. En el momento en que Gracia alcanzó el orgasmo, yo me contuve contando bicicletas, y luego, cuando ella hubo acabado y con un gesto intentaba desprenderse de mí, la penetré con fuerza otra vez.

27. Emilia

Encontré la carta de Jérôme en mi casillero al regresar de la clínica. Era extraño recibir una carta suya. Toda nuestra comunicación había sido hasta entonces por mail.

Después de recogerla, subí en el ascensor y luego corrí escaleras arriba hasta mi azotea. Hacía semanas que había dejado de contar los días que hacía que Jérôme no me respondía. Yo seguía escribiéndole cada día, pero no le había hablado de mi amistad con Daniel. Mi intención no era ocultársela, solo que temía que al ponerla en palabras se desvaneciera. Era lo que decía Vera del alma, que no se puede escribir directamente de ella, porque al mirarla de frente, se esfuma.

Recuperé el aliento, y de pie ante la puerta de mi cuarto, abrí el sobre:

Mi querida Emi:

Lo primero es lo primero, pedirte disculpas por no haber respondido tus mails. Podría decirte que estaba ocupado, que el ascenso al Matterhorn resultó más largo de lo esperado, cualquier cosa, pero estaría mintiéndote, y nosotros nunca nos hemos mentido.

Después de leer este primer párrafo entré a mi cuarto. Colgué mi mochila del respaldo de la silla y me senté en la cama.

Por la ventana me llegaba el gorjeo de las palomas. Miré hacia afuera en un intento por recuperar la calma. Atardecía. Ya no podía ver el sol. Lo imaginé amarrado al cerro antes de ser arrastrado universo abajo. Cerré los ojos, ansiando encontrar en la oscuridad de mi interior la fuerza para seguir. Sabía que en las tres hojas que sostenía entre mis manos encontraría las respuestas a mis interrogantes de los últimos tiempos.

He escrito esta carta decenas de veces y nunca logro decirte lo que realmente quiero decirte. Ya sabes lo torpe que soy con las palabras. Pero hoy decidí terminarla y enviártela. Si tienes entonces esta carta, es porque logré hacerlo, aunque sea de forma imperfecta.

Aquí voy, Emi: por favor, escúchame con paciencia y no dejes de leerla hasta el final. Te ruego que no me odies por mi silencio ni tampoco por mis palabras.

Cuando surgió la idea de que fueras a Chile, sentí una gran alegría por todas las razones que ambos conocemos. Podrías terminar tu tesis, conocerías de adulta el país donde habías nacido y todas esas cosas de las que tantas veces hablamos. Pero hubo muchas otras que no mencionamos. Cosas que tú sabías y yo también.

Yo sabía que después de tu partida nada volvería a ser como antes. No te creas que no tenía miedo. Me moría de miedo de que este viaje te cambiara, y que al mirar atrás vieras mi pequeñez. Pero además, y esto es lo que más me costó entender, sabía que también me cambiaría a mí. Era tan niño cuando llegué a tu casa. Los dos lo éramos. Y tú eras tan linda. Yo te necesitaba. Yo quería vivir en el mundo que escondías debajo de tus pestañas. (Eso del mundo bajo tus pestañas lo inventaste tú, lo sé.) Desde que entré en tu casa nunca más volví a salir de ella.

Me doy vueltas. Te pido disculpas, Emi, es que me doy cuenta de que nunca antes te había dicho estas cosas. El punto es que los dos nos necesitábamos y creamos eso que llaman una «relación simbiótica». Y eso puede estar muy bien para los árboles, insectos y animales, pero para los humanos no es bueno. Porque es imposible estar siempre para el otro. Qué dura palabra, ¿ver-

dad? «Imposible.» Y eso es lo que comprendí, Emi. Que tu parti-
da no solo abría todas esas oportunidades de las cuales ya había-
mos hablado, sino otras que quizá los dos intuíamos, pero no nos
atrevíamos a nombrar. Trato de ser como tú, decir las cosas de
una forma bonita, pero lo único que logro es enredarlas más.

Tú sabías y yo sabía que podía suceder. Ya dije esto,
¿verdad?

Emi, estoy saliendo con una chica. No importa su
nombre, además te provocaría risa. Lo importante es que no
puedo ni quiero ocultártelo. Ahora ya lo sabes. Trato de ima-
ginarte, y sé que no me equivoco cuando te digo que no has
soltado la carta y que sigues leyendo empecinada, que quizá
levantaste la cabeza y miraste hacia arriba por un segundo.
¿Verdad? Pero ahora sigues adelante, hasta el final.

Solté las hojas solo para contradecir sus prediccio-
nes. Había, de hecho, mirado hacia el techo. Dejé la carta sobre la cama y me dispuse a prepararme la cena. Había comprado salchichas y una caja de puré de papas
deshidratadas. Me preparé mi bandeja, y como todos los
días desde que las tardes se habían vuelto más cálidas, llevé
mi plato a la azotea y me lo comí mirando la calle y sus
últimos ajetreos del día.

En el cielo, una línea blanca dibujaba la travesía
de un avión. Me quedé mirando su trazado e imaginé a
los hombres y mujeres en su interior. ¿Adónde irían?
¿Cuántos contaban con que hubiera alguien aguardándo-
los al final de su viaje, y ese alguien no estaría?

La noche ya había caído sobre los techos de la
ciudad. Me senté en la azotea y continué leyendo.

Perdóname, Emi, por el dolor que mis palabras segura-
mente han provocado en ti. Tú sabes que lo último que deseo en
la vida es herirte. Esto tú lo sabes. Pero quiero que pienses lo
que te voy a decir.

Soltarte me produce un dolor indecible. Una gigantes-
ca orfandad. Y no lo digo para que me tengas compasión, sino
para que sepas lo que siento. No decírtelo sería otra forma de
traicionarte, de traicionarnos. Pero también, y esto es lo más
importante de esta carta, sé que tú y yo lo necesitábamos. Ne-
cesitábamos desprendernos del otro. Emi, los dos sabemos que
nuestra unión está cimentada en un evento preciso que nunca
hemos mencionado por su nombre. Yo no sabía lo que hacía.
Y ahora que has tenido la valentía de partir, te puedo decir
que tú no fuiste responsable de lo que me ocurrió. Habría
sucedido aun sin tú existir, porque era algo que estaba dentro
de mí, algo por lo cual yo debía pasar para poder ver. Lo sien-
to tanto, Emi, siento tanto haberte mantenido cautiva en una
idea que te ataba a mí de una forma enferma.

Ahora lo que ambos precisamos es poder mirar el
mundo desde nuestro centro y no desde ese centro ficticio que
construimos, que no era ni tuyo ni mío, sino que estaba en
un lugar al cual ninguno de los dos sabía cómo llegar. Te
entrego tu vida, Emi, para que la tomes en tus manos y la
hagas tú misma. Suena muy cursi, lo sé, pero es que no sé
cómo ponerlo de otra forma.

Te quiere siempre,
Jérôme

Me quedé sentada en la azotea con la carta en las
manos. El ladrido lejano de los perros y el zumbido de
los autos envolvían mi cuerpo.

Volví a mi cuarto con escalofríos. Me metí a la
cama sin desvestirme y me quedé mirando las luces que
la noche arrojaba sobre mi ventana.

Pasaron las horas.

Los camiones a lo lejos lloraban como bestias nocturnas. Mi cuerpo se había vuelto un bulto rígido. Yací inmóvil, temblando. Hasta que entré en un precario calor.
Una estática somnolencia se abatió sobre mí.

Desperté cuando la luz despuntaba en mi ventana. La cama estaba mojada y tenía los pies helados, como si los hubiera enterrado en un molde de hielo. Sudaba. Saqué las sábanas, las tiré al suelo y puse unas nuevas. El esfuerzo me dejó exhausta. Volví a acostarme y me arrebujé entre las frazadas. Me adormecía y luego me despertaba otra vez, sobresaltada. A ratos, la rabia se apoderaba de mí. Odiaba a Jérôme por haberme querido, por haber entrado en mi corazón hasta que nos hicimos uno. Por haberle dado un sentido a mis días y luego arrancármelo. Por haber ido adelante y haber sido más fuerte que yo.

En el duermevela recordé cuando de niña, en un paseo que hicimos con mis padres a la playa, encontramos con Jérôme una estrella de mar azul y la introdujimos dentro de un frasco de vidrio. Tenía cinco rayos y no debía de medir más de siete centímetros. La llevamos a casa y, aunque no se movía en absoluto, durante el resto del día la observamos con fascinación. Tenía las ventosas sujetas a la superficie de vidrio, y una textura que semejaba la de un animal prehistórico. En su quietud parecía contener una peculiar sabiduría. De pronto, ante nuestro estupor, lenta y laboriosamente uno de los rayos se desmembró del cuerpo. Muy despacio, el rayo echó a andar hacia lo alto del frasco, en perpendicular al resto, hasta topar con la tapa que Jérôme sostenía con firmeza. La estrella se disociaba, se despojaba de su cuerpo para salvarse. Presentí que esa escisión tenía mil significados. Sentidos que mi mente de niña era incapaz de abarcar. «¡Ábrelo, ábrelo!», grité. «¡Déjala salir! ¡Tiene que salir!» Con violencia le quité el frasco de las manos y al hacerlo, este cayó al suelo. El cuerpo y el rayo permanecieron quietos sobre la superficie de baldosas de la cocina, rodeados de trozos de cristal roto. Incapaces ya de moverse hacia ningún sitio.

Yo era ese cuerpo, yo era ese rayo.

28. Horacio

Las cartas siguieron atravesando el Atlántico. Volvíamos obsesivamente sobre los escasos momentos que habíamos pasado juntos, como si cada uno de ellos fuera un ladrillo de la construcción que hacíamos de un pasado común que apenas teníamos. Necesitábamos crear un mundo que nos perteneciera. Un esfuerzo vano, parecido al de la niña que construía historias para su madre con el fin de detener la muerte.

La correspondencia era irregular. Podían pasar días sin recibir nada de ella y luego el cartero me traía tres o cuatro cartas que habían quedado entrampadas en las oficinas de correo. Nuestro universo estaba hecho de palabras a destiempo. Carecía de presente, también de futuro.

A lo largo de esos meses, Vera escribió otros cuentos, de los cuales solo me mandaba extractos, trozos que se relacionaban con nuestras conversaciones epistolares. Yo a mi vez continué enviándole mis poemas que ella corregía y comentaba con dedicación. Mi trabajo en las Naciones Unidas se volvió más absorbente y en el horizonte no se veía por ningún lado la posibilidad de vernos. Aunque no nos lo decíamos, la falta de perspectiva comenzó a pesar sobre nosotros. Sus cartas y las mías exudaban desesperanza. Fue en marzo del año siguiente, 1955, que se produjo lo que con el tiempo llegaríamos a llamar la «conmoción de París».

Pérez debía asistir a una reunión en París, e invitó a Vera y a Julián a un viaje por Europa. Después de sus compromisos, estuvieron en Atenas, Estambul, Barcelona y otros sitios que ya se pierden en mi memoria. Nuestra correspondencia se volvió aún más difícil. Yo no podía escribirle. Ella me enviaba postales, notas hechas con apuro, que me dejaban hambreado de sus letras, huérfano de esa presencia que era lejana en distancia geográfica, pero cercana en lo vital. Sus notas estaban llenas de palabras amorosas, pero no daban cuenta jamás del hecho de que viajaba con su marido, que dormían juntos, que hacían el amor, que de alguna forma, y esto lo entiendo hoy, Pérez intentaba recuperar a su mujer, que sabía estaba perdiendo día tras día. Todo esto comenzó a pesarme de una forma indecible, al punto que una mañana me desperté con la certeza de que era un sinsentido, que no tenía por qué seguir viviendo en función de una mujer que nunca sería mía. Hacía más de una semana que no recibía nada de ella. Movido por la desazón y un oculto anhelo de venganza, hice algo que no había hecho hasta entonces: agregué a mi lista de conquistas el nombre de Vera. Allí quedaba, clavada en mi insectario, una especie rara y única, junto a las otras.

Después de cumplir con mis labores, le escribí una carta donde le decía que había llegado el momento de terminar. Le explicaba que hasta entonces habíamos vivido al otro lado del espejo, donde nada ni nadie nos tocaba. Un mundo irreal que nos protegía de las verdades sucias de este mundo. Todo lo que ocurriera en adelante mancillaría la bella historia que habíamos vivido juntos. Vendrían la añoranza insoportable, los celos, las recriminaciones, y eventualmente, el desamor.

Pero antes de alcanzar a enviársela, de vuelta en mi departamento, encontré una carta suya. Transcribo sus letras que he guardado a lo largo de los años.

Horacio, amor:
Han pasado cosas y llevo todo el día pensando si decirlas o callarlas. Lo cierto es que no puedo con esto sola.

Necesito tu palabra sabia. Necesito que me guíes, mi amor. Lloro mientras te escribo.

Ayer Manuel supo de lo nuestro. Nunca antes había estado ahí, en ese lugar desesperado, sitiada de falsedades. Y fue horrible. Mentir. Traicionar nuestra historia, negándola. Traicionarlo a él. Horacio, me duele todo, mucho. La intensidad de mis emociones me ahoga. Y sí, te confieso que por un momento pensé renunciar a ti, pero entonces el dolor fue aún mayor, fue tan grande que sentí más miedo del que había sentido nunca. No puedo, no puedo.

¿Recuerdas cuando tú nombraste la palabra «adúlteros» y yo te pregunté si era así como el mundo hubiese denominado lo nuestro? Tú me respondiste que sí, y yo lloré. También debes recordar esa vez que deseché la palabra «enredo». Esas dos palabras, «adulterio» y «enredo», no guardan relación alguna con lo que nos ocurre a nosotros. Lo nuestro está fuera de esa nomenclatura de la traición.

Es algo que no hemos hablado, claro.

¿Cómo se vive esto? ¿Cómo se vive una vida doble?

Sé que no te lo esperabas, precioso mío, y que debes estar conmocionado. Pero quiero que sepas algo: así como tú me dices en tus cartas que me dejas la certeza de tu amor, yo voy aún más lejos: no quiero que ni la distancia, ni las horas, nada ni nadie se interponga entre nosotros. No sé cómo hacerlo, pero es lo que quiero. Di la vuelta entera y llego aquí. A tu lado. Con el pasar de las horas, ya no siento la angustia de ayer. Me digo que nada tiene por qué cambiar, a excepción de que deberemos tener más cuidado. La confianza de Manuel en mí, con la cual yo contaba, se rompió.

Por favor, dime algo, dime qué sientes, qué piensas, nunca te lo había pedido, pero ahora lo necesito.

Tu Vera, tu Vera, tu Vera

Me quedé largo rato con sus palabras en las manos. Cogí la carta que me había dispuesto a enviarle y la rompí. Me puse de pie y me dirigí a la ventana. Miré la calle en dirección al lago, disuelto en el atardecer. Su carta me había sacudido. Pero tenía dificultades para mantenerme enfocado, para darles orden a mis sentimientos e ideas. Aguardé inmóvil, observando sin observar los movimientos de la calle, y nada ocurría dentro de mí. Ninguna gran revelación aparecía ante mis ojos.

Sin pensarlo, tomé el teléfono y llamé a la operadora. Al cabo de una larga espera logró comunicarme. La voz de un conserje apareció al otro lado del auricular y, en un francés con rezagos de otra lengua, me preguntó qué se me ofrecía. Le pedí que me diera con la habitación de monsieur Pérez. Había decidido que si él respondía, colgaría al instante, y si Vera tomaba el auricular, le diría que simulara hablar con una de sus amigas.

—¿Sí? —la escuché preguntar.

—¿Vera? —apenas lograba que mi voz resultara audible.

—¿Quién es? —era la primera vez que hablábamos por teléfono.

—Soy yo, Horacio —susurré. Todo el discurso de prevenciones que había preparado quedó atascado en mi garganta.

—Hola —dijo sin respiración.

Se produjo un silencio.

—¿Estás sola?

—Está en el baño —murmuró.

Oí la voz de Pérez desde cierta distancia, pero no alcancé a entender lo que decía.

—Es Rebecca —dijo Vera en voz más alta—. Es por unos encargos que me quiere hacer.

La evidencia de que nuestras cabezas funcionaban de la misma forma me conmovió. Pero también me produjo temor. No me sentía orgulloso de la rapidez y facilidad con que inventábamos y construíamos mentiras. Un sudor frío humedeció mis manos.

—Vera —musité—. Te llamo solo para decirte que aquí estoy, que no te suelto, que no suelto tu mano.

—Está bien —dijo ella. Y en esas dos palabras había una tristeza que me estremeció.

—Vera...

—¿Sí?

Los pensamientos se me agolparon. La línea quedó un momento en suspenso. Imaginé cómo me sentiría una vez que ya no pudiera escuchar su voz. Supe entonces que sería horrible y que después se volvería mucho peor.

—Pienso en cuánto has sufrido durante estos días... Si bien es algo que te está pasando a ti, ahora es parte de nuestra historia, es nuestra conmoción. Yo estoy a tu lado para hacer lo que haya que hacer.

A través de la ventana podía distinguir las luces de sodio de la calle.

—Gracias —musitó.

A pesar de la simplicidad de su palabra y lo vulnerable que sonaba, estaba llena de mensajes: necesidad, convicción, miedo.

—Yo te quiero, Vera.

Desde algún departamento vecino oí un silbido. Era una melodía sencilla, con reminiscencias marciales, que en lugar de cristalizarse se hacía más vaga, como si alguien buscara en su memoria una armonía olvidada.

—¿Has visto mi corbata a rayas verdes? —escuché que decía Manuel claramente.

—Dales mis cariños a los niños y a José —dijo Vera y cortó la comunicación.

Me quedé con el auricular en la mano, sentado sobre mi cama, con los codos sobre las rodillas, inmóvil.

De pronto cayó sobre mí la responsabilidad que me cabía en lo que estaba ocurriendo. Vi a Vera en todo su desamparo. Yo no conocía su historia, la naturaleza ni la fuerza de los lazos que la unían a ese hombre que le llevaba veinte años. Volví a recordar su cuento, el de la niña ante el lecho de muerte de su madre.

Experimentaba por ella un amor inmenso, un amor que no me sabía capaz de profesar. Pero al mismo tiempo tenía la impresión de haber caído en una trampa. No me sentí capaz de cargar con la vida de Vera. Las palabras que había pronunciado me obligaban a asumir las consecuencias que derivaran de ellas. Salí a la calle y caminé sin rumbo durante al menos dos horas. De vuelta entré a un bar y bebí hasta emborracharme.

Desperté con dolor de cabeza. Nada extraordinario, dadas las cantidades de alcohol que había ingerido. Pero fue en ese estado de semiconciencia, de inhabilidad para desempeñar mis labores del día, que entendí lo que me estaba ocurriendo. Me estaba enamorando de Vera. O ya me había enamorado. Y fue este descubrimiento el que me llevó a tomar una decisión: volvería a Chile y estaría allí para ella cuando me necesitara. Era una idea en extremo romántica que me hizo recordar las palabras de Vera en una de sus cartas, cuando después de escuchar por la radio a un catedrático, concluyó que quienes se ocultan tras los muros del conocimiento y la razón pierden su capacidad de ver la fosforescencia de las cosas. Lo más probable es que mi decisión de dejarlo todo por ella no fuera razonable, pero nunca como entonces me sentí más vivo y más cerca de la realidad.

* * *

Llegué a Santiago el 19 de junio de 1955, tres meses después de la conmoción de París. Me instalé en un departamento de dos ambientes en la calle Mosqueto número 456, frente a un club nocturno, y conseguí un trabajo de baja monta en la Cancillería.

Dos tardes por semana, Vera me visitaba en mi departamento. Poco a poco, este tiempo que pasábamos juntos fue haciéndose esencial para ambos. En esas horas, además de hacer el amor, leer y embarcarnos en extensas conversaciones, mirábamos por la ventana el ajetreo de la calle. Una vida a la cual no pertenecíamos juntos.

Algunas veladas construíamos y volvíamos a construir una frase de alguno de mis poemas hasta vaciarla de contenido, hasta que, agotados, arrugábamos los papeles y, con la parsimonia de quien se deshace de una criatura maltrecha, los arrojábamos a la basura. Vera se quedaba pensativa, con una expresión que la hacía ver como una niña, y con los ojos enterrados en el canasto, decía:

—Tiene que haber una forma, Horacio. Solo hay que buscarla.

Y yo entonces la amaba, la amaba con todo el corazón que tenía.

Casi siempre llegaba con un cesto de comida. Cenas que su criada preparaba en su casa y que luego calentábamos en mi cocina. Vera gozaba comiendo en la cama, mientras que yo prefería cenar sentado a la mesa. Para tentarla, sacaba la cuchillería de mi abuela que me había acompañado en mis viajes, encendía velas, y con una servilleta blanca colgada del cuello, la invitaba a sentarse conmigo. En ocasiones estallábamos en risas, y sin decir palabra dejábamos los platos a un lado, entrábamos a la pieza y hacíamos el amor.

Pero algunos días me descorazonaba. Ya en esos años las separaciones no eran del todo infrecuentes. Sin embargo, Vera parecía atrapada en un matrimonio victoriano, donde lo que primaba era la culpa, el remordimiento y el apego a una unión que hacía tiempo estaba muerta. ¿Por qué?, me preguntaba y le preguntaba, una y otra vez.

Sus respuestas eran siempre esquivas, e incluso podían contradecirse unas a otras. Aludía a la mala salud de Pérez, a su propia debilidad, o al miedo que le producía la reacción que él pudiera tener. Las evasivas y las contradicciones con respecto a su historia y sus orígenes serían, más adelante, la forma en que Vera lograría construir a su alrededor ese halo de misterio que la acompañaría el resto de su vida. «Los hechos me aburren», diría en sus entrevistas, cuando se hubo transformado en una autora de culto. Sus respuestas más comunes eran: «No sé, no estoy familiarizada con eso, no conozco, es difícil de explicar, nunca he oído de eso, no hay, no es, no creo».

Vera fantaseaba con frecuencia. Recuerdo una oportunidad en que llegó a mi departamento agitada, cerró la puerta y con una expresión de terror, me dijo:

—Un hombre me siguió hasta aquí —su cuerpo entero temblaba—. Está allí afuera —señaló, y apretando la cartera contra su pecho se volteó contra la pared—. ¿Lo ves? —me preguntó desde su rincón.

Yo miré hacia la calle Mosqueto, y bajo las ramas de los jacarandás solo vi el trajín acostumbrado.

—No veo nada.

—Es un amigo de Manuel. No sé si él lo mandó a seguirme, o lo hace por iniciativa propia. Ha estado siempre enamorado de mí.

La miré a los ojos y ella rehuyó mi mirada. Al cabo de unos minutos había olvidado el asunto y me contaba riendo una de sus anécdotas domésticas que siempre terminaban en un desastre que ella misma provocaba con su ineptitud. Por alguna razón, Vera había inventado la historia del hombre. Después descubriría que crear historias y actuar acorde a ellas era algo que le resultaba natural. Vera vivía en una dimensión intermedia de la vida, un sitio donde los límites de lo real y lo inventado no son tan claros como en el que vivimos el resto de los mortales. Intuía que esa era la forma con que sorteaba el dolor de llevar una vida doble. Tal vez en su interior, la vida que compartíamos ocupaba un cajón aparte, uno de los tantos donde guardaba todo lo que por algún motivo prefería no ver, o no asumir.

Cuando el frío de la calle era intenso y el cielo, como una bóveda gris, pesaba sobre Santiago, llegaba a mi departamento por la tarde, y encogida en el sillón verde oliva de la sala me pedía que la abrazara.

—Gracias, amor —susurraba entre mis brazos—. Gracias, gracias, gracias —repetía con emoción.

Y era entonces cuando más necesitaba yo entrar en su cabeza, conocer sus secretos, entender qué había tras esa mujer cuyas paradojas a veces enardecían mi deseo y otras me exasperaban.

Apenas los faroles de la acera comenzaban a encenderse, Vera tomaba su abrigo, su estola de piel y su cartera, y sin despedirse (porque según ella le producía demasiada tristeza), salía a la calle. Muchas veces, después del amor, su fuga me encontraba dormido y al despertarme, su ausencia hacía que el cuerpo entero me doliera.

29. Daniel

Lo primero que hice al llegar a la clínica fue buscar a Emilia en la salita donde ella solía esperarme, pero no la encontré. La aguardé unos minutos, pensando que podía estar en el baño. Luego entré en tu cuarto y me senté en la butaca frente a ti. Lucy te había lavado el cabello y lo había peinado hacia atrás. Tu frente descubierta dejaba ver los surcos que la hendían. Tus labios tenían un ligero acento rosa. Yo traía los periódicos para que los leyéramos juntos, pero era incapaz de concentrarme. A cada instante alzaba la vista hacia la puerta, imaginando que Emilia asomaría su cabeza oscura tras ella. Pero Emilia no llegó.

Esa tarde, de vuelta a casa, caminaba por el estacionamiento subterráneo de la clínica en busca de mi automóvil, cuando creí distinguir a Calderón, el psiquiatra. Había observado sus fotografías en Internet y recordaba bien su nariz aguileña, sus minúsculos ojos en un rostro largo y flaco, rasgos que le daban una apariencia de oso hormiguero. Intenté alcanzarlo, pero las puertas del ascensor se abrieron y el hombre desapareció tras ellas al cerrarse. Aguardé el siguiente ascensor y volví a subir a tu piso. Entré a tu cuarto y ahí estabas. Sumida como siempre en tu sueño. Salí a la sala de espera y caminé por los pasillos. Llamé a Álvarez y me contestó con su acostumbrado carraspeo. Le conté lo que había visto y le pregunté si había logrado averiguar la fecha de salida de Calderón. El hombre aún se encontraba en Chile y ya lo había interrogado. No tenía nada relevante que informarme al respecto, pero cuando lo tuviera, se pondría en contacto conmigo. Me senté en la sala de espera, aturdido. Mis ramplonas investigaciones me hacían sentir inútil.

En lugar de volver directo a casa, tomé el auto y conduje al cine más cercano, en el interior de un centro comercial. El encuentro con Calderón —si se trataba de él— me había dejado inquieto, pero sobre todo, no quería encontrarme con Gracia. Los automóviles surcaban las calles haciendo sonar sus bocinas, al tiempo que algunos conductores sacaban una mano por la ventanilla, saludando a una multitud inexistente. La selección chilena debía haber ganado algún partido de fútbol.

Comí en un boliche de Luis Thayer Ojeda. En la mesa contigua a la mía, un par de oficinistas intentaban seducir a dos chicas que podrían haber sido sus hijas.

De vuelta en nuestro barrio estacioné el automóvil y saqué a los perros a pasear. Era una noche de primavera inusualmente fría. Al llegar a casa era pasada la medianoche y Gracia dormía, o simulaba dormir, lo que era igual. No tuvimos que hablarnos ni explicarnos.

* * *

A la mañana siguiente ansiaba hallar a Emilia sentada en la sala de espera, los pies juntos, y su sonrisa aguardándome. Pero no estaba. Entré a tu cuarto. Era incapaz de mantenerme quieto. Lo que me resultaba más difícil era pensar que Emilia vivía en otro mundo, un lugar que ni siquiera a ella le resultaba familiar. Tomé mi chaqueta y salí a la calle. Ya eran dos días que no se había aparecido por la clínica.

A esa hora el tráfico era escaso y no tardé en llegar al edificio de Emilia. Toqué el timbre, pero nadie contestó. Tampoco había conserje, por lo que decidí esperar a que alguien saliera o entrara, para colarme. Al cabo de un rato, una mujer con un pañuelo en la cabeza y un carrito para las compras abrió la puerta. Tenía el rostro surcado por venas azules, muy finas, que recordaban la nervadura de una hoja. Le expliqué que visitaba a la chica que vivía en el departamento de la azotea y la mujer me dejó pasar. Subí en el ascensor hasta el noveno piso y luego remonté las escalerillas que conducían a la azotea. A esa hora la ciudad que se veía desde allí carecía de atractivo. Los bocinazos, el humo de los motores y la sustancia plomiza que se desprendía del cielo la transformaban en un lugar amenazante. Tan solo el toldo blanco, que se mecía con la brisa, pertenecía al mundo que habíamos compartido algunos días atrás.

Las puertas de la cocina, del baño y del cuarto de Emilia estaban cerradas. Toqué un par de veces a la suya, pero no hubo respuesta, tampoco algún movimiento que delatara su presencia en el interior. De pronto escuché su voz:

—¿Quién es?

—Soy yo, Daniel.

Oí que tosía.

—¿Puedo entrar?

—Te abro —su voz sonaba apenas.

Su rostro estaba pálido y su cabello desgreñado. Llevaba una camisa de dormir azul y una bufanda. Los últimos días, a pesar de que ya entrábamos en noviembre, habían sido fríos. Iba descalza. El cuarto estaba oscuro, a excepción de un débil halo de luz que se colaba entre las cortinas cerradas, haciendo que semejara una caja llena de polvo. Su cama estaba deshecha y en un rincón del piso había unas sábanas arrugadas. Al principio, Emilia pareció no reconocerme.

—¿Qué estás haciendo aquí? —me preguntó. Noté que temblaba.

—¿Estás bien, Emilia? —le pregunté yo a mi vez.

—No sé —dijo. Parecía confundida.

Entré a su cuarto aun cuando no me había invitado a pasar. Estaba frío, como si el invierno se hubiera instalado ahí a esperar su próxima temporada. Olía a Emilia, un aroma a flores que no poseía ese rastro agrio de los perfumes. En su velador y sobre la mesa tenía pilas de libros. En uno de los muros había una serie de tarjetas postales. Entre ellas, la clásica fotografía de Virginia Woolf y otra del poeta inglés Rupert Brooke. Tomé una frazada de la cama y se la extendí para que se cubriera. La tomó y se la echó sobre los hombros. Apretó los labios, se pasó una manga de la camisa de dormir por los ojos y se sentó en la cama.

En un rincón había una estufa a gas, tiznada por el humo, y una caja de fósforos. Prendí la mecha y una exigua llama azul brilló en la penumbra.

—Te voy a preparar una taza de té. ¿Has comido algo? —ella negó con la cabeza y sonrió apenas—. Vamos a comenzar por el té —dije, y salí a la azotea.

En el suelo, frente a la puerta de la cocina, había unas hojas de papel que la brisa debía haber llevado hasta allí. Estaban escritas a mano y en francés. Las doblé en dos y las guardé en el bolsillo de mi chaqueta para entregárselas a Emilia. Después de poner a hervir agua en la tetera, abrí el refrigerador para ver si había algo que pudiera prepararle, pero estaba vacío. Recordé la impresión que había tenido, apenas conocerla, de que en cualquier instante podría desaparecer. Recordé también lo que tú me habías dicho muchas veces, que es a través de los detalles que podemos ver lo esencial de las cosas. Ahora, ante la visión de su refrigerador vacío, lo entendía. Emilia estaba de tránsito, pero no en este país ni en ese tiempo, no en esta geografía, sino en una mucho más amplia.

Se tomó el té a pequeños sorbos, sentada sobre la cama, los pies recogidos y la manta sobre los hombros. El pelo lacio y oscuro caía sobre sus ojos que parecían estar mirando hacia adentro asuntos incomunicables. Había cambiado en esos días. Bajo su estado de indefensión había emergido un filo cortante, una arista.

—Ya no tiritas. ¿Crees que tienes fiebre? —inquirí, sabiendo que no podría tocar su frente para cerciorarme.

Negó con la cabeza, y luego, mirándome por primera vez, preguntó:

—¿Qué día es hoy?

Oírla hablar y ver de vuelta sus pupilas estacionadas en mí me tranquilizó.

—Viernes.

—Debí cogerme un catarro —dijo en ese lenguaje de las películas dobladas, que me hacía recordar, junto con su ligero acento, que no había vivido nunca en Chile.

—Tienes que comer algo, Emilia. Voy a ver qué consigo.

Retorné con un par de sándwiches de pollo con palta, una caja de jugo de naranjas y yogur. Emilia se había puesto un par de jeans que nunca le había visto, una camisa a cuadros, y se había tomado el pelo en una minúscula trenza que aparecía en un costado de su cuello. También había abierto la cortina. La luz dibujaba figuras en el piso. A pesar de sus esfuerzos, su aspecto seguía siendo deplorable.

Traje platos y los dispuse sobre su escritorio. Ella se sentó en el borde de la cama y yo en la única silla disponible. Se movía con lentitud. Le era penoso sostener el peso de su cuerpo. Aunque yo no tenía hambre, comí para acompañarla. Yo la observaba y hacía comentarios fútiles, como el sabor salado de la palta, o lo bien que sabía el jugo de naranjas. Una brisa fría se coló por la ventana entreabierta y la cerré. No podía avanzar hacia ella. Era tal su ensimismamiento, su esfuerzo por permanecer ahí sentada, que en cualquier momento sucumbiría.

—¿No te importa que me recueste un momento? —preguntó, sin terminar de comer su sándwich.

Un carro bomba cruzaba una avenida cercana y con su ulular vibraron los vidrios. Emilia se tendió en la cama y fijó la vista en la ventana frente a su escritorio. Los pálidos vellos del contorno de sus brazos brillaban con la luz.

Yo continué sentado, sabiendo que lo único que podía hacer era aguardar y cuidarla en la medida en que ella me lo permitiera. Se volvió hacia mí y me sonrió con tristeza.

—Gracias —dijo.

—Encontré esto —saqué del bolsillo de mi chaqueta las hojas que había hallado junto a la puerta de la cocina y se las entregué. Emilia las tomó sin mirarlas y las dejó sobre su mesa de noche.

—¿Las leíste? —me preguntó adelantando el cuerpo.

—¡No! —exclamé—. Jamás haría algo así. Además, mi francés es menos que regular.

Emilia sonrió y tiró de su trenza con los dedos.

—Es una carta de mi novio Jérôme —volvió a sonreír sin convicción—. O de mi exnovio, para ser precisa.

—Ya veo —dije.

—Te estarás preguntando cómo es que yo tengo un novio —dijo, y se pasó la palma de la mano por la nariz arriba y abajo varias veces.

—Sí, es lo que me estaba preguntando.

—Es una historia complicada. No sé si quieres escucharla.

—Me encantaría.

Emilia se acomodó en la cama, recogió las piernas, las ciñó con sus brazos delgados y apoyó la barbilla sobre ellas. Permaneció así varios minutos. Sin hablar, sin hacer el menor movimiento. Su espalda se movía adelante y atrás con su respiración. Un oscilar mínimo. Tuve el impulso de abrazarla.

—Se llama Jérôme. Ya te dije eso, ¿verdad? —dijo rompiendo el silencio.

Yo asentí.

—Es que no sé cómo comenzar. Se supone que uno empieza siempre por el principio, pero ¿dónde de verdad comienzan las cosas? Jérôme, Jérôme —repitió y se llevó la mano a la barbilla en un gesto pensativo—. Recuerdo bien el día que llegó a nuestro curso. Teníamos once años y hacía cuatro meses que habíamos comenzado el periodo escolar. Era pequeño para su edad. Tenía una expresión seria y a la vez indiferente, como la de alguien que ya conoce cuán difícil puede ser la vida y ha decidido ignorarla. La profesora lo sentó en la última fila, y mientras avanzaba hacia el fondo, todos lo miraron. Traía unos pantalones de pana y una chaqueta varias tallas más grandes que la suya. El nuestro era un colegio particular, el más caro de la ciudad. No lo supimos ese día, pero pronto nos enteramos de que Jérôme había entrado becado. Yo había llegado al colegio el año anterior.

»A la segunda semana, contradiciendo las instrucciones de la profesora, Jérôme se instaló en el pupitre a mi lado. Nunca antes alguien había mostrado interés por sentarse ahí. No sé cómo lo supo, pero vio de inmediato que estábamos encallados en el mismo puerto. Ninguno de los dos pertenecía al mundo donde habíamos ido a parar. Lo cierto es que él me eligió. Todo lo que no tenía en centímetros ni en estatus social, lo suplía con su determinación y su endemoniada inteligencia. Cada vez que entrábamos en una nueva materia, pronto él nos adelantaba a todos en conocimiento, y en clases hacía preguntas que ponían a los profesores en aprietos. La mayor parte del tiempo se aburría, y mientras todos escuchábamos atentos a los profesores, él escribía canciones. Sus ídolos eran Mick Jagger y Bob Dylan. Las letras de las canciones de Jérôme parecían provenir de la mente de un adulto. Hablaban de amores perdidos, de traiciones, de alcohol y de drogas. Pero me estoy alargando mucho.

Se detuvo y con la punta de los dedos índices se frotó los ojos.

—No, no —dije—. Por favor, continúa. Si quieres preparo más té.

—Eso estaría bien —afirmó, y me sonrió.

De vuelta en su pieza, la luz había cambiado y en lugar de las figuras en el suelo, en el muro destellaban los reflejos del tímido sol primaveral. El color había vuelto al rostro de Emilia, y sus gestos ya no poseían la languidez de hacía un rato.

—Comenzamos a pasar cada vez más tiempo juntos. Me estoy repitiendo, eso ya te lo dije.

—No, no me lo habías dicho.

—Mi padre reconoció de inmediato su inteligencia. Gozaba conversando con él. Jérôme lo hacía reír. Algo poco frecuente en mi padre. Jérôme comenzó prácticamente a vivir con nosotros. Al terminar la jornada del colegio, caminábamos juntos hasta mi casa. Él vivía en el otro extremo de Grenoble, y recién cuando empezaba a oscurecer, emprendía el camino de vuelta. Muchas veces mi padre le ofrecía llevarlo en su automóvil, pero él siempre se negaba. Su vida estaba escindida y había decidido que ambas partes jamás se toparían.

»Recuerdo la primera vez que lo sorprendí mirándome. Tendríamos para ese entonces unos catorce años. Hacíamos los deberes en la mesa del comedor. Yo siempre tardaba más que él, y mientras me aguardaba se entretenía resolviendo complicadas ecuaciones matemáticas que le dejaba mi padre. Pero esa vez, al levantar la cabeza de mi cuaderno, Jérôme tenía los ojos fijos en mí. Sus ojos de adulto. Su mirada, que no cejó cuando lo sorprendí, me hizo pensar en sus canciones, las de los amores rotos y las traiciones, y volví a enterrar la vista en mi cuaderno.

»Esa mirada obstinada comenzó a repetirse con más y más frecuencia, y la única forma que hallé para defenderme de ella fue ignorarlo, alejarme de él. Yo sabía que lo hería, pero era incapaz de lidiar con los sentimientos que sus ojos provocaban en mí. Es aquí donde se complican las cosas, Daniel. Por eso te decía al principio que es difícil definir dónde de verdad se inician las historias. Porque la mía había comenzado mucho antes.

Emilia respiró y deshizo su pequeña trenza. Su cabello, siempre liso y lustroso, ahora tenía leves ondas que otorgaban a su semblante una apariencia más madura. La estufa dio un chasquido y se apagó. Volví a encenderla, labor que me llevó varios minutos; cuando hube acabado, Emilia parecía preparada para continuar. Fue entonces que me contó de su «mal». Era una narración confusa, que mencionaba un resbalín, la sangre que había brotado de una herida que se hizo en la cabeza y la conmoción que esto le había causado.

—Las terapias se sucedieron una tras otra durante ese año y los que vinieron. La versión oficial que se estableció fue que el golpe había activado en mí una forma de fobia poco común. Pero había algo más. Algo que nunca mencioné en ninguna de las terapias. Al principio lo guardé en el fondo de mi conciencia para no tener que volver a verlo ni enfrentarlo. Y más tarde, supongo, no lo mencioné porque sabía que de hacerlo, solo traería más dolor y complicaría aún más las cosas entre mis padres.

Emilia se detuvo un instante, tomó un sorbo de su té, que ya debía estar frío, y continuó:

—Aún puedo ver el vestido ceñido de mi madre, su cuerpo voluptuoso, y a él con los brazos estrechando sus nalgas. Mi padre estaba en una de sus excursiones a un observatorio en otra ciudad y no volvería hasta el fin de semana. Me quedé en la escalera, mirando cómo él desprendía sus senos de su vestido, e inclinando la cabeza los succionaba. Es una imagen que aún puedo ver con claridad, los senos blancos de mi madre, las manos oscuras de él aprisionándolos, sus ojos ávidos y sus labios. Pero es como una fotografía antigua, sin fondo, sin luz. Una imagen muerta. Esto ocurrió una semana antes del episodio del resbalín. Pero al final, si tú me preguntas qué pasó, yo no lo sé. En las terapias intentaron hacerme creer que la mente es como un ovillo y que cogiendo un extremo del hilo podría desenredarlo. Pero no, Daniel, la cosa no es así. No hay un solo hilo, son cientos, miles, cada día, cada afán, tiene el suyo. Supongo que las razones por las cuales se hace tal o cual cosa, o por las que algo dentro de uno se quiebra, no son nunca definitivas. Yo creo que las experiencias se van sumando, entretejiendo. Una lleva a la otra, una herida se estrecha o se hace más grande. Al final, no sé. No sé qué fue lo que detonó mi "mal", ni cuándo exactamente ocurrió.

»El punto es que cuando Jérôme me miraba de esa forma, mi cuerpo entero se crispaba y su sola cercanía comenzó a alterarme de una manera que con el tiempo se hizo insoportable. Continuó yendo a casa, pero apenas llegaba mi padre, yo me escabullía a mi cuarto y, a la hora de cenar, muchas veces me excusaba diciendo que estaba cansada o que no me sentía del todo bien.

»Ese fin de año, para las fiestas, viajamos con mis padres a París, a casa de unos amigos suyos. De vuelta, ya nada fue lo mismo. Jérôme continuaba sentándose en el pupitre contiguo al mío, pero no volvió más a casa.

»Me impresionó que mis padres no mencionaran su ausencia, como si hubiera sido natural que después de tres años de ser parte de nuestra familia, de un día para otro desapareciera. Aunque nunca les pregunté, con el tiempo fui sospechando que mi padre, tal vez consciente de lo que me ocurría, había hablado con él. Jérôme comenzó a ausentarse del colegio, y al fin del periodo escolar nos enteramos de que no había aprobado.

»Llegaron las vacaciones y durante dos largos meses no volví a saber de Jérôme. Nunca dejé de pensar en él. Estaba en el centro de mis recuerdos. Era algo que ocurría de forma natural. Mientras leía, mientras escuchaba las conversaciones o salía con mis padres, mi mente reproducía los momentos que había pasado con él. Eran cientos de recuerdos y cada uno de ellos me dejaba una impronta tibia, un sentido de mí misma, de mi valía y de mi existencia. Comencé a invocarlos con más y más frecuencia, y hacia el final del verano, lo único que deseaba era volver a verlo. Había pensado también en lo que sus miradas habían producido en mí, y era tanto el deseo de recuperar su afecto, que estaba dispuesta incluso a permitir que me tocara. Pero a vuelta del verano, Jérôme no llegó a clases. Corría el rumor de que no solo había perdido el año, sino también su beca. A mediados de la tercera semana recibí la llamada. Era un miércoles.

Emilia se pasó un mechón de pelo por detrás de una oreja y calló. En la ventana dos estelas de un avión avanzaban hacia lo alto del cielo, paralelas, como los dos ejes de una escalera.

—Sí, fue un miércoles. Quien me hablaba al teléfono era su hermano mayor. Le llevaba seis años y trabajaba de mecánico en un taller de automóviles. Tenía una novia y se iba a casar. Era todo lo que Jérôme nos había contado de él. Me gritó y me insultó con palabras muy duras y feas. Me culpaba de lo que había ocurrido, pero yo no alcanzaba a entender de qué se trataba. Cuando mamá llegó a casa por la tarde, yo estaba enferma. Igual que ahora. Pero mucho peor.

»Mi padre logró averiguar que Jérôme estaba en el Centro Hospitalario Universitario de Grenoble. Había intentado suicidarse. Pero no fue hasta un par de días después que mi padre me lo dijo, cuando la fiebre cedió y yo ya había comenzado a comer otra vez.

»Jérôme estuvo una semana luchando contra la muerte. Su hermano lo encontró en el garaje, dentro del automóvil de su padre, con el motor encendido. Su familia nos culpaba y no permitió que nos acercáramos a él. Pero yo, cada día después de clases, caminaba hasta el hospital y me sentaba en los jardines, mirando hacia los cientos de ventanas, e imaginaba que una tenía que ser la de su cuarto. Salió al cabo de tres semanas. Había enflaquecido. Lo vi dejar la clínica con su hermano y sus padres. Una pareja gris, y a mis ojos anciana, tal vez por los años que ambos se habían echado encima después de lo ocurrido. El hermano tenía la apariencia de esos chicos que están siempre a punto de iniciar una riña. Volví a casa con sentimientos encontrados. Me sentía aliviada. Jérôme estaba fuera de peligro. Pero al mismo tiempo, una nueva pesadumbre se había instalado en mi ser. Un sentimiento al cual no le puse nombre, porque era demasiado doloroso. Los siguientes días y semanas volví al insomnio, a la falta de apetito. Era incapaz de concentrarme en otra cosa que no fuera la idea de ver a Jérôme. No tenía forma de acceder a él. Jérôme había logrado mantener los dos mundos incomunicados. Después de clases y los fines de semana, empecé a vagar por las calles de Grenoble. Por el centro, los parques, la disquería, los lugares donde habíamos estado juntos. En una de estas ocasiones se me ocurrió que en mis andanzas podría dejar rastros, de forma que si Jérôme volvía también a esos sitios, los pudiera hallar. Hablaba con el vendedor de la disquería, con la cajera del supermercado, con el mendigo alcohólico del centro con quien solía él conversar cuando nos lo topábamos, o con la chica que nos atendía en el café. A quienes conocía menos, les preguntaba si se acordaban de nosotros, del chico bajito y de mí, y la mayoría de las veces me decían que sí, que se acordaban, y me preguntaban por Jérôme. Yo entonces les pedía que si él se aparecía por ahí, le dijeran que yo lo estaba buscando. También, tiempo después, comencé a dejar notas en los lugares que habíamos frecuentado, nuestra banqueta de la plaza, la mesa del café, algún árbol bajo cuya sombra nos quedábamos charlando. Las ocultaba en algún rincón poco visible. Como era de esperar, cuando unos días después volvía para cerciorarme si seguían ahí, muchas de ellas habían desaparecido, pero muchas otras aguardaban intactas a Jérôme.

»Unos meses después, salía del colegio con mi mochila al hombro, cuando lo vi al otro lado de la acera. Había ganado algo de peso, vestía unos jeans oscuros y una chaqueta azul, que no era dos tallas más grande que la suya, y que lo hacía lucir apuesto. Crucé la calle y él me saludó como si nada. Así: "Hola". Y ya. Me acompañó a casa, tomamos té en la cocina, hablamos de los últimos álbumes de música, de las películas que se habían estrenado esa temporada, y cuando llegó mi padre cenamos los cuatro en la mesa. Nunca le pregunté si había regresado siguiendo mis migas de pan. Había vuelto, y eso me bastaba.

»Al terminar el colegio, él estudió astronomía, como mis padres, y yo entré a literatura. Nunca más volví a sentir sobre mí esa mirada suya que había desatado la desgracia sobre nosotros.

El rostro de Emilia se contrajo. Sentí una fuerte opresión en el pecho. Pensé, por primera vez, que el dolor propio no llega nunca a ser tan agudo como el que se siente con alguien y por alguien.

Tomó la carta que había dejado sobre la mesilla de noche y me la extendió. Yo la cogí sin saber qué hacer con ella.

—¿Lees algo de francés? —me preguntó.

—Algo.

—Jérôme tiene una letra muy clarita, de niño aplicado —sonrió.

Leí la carta, y aunque había muchas palabras que se me escapaban, logré entender su sentido. Levanté los ojos y Emilia me estaba mirando.

—Esa pesadumbre que sentiste después que Jérôme salió de la clínica era culpa, ¿verdad? —le pregunté, y ella asintió con un gesto de la cabeza. Guardamos silencio—. No tengo certeza de lo que te voy a decir, Emilia, ni tampoco sé si al final tiene mayor importancia, pero yo creo que Jérôme no tiene otra novia. Me lo dice una suerte de instinto masculino, por ponerlo de alguna forma. Yo creo que su intención al escribirte esta carta fue la de liberarte de esa culpa.

—¿De verdad lo crees así?

El tono indiferente con que planteó la pregunta me hizo entender que las razones, cualesquiera fueran, no eran las que la habían golpeado de esa forma, sino el hecho de que ahora estaba sola ante su vida, que tendría que empezar a mirarla desde otro sitio y que no sabía siquiera por dónde comenzar. Se veía cansada, pero tranquila, como quien ha cruzado un lodazal y, aun cuando no ha salido limpia, al menos tiene la certeza de estar al otro lado.

Recostó la cabeza sobre la almohada y se arropó con los cobertores.

—¿Sabes? —dijo sin mirarme—. Creo que nunca había hablado tanto de un tirón.

Tenía una sonrisa diferente a todas las otras. Su pesar, oculto por tanto tiempo en su interior, se había abierto paso a través de las palabras, y ahora que estaba afuera, había cambiado de forma. Tomé la frazada que ella había dejado colgada del respaldo de la silla y se la puse sobre las otras. Ninguno de los dos dijo nada por un largo rato.

—Daniel... —musitó.

—¿Sí?

—¿Te sentarías a mi lado?

—Claro —afirmé, y aproximé la silla a su cama.

—No. Aquí, conmigo.

Me senté en el borde de la cama y apoyé las manos sobre mis rodillas. Posó su mano sobre la mía. Con los dedos recorrió el dorso de mi mano, un tacto leve, pero a la vez mucho más intenso que el de una mano ceñida. Quise en ese instante tener tu claridad, ser capaz de decir las palabras justas, «le mot juste», como tú le llamabas, o desplegar el gesto preciso que condujera ese instante en la dirección correcta, cualquiera esta fuera. Pero me quedé así, sin moverme, absorbiendo su tibieza, la emoción que me producía imaginar que esa mano había apenas sentido el calor de otra. Se acomodó entre los cobertores y cerró los ojos.

El hecho de que ella decidiera tocarme me hizo sentir sorpresivamente libre, como si todo lo que había sido y hecho hasta ese instante me hubiera sido perdonado. Su virginidad me hizo ansiar ser parte de su despertar. Al cabo de un rato, su respiración era acompasada. Se había dormido, y sus finas facciones descansaban tranquilas sobre la almohada. Me deslicé fuera del cuarto y salí a la azotea. Se había levantado un poco de viento y las primeras luces de las calles flotaban en el crepúsculo.

30. Emilia

Desperté al levantarse el día.

La luz blanca de la luna se alejaba hacia el fondo. Recordé a Jérôme y un dolor se expandió en el centro de mi pecho, como una mancha.

Recordé también que me había dormido cogida de la mano de Daniel.

Miré mi mano derecha. La misma que había tomado la suya. Me toqué apenas la mejilla. Luego la base del cuello. Sentí un cosquilleo. Una descarga eléctrica que se expandió por el resto de mi cuerpo. Recorrí mis labios. Las aletas de la nariz. Los párpados cerrados. Abrí los ojos y mi rostro se reflejaba en los cristales de la ventana. La visión de mí misma tocándolo me sacudió. No sabía cómo encajar esa sensación.

Tomé la carta y salí a la azotea. Era una mañana de sábado y la ciudad dormía. Sentada en la barandilla la leí una vez más. Sentía el cuerpo pesado y húmedo, como si alguien me hubiera puesto un abrigo mojado. Traté de ordenar mis pensamientos. Un soplo de viento levantó el toldo blanco. Volvía a tener la impresión de viajar en un barco.

No sé cuánto tiempo transcurrió. El sol comenzó a golpear mi cabeza. Tenía la sensación de que todo lo que hacía en esos instantes poseía un sentido simbólico. Pensé en esas escenas de guerra, cuando después de una noche de bombardeos, los sobrevivientes salen de sus escondites y recorren las calles, ahora destruidas, mirándose unos a otros. Extasiados ante el simple y milagroso hecho de estar vivos.

Rompí la carta y asomada al borde de mi azotea arrojé los pedazos. Algunos, cogidos por la brisa, volaron más lejos, otros descendieron dando vueltas sobre sí mismos, hasta que los perdí de vista.

Tenía hambre. Entré a la cocina. Sobre la mesa encontré un celular y una nota de Daniel.

En el celular está guardado mi número. Cuando puedas y quieras, llámame. En el refrigerador te dejé algunas cosas.
Daniel

Hacía tiempo que no veía un refrigerador tan bien provisto. Frutas, verduras frescas, pan, jugos, quesos, mantequilla y dos bandejas con comida preparada.

Pensé en Jérôme. En el niño que era antes de que nos asomáramos a la adolescencia y su cuerpo comenzara a desear el mío. Recordé la mano de Daniel, fina y bien formada. Como la de un pianista. Su tacto suave. Sus nervaduras. El ligero temblor de ambas manos cuando se tocaron. Tuve miedo de mis pensamientos. Había logrado un equilibrio que me permitió vivir. Jérôme había sido parte de ese equilibrio. Y ahora que él no estaba, debía salvaguardarlo por mí misma. No podía desviarme. Aquel debía ser mi único propósito. Preparé café y un par de tostadas con palta. Luego me di una ducha. Bajo el agua, con los ojos cerrados, intenté calmarme.

Cuando Jérôme volvió a nuestra casa, decidí que nunca lo iba a dejar. Estaba segura de que él me necesitaba. Y era esa necesidad de mí la que cada mañana me hacía levantarme, iniciar el día y pensar: «Sí, estoy viva, y mi vida no me pertenece a mí tan solo». A veces le preguntaba: «¿Cuánto me necesitas, Jérôme?». Y él me respondía: «Mil millones de veces la distancia entre Arcturus y Camelopardalis», o «No mucho, tan solo la distancia entre Cassiopeia y Unukalhai».

¿Por qué me daba por vencida tan fácilmente?

Tal vez yo podía revertir las cosas, explicarle. Recordarle que lo nuestro era indestructible, que yo no necesitaba esa libertad de la cual él me hablaba. Le escribiría un mail. Eso haría. Era extraño, pero la idea de que Jérôme tuviera una mujer no me producía celos, sino miedo. Luchaba contra un enemigo lóbrego, impalpable.

Salí de la ducha y me vestí. «Jérôme», escribí y luego me detuve. Me quedé un buen rato frente a la pantalla en blanco, aguardando a que el grifo de las palabras se abriera. De pronto surgían algunas, que al teclearlas me parecían falsas, y las borraba.

Lo cierto es que no sabía qué escribirle. Las palabras de amor nunca habían sido parte de nuestro lenguaje. Nuestra vida en común estaba tejida de gestos a los cuales nunca les pusimos nombre. Había llegado el momento.

«Te amo, Jérôme», escribí. Y al segundo lo borré. Luego tecleé mi nombre y envié el mail vacío.

Cerré el computador y saqué la ropa sucia del clóset. Lavé mi ropa y las sábanas, y colgué todo en la azotea. Mis vestidos al viento me hicieron pensar en las rondas que de niña solía recortar en papel. A alguna hora calenté el arroz y los zapallitos que me había dejado Daniel. Los comí en la mesa de mi escritorio. El sol, tras la cordillera de la Costa, languidecía. Con la manga de mi camisa mantuve a raya las lágrimas.

Cuando terminé de comer, me desvestí e intenté dormir. Había transcurrido un día. Ahora debía reunir fuerzas para enfrentar el siguiente.

Y el siguiente.

Al despertar, el sol golpeaba mi ventana. Debí dormir más de quince horas. La mancha negra seguía allí. Pero su peso se sentía un poco más ligero. Me levanté y llamé a Daniel. Al segundo escuché su voz.

—Emilia. ¿Estás bien?

—Sí.

Mi pulso cautivo comenzó a marchar más deprisa.

—No sabes la alegría que me da escucharte.

Yo guardé silencio.

—¿Me escuchas? —me preguntó.

—Sí, sí.

—¿Qué haces hoy?

—Ya lavé mi ropa ayer. Así que hoy estoy libre.

Daniel rio.

—¿Te gustaría que por la tarde te cocinara una cazuela de camarones?

—No tengo idea de cómo sabe.

—Puedo estar allí como a las siete, ¿te parece?

—Daniel...

—¿Sí?

—Estoy segura de que me va a encantar.

—Será un placer cocinar para usted, señorita Husson.

—No me digas así —alegué.

—Recuerda que me volvía loco.

—Por eso mismo, señor Estévez. Por eso mismo.

¿Estábamos coqueteando? Preferí no pensar en ello.

A las siete en punto lo escuché subir las escaleras. Traía varias bolsas de supermercado. Entramos a la cocina y mientras él preparaba la cena, nos bebimos una copa de vino blanco. Con calma y meticulosidad, Daniel limpió los camarones, picó ajo, pimentón, tomillo y laurel. Había en sus gestos un placer oculto y nunca dejó de sonreír.

Era una tarde cálida, y sacamos la mesa de mi escritorio a la azotea. Comimos la cazuela de camarones mirando la ciudad y el cielo que se apagaba poco a poco. Cuando terminamos, Daniel sacó dos puros del bolsillo de su chaqueta y me ofreció uno. Yo nunca había fumado, pero aun así dejé que encendiera el mío.

—No lo aspires —dijo, levantando la voz por encima de la llama del encendedor entre sus manos ahuecadas.

En lo alto, una luna a medio camino de volverse llena cruzaba el cielo, vigilando las mareas que se extendían bajo mi barco.

—Esta azotea es de verdad increíble —dijo.

—Tenemos que ponerle fecha a la cena del Transatlántico.

—¿De verdad la quieres hacer, Emilia?

—Por supuesto —declaré con convicción.

—Hace un par de días hice algunos dibujos —confesó. Sus ojos brillaban.

Hablamos de remodelar la cocina y el baño. Cerrar un área para despensa, cubrir el piso de baldosas negras y blancas, traer árboles, levantar velas. Continuamos por largo rato planteando ideas. Riéndonos de algunas, desarrollando otras. Luego me explicó el estilo de comida que tenía en mente, simple pero a la vez particular. Parecido a lo que habíamos cenado. Con su pasión, Daniel conseguía envolvernos a ambos en una atmósfera de exquisitas promesas.

—¿Sabes? Yo creo que tenemos que hacerlo pronto —dije—. No darnos demasiadas vueltas. Una fiesta que celebre la llegada de la primavera. A la gente le fascinan esas cosas. Después, más adelante, podemos dedicarnos al asunto de las remodelaciones.

—Tienes razón —dijo entusiasmado.

La noche avanzaba y desde la calle se escuchaban risas. Nos quedamos un largo rato en silencio mirando hacia el fondo de la noche. A pesar de Jérôme, algo bueno parecía proyectarse allí, como la curiosidad de la infancia. Quería volver a coger la mano de Daniel. Bastaba estirar el brazo y tomarla. Y lo hice.

Su piel era cálida.

Sin soltarla, volví el rostro hacia el lado opuesto de Daniel. Mi mano y yo no éramos parte del mismo ser. Recordé la estrella de mar y cómo uno de sus brazos se disociaba del resto, dejando atrás una parte de sí misma. Después que el frasco cayera al suelo y se rompiera en mil pedazos, mi padre recogió el brazo que se había desprendido, lo introdujo en una caja de cartón y nos dijo que lo acompañáramos. Ya casi oscurecía cuando volvimos a la orilla de mar donde habíamos encontrado la estrella, y depositamos el pequeño brazo sobre una roca húmeda. Entre las pozas, trozos de algas y guijarros de conchas se dejaban llevar por las aguas en movimiento. Nos quedamos allí largo rato, velando por él, cerciorándonos de que ninguna ola se lo llevara. Lentamente, comenzó una vez más a moverse. Se desplazaba incierto, y al parecer sin destino. Pero, poco a poco, se fue aproximando al borde de la roca hasta desaparecer por una hendidura. Cuando volvíamos a casa, mi padre nos contó que las estrellas de mar se desmembran y abandonan una parte de sí mismas cuando se alteran sus condiciones vitales, con el fin de sobrevivir. «¿Se imaginan si los humanos fuéramos capaces de hacer algo similar?», nos preguntó. En ese instante con Jérôme nos imaginamos desprendiéndonos de nuestros pies y de nuestras manos, y no nos pareció una buena idea. Sin embargo, después de todos esos años, mientras percibía el contacto de Daniel, supe que debía soltar mis lastres. Lo difícil era que, como la estrella, tenía que estar dispuesta a salir caminando apenas, en un mundo que me resultaba desconocido.

—Vuélvete y mírame —me dijo Daniel.

Lo miré. Tuve la impresión de estar en un sitio sin historia, sin peso. Diáfano. Que se gestaba en ese mismo instante.

—¿Recuerdas lo que le dice Octavio a Sinalefa? —se refería a los personajes de *El trapecio más alto*.

—¡Es que le dice tantas cosas! —reí.

—Le dice algo así como que al mirarla ve adentro de su ser una esfera luminosa y fuerte, envuelta en una gasa.

—Ah, sí. Cuando están sentados en el centro de una plazoleta rodeada de edificios.

—Exacto. Eso es lo que veo en ti. Algo redondo, luminoso y fuerte.

—¿Y la gasa?

—Esa la conoces. Lo que tú no conoces es la esfera.

Reía.

Hubiera querido que me dijera que era guapa. O que mis ojos eran lindos. O mis pestañas. O lo que fuera. Pero no ese comentario que al leerlo en la novela de Vera me había parecido expresivo, y sin embargo, al recibirlo, me sonó abstracto. Quería que Daniel me viera de una forma concreta y tangible.

Fui yo quien soltó su mano. Guardé la mía entre las rodillas, y el calor de la suya permaneció por largo rato.

Lavamos la vajilla y nos despedimos en la puerta de la cocina.

—Nos vemos mañana en la clínica, ¿verdad? —me preguntó.

—Sí. Mañana.

—Gracias, Emilia —me dijo, y bajó la escalerilla corriendo.

Me pregunté por qué me había dicho eso. Quien debía dar las gracias era yo. Tal vez sin darme cuenta, le había entregado algo que me resultaba invisible, pero que él podía ver. Me quedé largo rato dándome vueltas por mi minúsculo cuarto, temerosa de entrar en mi cama y encontrarme con el dolor. Experimentaba una extraña levedad. Había estado atada a Jérôme por un hilo fuerte y fino como el de los volantines, y ahora que ese hilo se había cortado, me elevaba por sobre las cosas y las personas.

En algún minuto caí rendida sobre la cama sin desvestirme, y así me quedé dormida.

31. Horacio

Para la Navidad de ese año, Vera llegó a mi departamento con un pino de Pascua. Para adornarlo, traía cartones y papeles de diario, con los cuales fabricó ornamentos que semejaban monstruillos colgantes. Era conmovedor verla sentada a la mesa, concentrada en su tarea, con el rostro lozano y limpio como el de una chiquilla.

—No sé por qué hago este arbolito —dijo, mientras lo adornaba descalza, subida en una silla—. Tal vez porque papá, aunque no celebrara esta fiesta cristiana, en Navidad repartía un trozo de pan blanco para cada uno. Según él, ese era el mayor regalo que había tenido nunca y no quería olvidarlo.

Era la primera vez que me hablaba de su padre y de ese pasado al cual yo había intentado asomarme tantas veces, sin éxito. Se sentó en el borde del sillón, y con las rodillas juntas encendió un cigarrillo. Yo permanecí en silencio, esperando que continuara.

—Fue al llegar a Moldavia. Siempre hablaba de las luces encendidas, del resplandor amarillo que despedían las casas después de los días huyendo en la oscuridad y el frío. Una de aquellas familias nos invitó a pasar y a comer un trozo de pan —consumía el cigarrillo con caladas profundas y miraba hacia adelante, casi sin parpadear—. En algunas ocasiones, mi padre se preguntaba: «¿Por qué, por qué, por qué?». Era un hombre simple y nunca entendió por qué había tenido que sufrir de esa manera. No era porque hubiera hecho algo que atentara contra el resto, contra el orden establecido, ni porque hubiese dicho algo

que ofendiera a otro, tampoco por desearle el mal a nadie. No. Lo que les había ocurrido había ocurrido por
lo que «eran». ¿Y eran qué?, se preguntaba. ¿No tenían
ellos acaso dos orejas, dos manos, dos ojos, como todos
los demás? ¿No estaban hechos de la misma materia?
Era algo que traspasaba los límites de su entendimiento.
En mi adolescencia, yo lo sorprendía mirándose en el
espejo, sin vanidad alguna, intentando encontrar la
marca invisible. Mi madre, para ese entonces, ya había
muerto.

—¿Y tú lo recuerdas? El trozo de pan, el viaje,
Moldavia.

—No. No recuerdo nada.

La luz de la tarde caía sobre sus rasgos, suavizán-
dolos. Apagó la colilla en el cenicero y lentamente, como
si venciera una pesada resistencia, se puso de pie y entró
a la cocina.

—Tengo hambre, ¿y tú? —me preguntó desde
ahí, dando por terminada la conversación.

* * *

Habíamos quedado para la semana siguiente de
las fiestas de Navidad, lo que significaba que por tres
largos días no podríamos vernos. Sin embargo, el 25 de
diciembre por la tarde, mientras me debatía entre fu-
marme un habano en la quietud de mis cuatro paredes
o salir a caminar por las calles del centro, alguien tocó el
timbre de mi departamento. Al abrir la puerta me encontré con Vera y Julián. Traían una maleta y una bicicleta recién estrenada, que debía ser el regalo que el niño
recibiera la noche anterior. Era la segunda vez que lo
veía, y nuevamente, la similitud que tenía con su madre
me sobrecogió.

Confundido y a la vez regocijado, los hice pasar.

—Él es Horacio —dijo Vera. Julián, obediente, extendió la mano para saludarme con una parsimonia que resultaba divertida en un niño de nueve años.

Tomé la maleta —que pesaba sobremanera— y entramos en mi diminuto departamento. Al ver el árbol de Navidad, Julián exclamó:

—Son muy lindas, muy lindas. ¿Podemos hacer más figuritas?

—Por supuesto, cariño —replicó Vera.

En presencia de Julián no podía preguntarle a Vera qué era lo que había ocurrido. Aun así, la naturalidad con que ambos entraron y luego se instalaron en mi departamento me llenaba de felicidad. Después de tomar un vaso de agua, Vera sacó de un cajón las tijeras, los restos de cartón y de diarios con que había confeccionado sus figuras, y los puso sobre la mesa.

—Aquí tienes, cariño. Lo vamos a llenar de adornos. Ya nadie sabrá que debajo de todos nuestros fantasmitas hay un pino de Pascua. Anda, tráeme mi cartera —le dijo, señalando el bolso que había dejado sobre una silla—. Te tengo una sorpresa.

Dentro de la cartera había un cometa plateado.

—Lo has traído —dijo Julián con una expresión grave, que hizo que sus rasgos infantiles adquirieran una inusitada y alarmante madurez.

Era un cometa grande y liviano, de papel de aluminio, con cuatro puntas y una cola que terminaba en una uve invertida. Vera acercó una de las sillas de la mesa hasta el árbol, se subió en ella y encajó el cometa en una de las ramas más altas. Pero a pesar de su levedad, el cometa no permanecía erguido y, en lugar de flotar en el firmamento, parecía venir cayendo hacia el suelo.

—Se ve perfecto —observó Vera—. Ahora voy a preparar el té y luego te ayudo con las figuritas—. Se bajó de la silla, entró a la cocina y yo la seguí.

—¿Qué ocurrió? —le pregunté ansioso.

—Perdona.

—¿De qué tengo que perdonarte? —hablábamos en susurros.

—Por llegar así.

—Yo estoy feliz de que estén aquí, de conocer a Julián... Pero ese no es el punto, no me has contestado. ¿Qué ocurrió, Vera?

—Está todo terminado. Pero tú no te preocupes, me quedaré tan solo algunos días, voy a encontrar un departamento para mudarme lo antes posible.

—¿Has dejado a Pérez? —le pregunté.

Vera asintió con un gesto de la cabeza, cabizbaja. Tenía los hombros encogidos. Le caían las lágrimas.

—Es para siempre —mientras decía esto, una taza resbaló de sus manos y cayó al suelo. Los pedazos quedaron diseminados sobre las baldosas ajedrezadas.

—Mamá, has quebrado otra taza —oí que decía Julián desde su mesa de trabajo. Ambos nos miramos y sonreímos.

—¿Qué sabe de mí Julián?

—Que eres un buen hombre.

Una vez más Vera se escabullía y esta vez ponía a Julián de barricada.

Al cabo de un rato estábamos organizando sus cosas. Ellos dormirían en el dormitorio, y yo en el Chesterfield de la sala.

Al día siguiente, después del desayuno, salimos a caminar. Julián sabía el nombre de cada calle. Me explicó que su padre solía llevarlo a su oficina y luego a tomar el té en el café Paula, frente al Teatro Municipal, donde yo los había visto con Vera. Mientras caminábamos, Julián hacía comentarios sobre detalles históricos del barrio de los cuales yo nunca había escuchado. Pronto me di cuenta de que a pesar de ser un poco «apollerado»,

Julián era un chico de buen humor y dueño de una mente excepcional.

Esa noche, mientras me daba vueltas en el sillón intentando dormir, lo escuché estallar en sollozos. Oí los susurros de Vera que buscaban calmarlo.

—Está todo bien, está todo bien —decía—. Es solo otra de tus pesadillas.

Sus sueños angustiosos me revelaban que Julián —como Vera— vivía en dos mundos. Uno lleno de optimismo y conocimiento, y otro oscuro que aparecía en sus sueños.

* * *

Comenzamos a vivir una nueva vida. Julián ya había salido de vacaciones, por lo cual pasaba la mayor parte del tiempo con nosotros, a excepción de dos tardes por semana, y fin de semana por medio, cuando Sergio, el mismo chofer que me había llevado a mi departamento hacía dos años, lo recogía a las puertas de nuestro edificio. En esas horas que estábamos solos, Vera y yo nos encontrábamos con renovada pasión. También estaban las lecturas compartidas. Leíamos juntos a Rimbaud, a T. S. Eliot, a César Vallejo, los cuentos de Chéjov y a una escritora brasilera, Clarice Lispector, que al igual que Vera tenía orígenes ucranianos y cuyo primer libro, que había llegado a sus manos a través de un diplomático brasilero, la había deslumbrado.

A mediados de ese enero comenzamos a seleccionar juntos los poemas que yo enviaría a *SUR,* la revista que dirigía Victoria Ocampo. Publicar en esa revista era el mayor logro que podía tener un poeta latinoamericano. Solo los iniciados, los reconocidos o los amigos del grupo que la dirigía lograban entrar. Yo lo había intentado antes, pero nunca había obtenido respuesta. Sin embargo esta vez, junto a Vera, albergaba grandes esperanzas.

Ella sostenía que había que construir los poemas de manera que las palabras estallaran y convulsionaran el sentido que hasta entonces habían tenido. En algunas oportunidades, con los mismos vocablos que yo había puesto sobre el papel, Vera creaba imágenes de extraña sintaxis, que no calzaban con el resto de los poemas y que pronto desechábamos. Sería esa forma particular de usar las palabras la que luego la transformaría en una escritora de culto. Por instantes se quedaba pensativa, sus ojos rasgados yendo de una expresión en otra, imágenes que yo intuía pasaban por sus pupilas, y que ella, con todos sus sentidos, intentaba atrapar. Entonces algo de cada uno brincaba al cuerpo del otro, haciéndome pensar que esa debía ser la verdadera comunión.

En ausencia de Julián, le pedía una y otra vez que me explicara lo que había sucedido con Pérez, pero ella me respondía que no podía contarme, que lo ocurrido no le pertenecía tan solo a ella, que era también parte de la intimidad de Pérez, y que le debía ese respeto. Al decir esto miraba hacia otro sitio y su voz se hacía casi inaudible.

Por las mañanas salía a mi trabajo antes de que ellos despertaran. Me asomaba a la puerta del cuarto y los veía abrazados, madre e hijo, con sus rostros felinos que aun en sueños parecían estar atentos. Durante el día, Vera se las arreglaba para estar siempre ocupada en avatares hogareños que nunca terminaba. Más de una vez me encontré con toda la vajilla sobre la cocina, porque había planeado limpiarla, pero luego lo había olvidado; o una fuente con una masa dura que debió haber terminado siendo un pastel, pero que ya se había secado; o mis camisas sobre la cama porque había pensado que podría plancharlas, pero al poco andar se había dado cuenta de que su labor las dejaba en un estado desastroso. Vera intentaba ser como «había» que ser, hacer lo que se «debía» hacer. Sus intentos me conmovían. Sin embargo, bajo la pátina de su voluntad, de sus esfuerzos por cubrir la realidad con su particular velo de orden, el caos amenazaba a cada instante con irrumpir en nuestra vida.

Madre e hijo pasaban largas horas caminando por las calles del centro. Llevaban la bicicleta de Julián, y al llegar yo por la tarde, él me contaba los pormenores de sus paseos, mientras Vera lo miraba desde el sillón verde oliva.

Me impresionaba la candidez con que Julián había dejado su casa, su niñera, su vida confortable y a su padre, para ir a vivir en el departamento de un desconocido. Todo lo que estaba sucediendo para él era un juego, y había sido esa la forma en que Vera se lo había planteado. Un juego que involucraba la vida. Vera y Julián habían desde los primeros días comenzado a ponerles nombre a las cosas. El cuchillo de cocina era el señor Cortínez; el cucharón, el señor Orondo; don Redondón el sofá y la señorita Estupenda, la única silla que aún no se había estropeado. Tenía la sensación de vivir rodeado de gente.

Después de cenar, Vera se levantaba de la mesa y se recostaba en la cama. Desde el cuarto la escuchábamos decir:

—Me perdonan, ¿verdad? Es que estoy tan cansada.

Era mi oportunidad para conversar a solas con Julián. Aunque ambos sabíamos que Vera nos escuchaba desde el cuarto en penumbras, una intimidad diferente se establecía entre nosotros. Julián adquiría una expresión seria y me preguntaba por las capitales de países lejanos, como Chad o Mali. También solía hablarme de las estrellas. Tenía esa capacidad poco usual de algunas personas de hacerte pensar que eres tú quien lidera la conversación, cuando son ellas quienes van delante. Se sentaba muy recto, usando los cubiertos con los modales de un pequeño caballero, pero de pronto se largaba a reír, o se arrojaba bajo la mesa en busca de una bolita que había rodado de su bolsillo, recordándome que era tan solo un niño. Podía pasar largo tiempo mirándolo o escuchándolo. Su ser producía en mí una extraña fascinación.

A pesar de eso, lo cierto es que por las noches, mientras me daba vueltas a uno y otro lado en el Chesterfield de la sala, me desvelaba pensando que nuestra situación no podía continuar así. Añoraba la intimidad que había perdido con Vera. La presencia de Julián, aunque fuera un niño encantador, por momentos me exasperaba. Más de una vez ansié que volviera a casa de su padre. Yo no podía seguir durmiendo en el sillón. Mis recursos eran escasos, y apenas alcanzaban a cubrir nuestros gastos esenciales. En nuestras cenas abundaban las sopas, los tallarines, los huesos y unos embutidos inciertos que Vera había encontrado en una fiambrería del centro. Había pedido un adelanto y ya estaba a punto de terminarse. No sabía cuáles eran los términos entre Pérez y Vera, pero por lo visto no la estaba ayudando.

En tanto, Vera había comenzado a escribir. En una oportunidad, al llegar a casa, había una hoja sobre la mesa del comedor que decía:

Ver significa atrapar la representación de las cosas en las cosas en sí mismas.

Estaba en la cocina, provista de su delantal de cocinera, y como siempre que intentaba cumplir con las labores de dueña de casa, reinaba el caos.

—El pollo está en el horno —me dijo con una sonrisa—. Y sí, lo sé, pareciera que lo hubiera cazado dentro de la cocina.

Ambos reímos.

—¿Y esto? —le pregunté mostrándole la hoja.

Se secó las manos en el delantal y del bolsillo de su chaleco sacó una cajetilla de cigarrillos. Prendió uno con su encendedor de oro y expulsó el humo con fuerza. Sus manos temblaban.

—Es que se trata de eso, Horacio —dijo con una expresión reconcentrada y un tono de urgencia—. De eso.

—¿De qué? Explícame —le pedí.

—Cuando la palabra llega al papel, no es para describir algo que existía antes que ella, sino para crear aquello que describe. ¿Me entiendes? —se llevó una mano a la boca como si hubiera dicho una imprudencia.

Guardamos silencio. Vera me traía luz y a la vez oscuridad, porque lo que ella me planteaba era una labor que me resultaría irrealizable, a menos que abandonara el único territorio del cual no desconfiaba: el pensamiento racional.

Una de esas noches quietas y calurosas de verano, mientras fumábamos mis dos últimos puros, Vera me dijo:

—Horacio, ¿has pensado alguna vez cuán afortunado eres de saber adónde quieres ir?

Me quedé en silencio, pensando sobre lo que me había dicho. Vi que su puro se apagaba e intentaba encenderlo.

—¿Y tú?

Aspiró el puro varias veces, luego estiró los pies, echándose un poco hacia atrás en su silla. Mirando frente a ella el humo deshacerse, dijo:

—Yo también. Yo también sé adónde ir.

—¿Adónde quieres ir tú, mi amor?

Me miró atenta, como un pájaro que hubiera tomado cierta altura y se dispusiera a atacar. Era la primera vez que veía esa expresión en su rostro, y me desagradó. Me produjo incluso cierto resquemor.

—Lo tengo todo en mi cabeza, solo que no puedo sacarlo ahora porque se descompondría. Como la carne cruda —dijo, y se mordió los labios, como si ella misma se hubiera sorprendido de la inclemencia de sus palabras.

—¿Qué tienes, Vera, por favor dime, qué tienes adentro de esa cabecita que parece estar siempre en otra parte?

—Todo —dijo con firmeza.

—Pero ¿qué es? —insistí.

—¡Escucha! —exclamó ella con alegría apuntando hacia la radio que teníamos encendida.

Eran los primeros sones de la canción de César Portillo de la Luz, *Contigo en la distancia*.

—El mundo parece distinto —cantó Vera y se levantó para subir el volumen.

Me cogió de una mano y me invitó a bailar. Hacía calor y nuestros cuerpos unidos sudaban. Podía sentir la firmeza de su piel, de sus nalgas, de sus brazos que me envolvían.

—Te quiero, Horacio Infante —me susurró al oído.

Julián se había quedado dormido en el sillón.

—Podemos llevarlo al cuarto —propuso.

Lo acostamos en la cama, cerramos la puerta del cuarto y volvimos a la sala. Por primera vez Vera y yo hicimos el amor estando el niño con nosotros.

—Ya verás. Pronto tus poemas van a estar en el lugar que les corresponde —tenía el pelo cogido en la nuca y su rostro blanco y terso contenía esa férrea convicción propia de los idealistas.

Ahí estábamos, Julián durmiendo en la que hasta hacía algunas semanas había sido mi cama, ella y yo amándonos en silencio, y sentí una alegría en cuya tela estaba entretejida la ansiedad y la tristeza de saber cuán efímero era todo, cuán frágil.

32. Daniel

Llegué a casa por la tarde. Habíamos trabajado con Emilia todo el día en la azotea organizando nuestra cena del Transatlántico. Me preparé un té y entré a mi estudio. Desde la noche en que Gracia y yo habíamos hecho el amor como dos extraños, yo dormía ahí, en la cama que habíamos instalado para los eventuales alojados. De eso hacía casi dos semanas. Ya no había paz entre nosotros. Lo que quedaba era una costra seca, como la de las estrellas muertas que Emilia me había descrito, y que pronto se desprendería para dejar al descubierto la muerte de nuestra relación. Gracia debía de sentir lo mismo, porque no me pidió que volviera a su cama y continuó sus días como si dadas las circunstancias en que nos hallábamos, esa fuera la mejor opción. ¿Habría querido que Gracia luchara por nosotros? No lo sé. Me era difícil mirarla y no pensar en ella hablándole al inspector. Me era difícil encontrar de vuelta a la Gracia que yo conocía y en quien había confiado.

Hasta entonces, nada tremebundo había ocurrido en nuestra historia que justificara el sitio donde nos encontrábamos ahora, más que un cúmulo de silencios, de olvidos, de descuidos, de exigencias, de pequeñas contrariedades, que día a día se fueron depositando en nuestras vidas, como un polvo invisible e inofensivo. Tal vez el gran error había sido dejar que ese polvo poco a poco lo cubriera todo, hasta que no pudimos distinguirnos con nitidez. Resultaba doloroso pensar que mi traición y la suya eran el resultado de una suma de pequeños gestos fallidos.

Cavilaba sobre estos asuntos, sentado a mi escritorio, al tiempo que respondía algunos mails, cuando entre los sonidos que me llegaban desde mi ventana, oí a Charly y Arthur que ladraban con más intensidad de lo acostumbrado. Salí al jardín y entré al tuyo por nuestra puertecita.

—¡Charly, Arthur! —grité, pero continuaron ladrando.

Di la vuelta a tu casa y en el antejardín alcancé a oír el ruido que hacían los tarros del vagabundo en la acera al alejarse. Abrí la reja y salí a la calle. El vagabundo caminaba con su figura larga y seca a paso rápido y desaparecía en la esquina. Recordé que el inspector me había pedido que lo contactara si lo veía, pero ya habían transcurrido tres semanas desde entonces, y era probable que ya lo hubieran interrogado. Charly y Arthur se movían alrededor mío, mostrando sus dientes, inquietos. Era un buen momento para sacarlos de paseo. Les puse sus correas y echamos a andar calle arriba, hacia el cerro. Un poco antes de llegar a la valla que da paso a los vehículos que suben, volví a ver al vagabundo. Estaba sentado a los pies de un árbol y fumaba un cigarrillo. Llevaba un sombrero borsalino con el ala rota. Un gato de un ocre jaspeado que merodeaba a su alrededor, al divisar a Charly y a Arthur, saltó hacia unos arbustos.

—Buenas tardes —lo saludé cuando estuve frente a él.

—Buenas tardes —me respondió sin mirarme, con una voz ronca y un tono algo arrogante que revelaba sus orígenes burgueses.

Desde que lo vi merodear por nuestro barrio, traté de imaginar cómo un hombre que debió tener antaño un buen pasar había terminado en la calle. Alcohol, droga, algún tipo de brote psicótico, abandono. Poseía, dentro de su miseria, una actitud altanera, como si se vanagloriara de haberse desprendido de los afanes terrenales para vivir su vida como le diera la gana. Me quedé de pie frente a él. Charly y Arthur se sentaron quietos y expectantes a mi lado. Ansiaba ir directo al tema que me inquietaba, pero no sabía cómo abordarlo. Fue él quien rompió el silencio.

—¿Cómo está la señora? —seguía sin mirarme.

—¿Se refiere a Vera Sigall? —él asintió con un gesto de la cabeza, al tiempo que sacaba de uno de los bolsillos de su raído abrigo un paquete de tabaco y papelillos. Tenía un olor acre que llegaba en oleadas hasta mí.

—¿A quién otra? —repuso.

Había en toda la escena una relación de poder que me incomodaba. Él arrellanado contra un árbol de la acera y yo de pie con los dos perros bien sujetos de sus correas mirándolo desde arriba. Podía sentarme a su lado, pero vi de inmediato lo falso que resultaría ese gesto, así que opté por quedarme ante él, a quien de todas formas esa disparidad de perspectivas no parecía importunarle. Incluso, a pesar de su posición en todos los aspectos desmedrada, era él quien lideraba el curso de nuestro diálogo. El vagabundo ostentaba un poder sobre mí, el poder de quien no tiene nada que perder. Sin mirarme, comenzó con parsimonia a liarse un cigarrillo.

—Está en un estado que los médicos llaman «enclaustramiento», es como si estuviera en un coma, pero no lo está —señalé. Me era difícil hablar de ti en esos términos, y más aún a un desconocido.

—Ya son tres meses —dijo, después de prender el cigarrillo que recién había liado con la colilla del que tenía en la boca. Levantó la cabeza y vi sus ojos pardos, que parecían inmóviles, sus labios agrietados, sus dientes maltrechos.

—Tres meses —repetí. Tenía la impresión de que desde esa mañana de agosto había transcurrido mucho más tiempo. Mientras esperábamos tu regreso, las cosas habían cambiado. Mi matrimonio se había venido abajo; estaba pronto a embarcarme en el proyecto del cual tantas veces habíamos hablado, y había aparecido Emilia.

—Era una gran señora —dijo el vagabundo, sacudiendo la cabeza a lado y lado—. Me regalaba libros. Aquí traigo uno. El resto se me perdió —agregó, y sacó de un gastado bolso un ejemplar de *Un año,* de Juan Emar.

Se quedó mirando la portada del libro, dándole piteadas a su cigarrillo con una sonrisa burlona, y luego volvió a introducirlo dentro del bolso. Hacía todo con lentitud, como si el tiempo en su paupérrimo universo tuviera otra dimensión.

—No sé si ha tenido la oportunidad de conversar con la policía —dije, y mis palabras me sonaron absurdas. Un hombre como él no tenía «ocasión» de hacer nada, la vida se le aparecía, y su única alternativa era confrontarla.

—¿Con el inspector calvo?

—Ese mismo —sonreí.

—Quería saber si había visto algo —repuso, después de un prolongado silencio.

—¿Y?

—No tengo buena memoria —puntualizó, dándole otra calada a su cigarrillo.

—Esa mañana usted y yo nos topamos en la Costanera. ¿Se acuerda? —le pregunté cauteloso.

—¿Ah, sí? No lo recuerdo —replicó indiferente.

Presentí que me mentía. Mis músculos se pusieron rígidos. Charly y Arthur sintieron mi tensión y se levantaron de su sitio. Gemían y se agitaban.

—Tranquilos —dije, y tiré firme de sus correas.

El vagabundo no se inmutó, como si tuviera la certeza de que en última instancia nada ni nadie podía dañarlo. O que el daño hecho ya era tan grande que, ocurriera lo que ocurriera, daba lo mismo. Se sacó el sombrero, y con una mano se echó hacia atrás unas largas y escasas greñas de cabello cano.

Yo necesitaba continuar esa conversación.

—¿Y qué le dijo, entonces?

—Nada mucho. Lo que hago todos los días, mi rutina, por así decirlo.

—Ya veo. Me alegro de que la policía no se haya metido con usted.

—¿Qué quiere decir?

—No sé, andan siempre suponiendo cosas —advertí, y mi voz, a pesar de mis esfuerzos por que sonara casual, tenía un tono inquisitivo.

—Ahora que lo pienso... —señaló entre dientes y se detuvo. Tiró la colilla al suelo y la aplastó con el zapato. Llevaba guantes sin dedos, pero aun así sus manos eran hábiles.

—¿Ha dicho algo? —pregunté con mal disimulada curiosidad.

—Nada importante.

El hombre calló y no volvió a hablar.

—Pero usted dijo algo —insistí.

—Su señora esposa, la de la tele.

—¿Qué hay con ella? —inquirí impaciente.

—Ella entró a la casa de la señora Sigall esa mañana.

Mi cuerpo entero se tensó.

—¿Está seguro? —mis palabras salían como perdigones.

—Yo había dormido en la vereda del frente, pero ya me iba. Un amigo me había dado un dato donde repartían sopa.

—Entonces no tiene tan mala memoria.

—No para los asuntos de comida y temperatura. De esas cosas me acuerdo.

—¿Y mi señora? —volví a arremeter.

—Nada más. Lo que ya le dije. Su mujer entró a la casa de la señora.

—¿Está seguro de que era ella?

Me miró con una expresión de sorna y regaño, como si me burlara de él.

—Pero ¿cuánto rato estuvo? ¿Oyó algo? —a pesar de mis esfuerzos por parecer tranquilo, mi voz debía de sonar desesperada. Ansiaba preguntarle si había comentado lo de Gracia con el inspector, pero era una forma de otorgarle al asunto aún más relevancia. Pensé en darle dinero, pero al introducir la mano en el bolsillo para hacerlo, me di cuenta de que podía aparecer como una forma de chantaje para asegurar su silencio. Él debía estar consciente de que el hecho de que Gracia hubiese estado en tu casa esa mañana era lo suficientemente serio como para que yo me agitara. Era inútil intentar ocultarlo.

—No lo sé. Como le dije, yo ya me iba.

Charly y Arthur habían comenzado a inquietarse otra vez. El hombre permanecía inmutable.

—¿Lo comentó con el inspector? —le pregunté, sin poder resistirme.

—No es asunto de él.

—Pero usted, ¿qué piensa? —me sentía como un niño en busca de un adulto que le confirme que el mundo es redondo y que no va a caerse de él.

El hombre me miró de soslayo y sonrió irónico, dejando al descubierto sus dientes maltratados.

—Lo que yo piense no tiene importancia. Lo importante es lo que usted piense —declaró. Se pasó la manga del abrigo por la boca y miró hacia el otro lado de la calle. Había dado por terminada nuestra conversación.

No me quedó más alternativa que despedirme de él y seguir caminando. Miré hacia atrás y vi que hurgaba dentro de su bolso, con la misma calma e indiferencia con que se había desarrollado nuestra plática. Estaba de vuelta en su mundo.

Di un par de vueltas por el barrio con Arthur y Charly. Lo que había escuchado de boca del vagabundo me había dejado perplejo y confundido. Me pregunté si todas las investigaciones sufrían el mismo destino que la mía, si al final, en alguna parte de la búsqueda emprendida, el investigador se da cuenta de que ha estado indagando sobre su ser y su historia, sobre su lugar en el mundo. Como Edipo, quien después de buscar en todos los rincones de su reino al culpable de la muerte del rey Layo, retorna al sitio de inicio, al punto de partida, a sí mismo. Lo que aparecía ante mis ojos no eras tú, sino el recipiente en el que Gracia y yo habíamos arrojado día a día nuestra basura.

Apresuré el paso. Era esa hora en que el fondo del cielo se vuelve oscuro y el sol rasante de la tarde ilumina los muros y frontispicios. Les di agua a Charly y a Arthur y volví a casa. Apenas entrar, supe que Gracia había llegado. Recordé que ese día ella partía a Lima a realizar un reportaje. Seguramente hacía su maleta en el segundo piso. Me asomé al rellano de la escalera y le dije que prepararía algo liviano para comer.

—No es necesario. Voy a comer en el avión —dijo.

Entré a la cocina y me preparé un té. No quería subir y tener que mirarla a los ojos. Temía lo que pudiera encontrar. Luego volví a mi escritorio y por inercia encendí el computador.

Al cabo de un rato, Gracia apareció en el rellano de mi puerta. Llevaba un vestido color arena de corte simple y elegante, tacos altos y un abrigo gris. Me miraba con esa expresión que yo conocía bien, contenida y distante, la misma que ostentaba frente a las cámaras, y cada vez con mayor frecuencia ante mí. Una suerte de disfraz que ocultaba su verdadero carácter.

—Después del reportaje, me voy a quedar en casa de unos amigos en Lima hasta el martes. Pedí un par de días libres, estoy muy cansada —suspiró y transfirió el peso de un pie a otro.

—¿Quieres sentarte un momento?

Era imperioso preguntarle por la visita que te había hecho. Necesitaba saber si había visto o percibido algo particular que anticipara lo que más tarde ocurriría, necesitaba oír de su boca las palabras que habían intercambiado tú y ella. Tenía una urgencia casi dolorosa por saber. Tal vez Gracia tuviera las claves para desentrañar el misterio. Miró la hora en su reloj y su pelo cayó sobre su rostro.

—El taxi ya está en la puerta.

Permaneció frente a mí una fracción de segundo, la maleta a sus pies, las piernas y los brazos cruzados. «¡Anda, dile, dile, pregúntale!» Mi ser entero se había paralizado, y de mi boca no surgía nada. Ya era muy tarde. ¿Por qué esta derrota anticipada? ¿Temía acaso verme enfrentado a algo que no quería ver? ¿O temía que la verdad nos destruyera definitivamente? Hablarle de su visita a tu casa era abrir las compuertas para que entrara el «asunto Teresa».

—Que te vaya bien —tomé un sorbo de mi taza de té, mirándola con las cejas alzadas, los labios tensos, en una sonrisa irónica de medio lado. Una expresión desagradable que suelo usar a conciencia y que comunica resentimiento y a la vez indiferencia.

—Chao, Daniel —se despidió.

Oí el eco de sus tacos y luego la puerta al cerrarse.

Me levanté. Las piernas me pesaban. Sentí compasión por ella, por nosotros. La vi, bajo la coraza de su cuidada apariencia, atrapada igual que yo. Ya no había vuelta atrás. Gracia había entrado a tu casa, y el hecho de que no lo hubiera mencionado venía a sumarse a su traición anterior.

Había llegado a un punto donde era incapaz de moverme hacia algún sitio. Un punto muerto. Tendría que esperar a que sucediera algo. Tú me lo habías enseñado: cuando se espera con paciencia, de pronto algo se mueve en la penumbra.

33. Emilia

Al despertar tenía las manos apresadas entre mis piernas.

Mi camisa de dormir se había recogido a la altura de mi vientre. Desprendí las manos y rocé con mis dedos la superficie interior de mis piernas. Me sorprendió su suavidad. Su tibieza. Me di vuelta hacia un costado y las presioné una contra la otra. La atmósfera estaba templada y espesa. Como si el cuarto se hubiera llenado de un lodo invisible. Moví la pelvis hacia adelante, luego hacia atrás, al tiempo que apreté las piernas con más fuerza. El roce de las sábanas azuzó mis sentidos.

Podía oír mi respiración agitada.

Me vi engullida por un remolino que se iniciaba en la base de mi espina dorsal y luego crecía. Se propagaba en ondas concéntricas. Sacudió mi vientre, mi espina dorsal, mis hombros, la punta de mis dedos. Y luego desapareció.

En la oscuridad oí mis latidos. Me eché de espaldas en la cama y me quedé quieta. Mi ser estaba suspendido, expectante.

Quise continuar. Pero el vaivén de mis caderas y la presión de mis muslos eran insuficientes para reproducir ese efímero espasmo que me había asaltado, y al que era incapaz de renunciar.

Quería volver allí, pero no sabía cómo.

Por la ventana una oscuridad sin intersticios dominaba la noche. Me levanté y encendí la lámpara. Su luz bañó las sábanas revueltas, los libros en el suelo, las flores desteñidas de los muros. El cuarto se había vuelto un mundo de tan solo dos dimensiones. Sobre el escritorio, mi espejo me observaba curioso. Me desabotoné la camisa de dormir y vi el reflejo de mi vientre liso. Mi ombligo, mi pelvis, mis caderas y mis pechos pequeños. Me quedé inmóvil, recreándome ante la contumaz y desafiante presencia de mi cuerpo. Volví la cabeza hacia atrás y sentí un ligero mareo. Una brisa se colaba por la ventana mal cerrada. En el espejo, mi piel se había puesto a brillar. Una luz se había encendido bajo su superficie. Contemplé mi rostro redondo, las cejas gruesas que parecían partirlo en dos, y entrecerré los ojos para imaginar que de esa insulsa redondez surgían pómulos altos, labios pícaros que pronunciaban palabras incitantes. Pensé en Daniel. Lo imaginé mirando la luz que emitía mi cuerpo. Su rostro que, recién entonces me daba cuenta, no había mirado nunca detenidamente, era una abstracción que encerraba en ese momento todas las posibilidades.

La idea de su presencia, agazapada al otro lado de la oscuridad, volvió a espolear mis sentidos. Era ante sus ojos que ahora tomaba mis pechos rosados y los presionaba, haciendo que los pezones se endurecieran. Me senté en el borde de la cama y cerré los ojos. Estaba presente, entera. Enlazada a las sonrisas sinuosas de las mujeres de la calle, a las manos que se unen, a los relojes que con su marcha perpetua marcan el pasar del tiempo, a la imagen de Daniel que desde las sombras me observaba. Apagué la luz y me tendí a lo largo de la cama. «No tienes nada que temer», susurré. «Nada que temer.» Recogí las rodillas y abrí las piernas. Extendí una mano. Estaba húmeda. Moví los dedos con suavidad, y luego me los llevé a la nariz. Era un olor penetrante. Volví a tocarme. Estaba todo ahí. Mi dedo medio que se movía. Las olas que se asomaban y luego desaparecían. Pasé la mano por mi vientre. Estaba bañada en sudor. El calor que desprendía envolvió mis dedos y mi palma. En la penumbra todo carecía de forma y de finalidad. No había verbo ni sentido. Mis pechos se erizaban, mi cuerpo latía. Volví a tocarme, en un movimiento acompasado, intenso y a la vez profundo. Imaginé a Daniel, preso en la oscuridad, anhelando participar de mi rito. Yo necesitaba llegar hasta ese lugar donde nunca antes había estado, pero que cada vez intuía con más nitidez. Era como recordar algo que no había vivido.

Aceleré el ritmo de mis dedos. Abrí más las piernas y alcé las caderas. Una pequeña protuberancia había crecido mientras la tocaba, y parecía detonar los espasmos. La corriente se hizo tan intensa que tuve ganas de llorar. Ya no había vuelta atrás. Estaba ahí y de mi boca surgían ruidos desconocidos. La onda arrasó con mi cuerpo, convulsionándolo. Perdí conciencia del lugar, de mí misma. Un espasmo tras otro. Y luego uno solo, abriéndome. La urgencia amainada y un líquido cálido escurriendo entre mis piernas dejaban mi cuerpo exhausto.

Las lágrimas afloraron lentamente. Se entremezclaron con el sudor. Me cubrí con las sábanas. La tranquilidad se fue apoderando de mí, como si los músculos de mi cuerpo se hubieran echado a dormir en sus cavidades internas. Cerré los ojos.

* * *

Desperté agitada por un sueño.

Un aguilucho sobrevuela una piscina donde un cuerpo de mujer flota desnudo; el pasto está chamuscado y arriba los cerros miran somnolientos; una horrible quietud; niños de cabezas rapadas, niños descalzos, niños que observan morbosos el cadáver, y a lo lejos las sirenas inundando el aire con su trágico vaticinio.

Me levanté de golpe, la imagen de la mujer muerta aún pegada a mis ojos. Salí a la azotea. Amanecía. En el cielo quedaban unas cuantas estrellas. Mi cuerpo se sentía ingrávido, como el de una extraña. ¿Cómo había pasado del mundo conocido y familiar a ese trance feroz y mágico de mi cuerpo? Así era como había imaginado el acto sexual: un acceso de demencia, una irrupción salvaje, desafiante, en un mundo donde antes reinaba el silencio. El familiar y frío silencio en el cual había habitado.

34. Horacio

El chofer de Pérez solía dejar a Julián en nuestro departamento el domingo, antes de las seis de la tarde. Pero ese día de febrero, ya eran las ocho y aún no llegaba. Vera lo aguardaba con un pastel maltrecho, de esos que solía hacer cuando la energía y la inspiración la acompañaban hasta el final.

—Tenemos que llamar para saber qué pasa —dije.

Insistí varias veces, pero Vera, de pie, apoyada en el muro frente a la puerta, respondía sin convicción:

—Ya va a llegar.

Fumaba un cigarrillo tras otro. Había traído el cenicero y lo había dejado en el suelo junto a ella. Con los ojos fijos en la puerta, botaba la ceniza, que caía en cualquier sitio menos dentro de él. A las ocho y media de la noche se sirvió un whisky. Tomó un trago largo, carraspeó y se pasó la manga de la camisa por la boca. Al rato se sirvió otro. Después comenzó a darse vueltas, cambiando las cosas de lugar, hasta que cayó sobre el sillón, exhausta. Yo también me serví un whisky. La desesperación de Vera me resultaba insoportable. Bebimos en silencio, envueltos en la espera exasperante de algo que sabíamos ya no iba a ocurrir.

—No puedes dejar que te haga esto, Vera.

—Tampoco se puede hacer lo que yo le hice a él —me respondió.

—Es diferente.

—¿Qué tiene de diferente? Yo lo herí, él me hiere.

—Pero no puede involucrar a Julián.

—Él puede hacer lo que se le dé la gana.

Fue la primera riña que tuvimos, una riña cruel, donde ambos nos lastimamos.

Vera me acusó de egocéntrico. Me dijo que su vida entera daba vueltas alrededor mío, de mis aspiraciones, de mis necesidades, de mis ánimos, y producto de esto, ella se había transformado en una mujer frustrada y aburrida. Gritaba en un tono agudo, desagradable. Yo a mi vez le enrostré mis dificultades para mantenerla a ella y a su hijo. Teníamos los nervios exaltados por el alcohol y nos dijimos palabras hirientes. Discutimos hasta pasada la medianoche.

Me desperté sudando, me faltaba el aire. Entré al cuarto. Vera dormía sobre el edredón de la cama. La abracé. Besé sus ojos dormidos, su boca, su pelo, y abrazados esperamos el amanecer. Mientras aguardábamos pensé en el gigantesco potencial destructivo que tiene la adversidad. El amor radica en la capacidad de resistirla junto al otro.

Antes del amanecer abrimos las cortinas de la ventana. Las luces de las farolas se replegaban en sí mismas ante la cercanía del alba. A las siete, Vera llamó a Pérez. Contestó la criada, una mujer que ella no conocía. Le respondió que el señor dormía. También el niño. Durante el día llamamos decenas de veces, y era siempre la mujer quien atendía el teléfono. Que el señor y el niño han salido, que están almorzando, que duermen la siesta, que no, que no, que no, hasta que Vera perdió la paciencia y comenzó a gritarle. Cuando cortó, estaba temblando y lloraba. Se acostó en la cama, se cubrió con el edredón y no volvió a salir de allí. Cada cierto tiempo me acercaba a ella y le pedía que comiera, que tomara algo, que me mirara, pero era inútil.

Me resultaba doloroso dejarla en ese estado de indefensión, pero no tenía alternativa. Le propuse que después del trabajo fuéramos juntos a la casa de Pérez, la que había sido suya hasta hacía un par de meses, pero ella se negó. Me dijo que estaría bien, incluso se levantó, preparó café, tostadas y se sentó a la mesa con su bata de seda a tomar desayuno. Su boca apenas tenía color. Sus rasgos se habían vuelto más afilados. Su piel parecía cubierta por un barniz agrietado. El dolor no tiene un ápice de belleza ni de grandiosidad. Es una bestia perversa y mezquina que lo deforma y lo estropea todo.

Después de cerrar la puerta y dejar a Vera tras de mí, me pregunté cómo era que había llegado hasta allí. ¿Era así la vida en realidad? Hasta ahora, había, a pesar de mis viajes y múltiples aventuras, permanecido siempre en el mismo lugar. Un sitio conocido, cuyos bordes gastados y familiares me habían adormecido. Mientras caminaba por la calle, miraba los rostros de los hombres que apurados se dirigían hacia sus trabajos. Si cualquiera de ellos hubiera tenido la oportunidad de sentarse a examinar su vida, habría optado por nunca moverse de las zonas que le resultaban seguras y confortables.

Pero yo ya estaba al otro lado.

* * *

Pérez había decidido que Julián, al comenzar las clases, viviera en su casa. Vera y él hablaron una vez por teléfono y Pérez fue implacable. No había ninguna posibilidad de que Vera se interpusiera en su decisión. Si ella lo intentaba, él la acusaría frente a los tribunales de abandono del hogar. Dos tardes por semana, después de clases, y fin de semana por medio, Sergio, el chofer, traía a Julián a nuestro departamento. Los roles y los tiempos se habían trocado. Vera se sumió en una tristeza que solo se rompía en las ocasiones en que Julián llegaba, o cuando ambos nos emborrachábamos, cosa que ocurría cada vez con más frecuencia. Sus paseos, ahora sin Julián, eran escasos. Apenas salía del departamento. Yo la incitaba a que viera a sus amigas, pero para ella el mundo que había compartido con Pérez se había acabado. Vera tenía veintidós años cuando se casó con él, y a excepción de una amiga que tuvo en el colegio, el resto de sus amistades había gravitado en torno a Pérez. Más de una vez la hallé en penumbras, su largo y esbelto cuerpo recostado en el sillón de la sala. Al verla, no podía dejar de sentir deseos por ella, pero no había forma de que nuestros cuerpos se encontraran, menos aún de que habláramos. Parecía entregada a un secreto y maligno designio. Con frecuencia, después del trabajo, me quedaba escribiendo en un café o en un bar antes de volver a casa. La idea de encontrarme con su desánimo se me hacía cada vez más pesada. Sin embargo, y esta era la triste paradoja, todas esas vicisitudes habían desatado un caudal de nuevos poemas, más precisos, más exquisitos que ninguno de los que había escrito antes. En tres semanas tenía unos cuantos nuevos que, junto con los que habíamos seleccionado con Vera, me dispuse por fin a enviar a *SUR*. Le pedí a Vera que me acompañara al correo para sacarla de casa. Ella se puso un vestido de media manga color agua, tacos altos, se echó una estola blanca al cuello y salimos a la calle. Su lozanía y su belleza, las que me habían deslumbrado desde la primera vez que la había visto, retornaban a ella con la naturalidad de un animalillo que al llegar la primavera sale del refugio donde ha pasado el invierno. Volvía a sentir esa mezcla de gozo y excitación que me provocaban las miradas de hombres y mujeres que desataba Vera a su paso. Ella tenía conciencia del efecto que causaba, y no le era en absoluto indiferente. Por el contrario, las miradas parecían vivificarla. Esa noche tuvimos un encuentro amoroso como no lo habíamos tenido en mucho tiempo.

Vera comenzó a levantarse conmigo, y al llegar yo por la tarde, la encontraba escribiendo. Apenas me asomaba a la puerta, escondía los papeles que la habían mantenido ocupada, y se negaba a hablar de ellos.

Los días en que Julián nos visitaba, yo intentaba llegar más temprano y cenábamos antes de que Sergio lo viniera a buscar.

En una de estas veladas, Julián nos contó que en su segunda visita al observatorio del cerro Calán, había conocido a una chica. No sabía cómo se llamaba ni cuántos años tenía, preguntas que cuando se las planteamos desdeñó, ante el hecho inmenso de lo que él sentía por ella.

—De todas formas, yo este año cumplo diez —dijo, mientras Sergio, impaciente, tocaba el claxon en la calle.

En las siguientes semanas, Julián solo hablaría de la chica y de las estrellas. Se llamaba Augustine, era francesa y trabajaba en el observatorio. Debía tener al menos veinticinco años.

Ahora que la situación con Julián se había normalizado, y que la depresión de Vera había quedado en gran parte atrás, se instalaba entre nosotros una cotidianidad hecha de pequeñas cosas en las que, en su mayoría, no concordábamos. Vera estaba acostumbrada a tener sirvientes y era incapaz de resolver las más sencillas situaciones domésticas. Se pasaba la mayor parte del tiempo leyendo o trabajando en sus enigmáticos escritos, con su ropa y sus enseres desperdigados por doquier, esperando que alguien los recogiera y los pusiera en su lugar. Ella, por su parte, me acusaba de obsesivo, de maniático, y sobre todo, de no permitirle hacer de mi departamento su verdadero hogar. Rodeada de mis afanes de pulcritud, se sentía allí una extranjera. El día a día con sus roces comenzaba a revelarnos aspectos del otro que estaban lejos de ese encandilamiento sin fisuras que habíamos sentido en los comienzos.

Había transcurrido ya casi un mes desde que había enviado mis poemas a *SUR* y no había tenido respuesta. Cada día, al despertarme, bajaba corriendo las escaleras del edificio en busca del correo, y cada día regresaba con las manos vacías. No soportaba que Vera me preguntara. Tampoco soportaba su optimismo, un optimismo tan rotundo que se volvía artificial.

Estaba lleno de dudas: de mi talento poético, de mi vocación, y por consiguiente, del sentido de todas las cosas. Era una frustración que aumentaba, y que hacía pesar sobre Vera.

Una noche, sentados a la mesa, mientras desde la calle escuchábamos las risas de las chicas del club nocturno, descubrí que no tenía gran cosa que hablar con Vera. Había sido precisamente en esos momentos, cuando el día llegaba a su fin y nos tomábamos una copa de vino, que siempre habíamos conversado con animación.

—¿Saliste hoy? —inquirí.

Y mientras le hacía esta pregunta me di cuenta de que mi voz tenía una gota de impaciencia, de resentimiento incluso. Recordé nuestros dos viajes y esas seis noches juntos. El deseo, el ansia por entrar en el corazón y en la cabeza del otro, la curiosidad, los largos paseos hablándonos sin cesar, haciéndonos preguntas, hasta entregarnos, y rendidos, dormirnos, para despertar con la misma avidez, el mismo interés ilimitado por el otro. Tal vez era así como tenían que ser las cosas. Esa intensidad es exclusiva de los comienzos, y todos los comienzos están destinados, por su misma naturaleza, a quedar atrás. De pronto entendía a quienes están siempre comenzando, buscando esa energía exultante que produce el prospecto de un nuevo amor.

El solo hecho de albergar estos sentimientos me hacía sentir culpable. Había privado a Vera de su vida y de la seguridad que Pérez le otorgaba, la había alejado de

Julián, y ahora añoraba lo absurdo, lo imposible. Pero tal vez lo que más me torturaba era la idea de que quizá Vera pensara lo mismo, y que su reciente depresión no hubiera sido tan solo el resultado de la ausencia de Julián, sino también de estas oscuras cavilaciones.

35. Daniel

Estábamos a una semana de nuestra cena y había aún infinitos detalles que resolver. Emilia gozaba organizando todo con su nuevo celular. Sus vecinos se habían ofrecido a ayudarnos. Uno de ellos era abogado y el otro pintor. Solían hacer grandes cenas en su amplio departamento, y tenían un sinfín de datos que nos resultaban útiles. En nuestros encuentros en la clínica, Emilia y yo intercambiábamos información y resolvíamos los asuntos que iban quedando pendientes, al tiempo que tú, desde el sueño, nos dabas tu beneplácito. Mientras ella me hablaba de tal o cual cosa, yo me quedaba mirándola, y luego desviaba los ojos hacia ti. Entonces Emilia me decía: «¡Oye, no me estás escuchando!». Y yo sonreía, incapaz de explicarle mis sentimientos. Una nueva claridad se asentaba día a día en sus ojos. Ese vendaval que antes la doblegaba, ahora soplaba a su favor.

Una de esas tardes, cuando salíamos de la clínica, le propuse que visitáramos tu casa. Había considerado la idea, pero no fue hasta que Gracia partió a Lima que me animé a invitarla.

Emilia se había subido a su bicicleta cuando le hice la proposición. Bajó el pie del pedal, y con ambas manos en el manubrio, dijo:

—Es lo que más quiero en el mundo.

Lo expresó sin teatralidad. Llevaba una falda tableada hasta las rodillas y una de sus camisas blancas. Nos fuimos caminando, Emilia empujando la bicicleta, y yo a su lado. Era un viernes por la tarde. Los automovilistas, paralizados en eternas filas, hacían sonar sus bocinas impacientes, sin embargo, mientras caminábamos, nosotros entrábamos en una insularidad propia.

Al llegar a tu casa, Arthur y Charly salieron a nuestro encuentro. Revolotearon y saltaron, atropellándose el uno al otro, excitados. Emilia, después de preguntarme sus nombres, se puso en cuclillas y los llamó. Ambos perros acudieron corriendo, y cuando estuvieron frente a ella, con sus lenguas rosadas colgándoles de la boca, les acarició el cuello, expresándoles palabras en francés que los perros parecían recibir con fruición.

—Tuve un perro. Se llamaba Étoile. Y sí, ya sé lo que estás pensando. Me encantan los perros. Étoile dormía a mis pies.

Seguidos por Arthur y Charly, dimos la vuelta a la casa hasta tu estudio. Los helechos con sus verdes brillantes habían crecido en el invierno. A la llegada de la primavera, los rincones se habían cubierto de amapolas y caléndulas, resucitando el paisaje que tú tanto aguardabas durante el invierno.

—Es precioso —dijo Emilia con una expresión admirada.

Abrí la puerta y la invité a entrar. Había hablado con María para que continuara viniendo a limpiar la casa una vez por semana. Descorrí las cortinas y la luz de la tarde se posó sobre la superficie de tu escritorio. Emilia se quedó un buen rato de pie, los brazos caídos a lado y lado, su pecho casi plano en un vaivén bajo su camisa blanca. Noté su mirada detenida en tu foto. En la que, desafiando al lente de la cámara, bailas un twist.

—No esperes que diga mucho, Daniel —me dijo—. Siempre he tenido la impresión de que ponerles palabras a estos momentos es lo mismo que clavarle un alfiler a una mariposa.

—No espero nada, Emilia. En serio. ¿Te gustaría tomar un té?

—¿No tienes algo más fuerte? —al momento de pronunciarlas, pareció arrepentirse de sus palabras.

Yo sonreí, y dije:

—Por supuesto. Espera. Voy a mi casa. Vuelvo en unos minutos.

Yo le había señalado mi casa desde la vereda y Emilia la había mirado con esa atención tan suya, enfocando todos sus sentidos. No me hizo preguntas. Mi matrimonio era un tema que no compartíamos. Aunque confiaba en la profundidad de Emilia, hablarle de nuestras dificultades habría significado darles una forma definitiva, ingresar en el terreno de las decisiones, para las cuales todavía no estaba preparado. Pero también, mencionar a Gracia era dejar que la realidad, con su halo frío, entrara en el espacio que Emilia y yo habíamos construido, que aún era demasiado frágil para resistirla.

Volví al cabo de un rato con una botella de champán, dos copas, tostadas, lonjas de jamón serrano y queso fresco con orégano y aceite de oliva.

Frente a tu fotografía brindamos por ti. También por nosotros. Me senté en tu sillón mientras Emilia, con la copa en la mano, miraba todo atentamente, deteniéndose en algunos detalles, como tu colección de tarjetas prendidas en un muro, o los tazones de *Libération* y del Writers Guild of America arrimados contra la ventana y colmados de lápices. Pero lo que más llamó su atención fueron las figuras de papel, cada una enmarcada en su caja de madera, las del árbol de Pascua que tú habías confeccionado con tu hijo Julián una remota Navidad, y de las cuales —como tantas otras cosas— no te gustaba hablar.

Mientras ella se movía, yo la observaba. Emilia tenía una belleza que no era evidente, pero que después de descubrirla no podías dejar de apreciar. Su cuello largo, los huesos delgados, la piel tan blanca, y sobre todo esa suavidad de cada uno de sus movimientos, como si su cuerpo estuviera inmerso en una materia acuosa. Es probable que percibiera mi mirada, pero soportó estoica mi escrutinio. ¿Qué en ella me producía tal fascinación? Nunca haber sido tocada la distinguía de los demás de una forma misteriosa. También estaba ese sufrimiento que cargaba en su interior. Me miró y sonrió. Su rostro adquirió la apariencia de un girasol. Al cabo de unos minutos, sin embargo, se recogió en sí misma, envolviéndose en sus propios brazos. La luz que la abría se había apagado de súbito. Se tomó de un trago el resto de champán y extendió la copa para que le sirviera más. Así lo hice, y ella, sin mirarme, volvió a su labor. Me dieron ganas de reírme, por la forma arrojada y decidida en que se había puesto a beber como una mujer de mundo. Avanzaba y retrocedía. Esa sonrisa era uno de sus regalos, pero luego extraviaba la mirada en cualquier cosa y se sumía en uno de sus estados de ensimismamiento.

—Están organizados en orden alfabético —comentó, mientras observaba atenta tu biblioteca.

Encendí la lámpara de tu escritorio. Su luz dorada tamizó el aire.

—¿Puedo sacar alguno para mirarlo? —pasaba un dedo por el lomo de uno de tus libros.

—Por supuesto —señalé.

Extrajo el volumen que había estado observando y se sentó en la silla roja de metal donde tú solías apilar los libros ya leídos, mientras aguardaban ser devueltos a su lugar en la biblioteca.

—Es una compilación de cuentos —me dijo, levantando apenas los ojos de las páginas—. No conocía esta edición. Fue hecha en Buenos Aires por una editorial que tuvo una vida muy corta. Hay un par de cuentos que no conocía. ¡Y yo que pensé que conocía su obra completa! —exclamó. Después de mirarlo un buen rato, me lo alcanzó. Sus ojos brillaban.

Era un volumen de pequeño formato, de tapas duras, encuadernado con lino color arena, y en cuya superficie estaba impreso tu nombre y el título, *Lenta gracia de gatos o de plantas,* en letras color granate. En un cuadrado en bajo relieve estaba impreso un grabado de Wifredo Lam, de su serie *Fata Morgana,* el de una mujer de perfil y torso desnudo, en cuyo cabello está prendida una constelación de estrellas.

—Es precioso —dije—. Podría serte útil para tu tesis.

—Mi tesis está en un punto muerto. ¿Recuerdas lo que te conté de Horacio Infante?

—Por supuesto.

—Hace un par de días recibí un mail suyo en respuesta a los muchos que yo le he enviado. Me dice que me está escribiendo una carta donde me explica «todo» y que pronto estará en condiciones de enviármela. Me muero de curiosidad por lo que tenga que decirme. ¿Qué crees que puede significar ese «todo»? —preguntó, y sin aguardar mi respuesta continuó—: Yo he seguido investigando. Lo más interesante es que varias de las alusiones de Vera a la obra de Infante en realidad fueron hechas antes de que él las publicara. ¿Te das cuenta? Eso significa que Infante también citaba la obra de Vera. Ahí hay algo, Daniel, estoy segura. Algo que puede cambiar toda la historia. La de Vera y la de Infante, lo sé, lo sé... —dijo, y extendió la mano para que rellenara nuevamente su copa.

—No has comido nada, Emilia.

—Oye, Daniel... —dijo, haciendo caso omiso a mis palabras. Tomó la mitad del contenido de la copa de un sorbo y luego chasqueó la lengua, contrariada.

—¿Qué? —noté que el alcohol y la falta de alimento empezaban a hacerle efecto. Tenía las mejillas encendidas. Se pasó varias veces la palma de la mano por la nariz, enrojeciéndola.

—¿Aún piensas que alguien o algo precipitó la caída de Vera?

—Absolutamente.

Tuve el impulso de contarle mi conversación con el vagabundo. Ante los ojos de cualquier persona, el hecho de que Gracia hubiera entrado en tu casa la ponía como la principal sospechosa. ¿Lo era realmente? ¿Qué había ocurrido entre ustedes esa mañana? Estas preguntas volvían a mí, una y otra vez. Pero no dije nada. Tal vez nunca lo haría.

—Bueno, resulta que hace algunos días recordé bien la conversación que oí entre Vera y Horacio en ese almuerzo —señaló Emilia, interrumpiendo mis cavilaciones.

—Te escucho.

—Horacio le dijo que ella lo ponía en una situación difícil. No recuerdo lo que ella le respondió, pero sí que Horacio reaccionó golpeando el puño de una de sus manos contra la palma de la otra. Eso lo recuerdo bien. Te juro que había violencia en ese gesto, Daniel. Hoy no me parece en absoluto imposible que la haya visitado, como de hecho le anunció. No te digo que él la haya empujado, no. Pero algo pudo suceder entre ellos, algo que alteró a Vera y la hizo caer —su expresión era la de una niña satisfecha de sí misma—. Entre ellos había algo pendiente. No pudieron hablarlo en el almuerzo, por eso la insistencia de Horacio en verla antes de su partida. ¿Qué piensas?

—No suena descabellado, al menos —dije, mientras intentaba calzar las piezas—. Pero Infante está fuera de Chile, y las pruebas son muy poco convincentes para pedirle a la policía que lo interrogue.

—Volveré a escribirle a Infante —se quedó un momento pensativa. Se levantó, dio un par de vueltas por el estudio, inquieta, y luego clavó los ojos en tu escritorio atestado de papeles.

—¿Cómo me dijiste que se llamaba el hombre con quien Vera se reunió la semana antes de caer?

—Calderón. Álvaro Calderón. ¿Por qué?

—Aquí hay un artículo suyo —observó Emilia, blandiendo una decena de páginas sujetas por un clip, en cuya portadilla se leía: *Tres mujeres en Tres Álamos*. Álvaro Calderón.

Emilia recorrió algunas páginas y al cabo de unos minutos dijo:

—Vera estuvo ahí. En ese centro de detención.

—No puede ser.

—Está en la primera página: «Tania Calderón, Cecilia Usón y Vera Sigall fueron detenidas la noche del 5 de agosto de 1975 en una redada, junto a cuarenta catedráticos de la Universidad de Chile».

—Nunca me lo mencionó —dije conmovido—. Tampoco le pregunté qué había sido de ella en los años de la dictadura —añadí en un susurro, con un súbito sentimiento de culpa y tristeza por no haber indagado más en tu vida.

Muchas veces tuve el impulso de hacerlo, pero no te gustaba hablar de ti misma. Compartíamos los días, como si el tiempo para las grandes preguntas estuviera siempre más adelante. Un futuro que de golpe desapareció.

Emilia se sentó junto a mí en el sillón y comenzamos a leer. Era un informe exhaustivo de lo que ocurrió la noche de la redada y las dos semanas que le siguieron en el centro de detención de Tres Álamos, donde ocho mujeres compartieron una pieza de cuatro literas. De las tres mujeres que esa noche fueron detenidas, solo tú saliste con vida. El destino de Cecilia Usón es incierto. La última persona que atestigua haberla visto sostiene que la llevaban esposada y con los ojos cubiertos a algún sitio.

Tania Calderón era tía de Álvaro. Murió producto de las torturas. Ella y tú dormían en la misma litera. Tania era profesora de filología. Se hicieron amigas. El resto de las mujeres que salió con vida da su testimonio de esas semanas. Excepto tú. Las razones por las cuales te apresaron no estaban en el informe de Álvaro Calderón.

Terminamos de leer y nos quedamos largo rato en silencio.

—Vera habla mucho de la memoria en sus escritos —dijo Emilia—. Se refiere siempre a ella como algo de lo cual sus personajes intentan escapar. Y no pueden. Incluso tiene un cuento que se llama *La celda*. La celda de los recuerdos donde su personaje, Gina, está atrapada.

—El hombre quería que Vera le hablara de Tania Calderón. Que le contara de las noches en que compartieron la misma cama.

—Y Vera no quería recordar. O no podía. Era demasiado doloroso para ella.

Emilia se levantó del sillón, avanzó unos pasos hasta la ventana y se quedó mirando hacia afuera. El jardín se oscurecía. Los perros, echados sobre el césped, sin moverse, parecían de piedra. La tarde se había vuelto de un azul acerado, un acuario donde flotábamos, cada uno inmerso en su propia ondulación.

—Daniel, ¿crees que llegaste a conocerla de verdad? —me preguntó sin volverse.

—No lo sé. Hay tantos secretos, zonas ocultas.

—En uno de sus cuentos habla de unas siamesas. La historia está contada por una de ellas en una noche de insomnio, mientras la cabeza de su siamesa yace dormida junto a la suya. En algún momento cruza por su mente la idea de matarla. De deshacerse de ese otro ser que vive en su cuerpo, sabiendo que de hacerlo, morirá con ella.

—¿Crees que guarda alguna relación con Tania Calderón?

—Dormían juntas. Tania murió. La asesinaron. Algo en Vera se debe haber muerto junto con Tania, pero al mismo tiempo su muerte quedó incrustada en ella, como la cabeza de una siamesa —señaló Emilia. Su voz se quebraba.

—¡Dios mío! —te vi en ese lecho de la clínica donde yacías, y sentí una tristeza indecible—. Está tan sola. Tan sola —y no pude seguir hablando.

Emilia extendió la mano y tocó mi rostro. Dejó su palma allí, midiendo acaso el grado de calor que esta podría traspasarle. «Calor humano», me dije. Algo que ella conocía escasamente.

—¿Me puedes abrazar? —murmuró sin moverse.

Sus miembros estaban duros y fríos, sus ojos abiertos e inmóviles, como los de una muñeca de porcelana. Era tal su resistencia, que era difícil para mi cuerpo amoldarse al suyo, hacer que ambos encajaran en una posición confortable. Cerró los ojos con fuerza, frunció la boca y comenzó a respirar agitada. Podía percibir su rigidez que se acrecentaba. Temí por ella, por el efecto que ese inmenso esfuerzo pudiera tener en su sistema nervioso. Había algo heroico en ese titánico cometido, y ese heroísmo se derramaba en mí. De súbito se puso a temblar. Las convulsiones sacudían su cuerpo.

—No me sueltes —me imploró.

Presionó una de sus sienes con la punta del dedo índice, como si intentara ajustar algo en el interior de su cabeza. Sus pestañas barrieron el aire al cerrarse sobre sus ojos. Poco a poco su cuerpo se fue entibiando. Emilia yacía entre mis brazos, inmóvil y exhausta. Afuera los perros ladraron, uno de esos gruñidos de reconocimiento que se conferían el uno al otro.

—¿Dónde está ella, Daniel? ¿Dónde? ¿Dónde está?

36. Emilia

Me desperté confundida. Solo al cabo de un par de segundos recordé que la noche anterior se había hecho tarde para retornar en mi bicicleta, y Daniel me había ofrecido dormir en su estudio. También recordé su abrazo, mis convulsiones, el estampido en mi cerebro. Y luego la calma.

Me levanté sigilosa y me vestí. Sobre el escritorio de Daniel se amontonaban papeles, recibos y libros. También hallé un normógrafo, un instrumento propio de los arquitectos de otros tiempos, y que mi padre usaba para dibujar sus constelaciones cuando yo era niña. Los muros estaban cubiertos de pinturas, dibujos arquitectónicos y fotografías. Me llamó la atención una piedra negra del tamaño de la palma de una mano. En su superficie tenía dibujados con hilos de plata círculos concéntricos que semejaban una espiral. Era lisa y suave. Estaba fría.

Acodadas en una repisa había fotos de Gracia. Era una mujer esplendorosa. Su mirada era, sin embargo, más adusta de lo común. También la determinación en su boca. Provista de un dejo de ironía, dejaba entrever inteligencia.

Tomé mi bolso y salí al pasillo. Una biblioteca cubría uno de sus muros hasta el cielo raso, mientras que del otro colgaban cuadros modernos. Tenía curiosidad por conocer el resto de la casa. Pero caminé hasta la puerta y salí. Temía que la vida que llevaba Daniel con su mujer me doliera.

Encontré mi bicicleta apoyada en una banqueta de piedra en el jardín. Respiré el dulzor de los jazmines de España y el del pasto, que bajo el influjo del regadío comenzaba a impregnarlo todo.

Tomé mi bicicleta y pedaleé calle abajo. Necesitaba espantar la confusión, encontrar una mínima cuota de claridad que me apaciguara.

En la puerta de mi edificio, el celular en mi bolso comenzó a sonar.

—Pensaba que podríamos tomar desayuno juntos —oí la voz de Daniel.

Guardé silencio.

—¿Estás ahí?

—Sí, sí. Estoy segura de que me habrías preparado un desayuno delicioso.

—Es lo que tenía planeado.

Volví a callar y él dijo:

—Fue increíble que me dejaras abrazarte.

—No digas más, Daniel.

—Ya sé. Lo de las mariposas y los alfileres. ¿Tienes con qué prepararte un buen desayuno? Anoche apenas comiste.

—Gracias a ti, mi refrigerador parece un supermercado —reí.

—Entonces nos vemos en la tarde. Hoy ponen la carpa y me gustaría estar allí. ¿Estás bien?

—Claro que sí.

A pesar de mis temores, la idea de verlo me llenó de felicidad. Daniel, sin yo anticiparlo, se había instalado en mi interior. Y no dolía. Temía, sin embargo, que después de lo ocurrido nuestros actos adquirieran una nueva gama de significados que yo no sabría descifrar. Pensé en mi cuerpo y solo pude ver sus bordes, sus contornos, como un dibujo a lápiz. Recordé a mis compañeras y la forma en que observaban, criticaban y buscaban cambiar los suyos. Sus cuerpos eran la materia con la cual construían su ser. Un material que podían moldear a su antojo, entrenándolo, decorándolo, e incluso cercenándolo en el quirófano. Y pensé que a diferencia de las culturas de antaño, cuya dualidad consistía en oponer el espíritu al cuerpo, la de mis amigas y la mía, cada una a su manera, consistía en oponer nuestros cuerpos a nuestro ser.

En la azotea, el Transatlántico surcaba la bruma azul de la ciudad. El día anterior había hecho instalar las mesas, las sillas y el largo mesón que Daniel había diseñado y enviado a fabricar, y que presidía el centro del lugar. Era una sorpresa que estaba segura le haría feliz.

Al guardar el celular en mi bolso, me di cuenta de que dentro de él estaba el volumen de cuentos que yo había hallado en la biblioteca de Vera: *Lenta gracia de gatos o de plantas*. Sentí una oleada de calor. Fue Daniel quien lo puso allí. Recordé otra vez su abrazo y pensé en el extraordinario hecho de que hubiese ocurrido.

Me preparé un café, un par de tostadas con mantequilla, y las comí apresurada de pie en la cocina. Luego salí a hacer el reparto de la verdulería. Por fortuna, ese día tan solo había dos encargos. A mi regreso, don José se liaba un cigarrillo. Sobándose el bigote me dijo:

—Estoy pensando en subirte el sueldo, chiquilla.

No sé qué había estimulado su generosidad. También me regaló un par de maceteros con cardenales y le pidió a Amparo, su hija, que me ayudara a cargarlos. Instalamos los maceteros junto a la buganvilia y los jazmines. Apenas ella hubo partido, busqué entre las varias compilaciones de cuentos que había traído de Vera Sigall el de las siamesas. Pero no lo tenía. Era parte de un volumen que había sido reeditado muchas veces, pero que yo no había traído conmigo. Recordé el libro que Daniel había puesto en mi bolso y lo abrí. El primer relato era el que le daba el título al volumen. Era uno de sus primeros, por el cual Vera había ganado un premio. Tenía curiosidad por leerlo, tal vez porque hablaba de una pareja en la cual ambos desarrollaban la misma ciencia. Como mis padres.

Gustavo Noriega es profesor de matemáticas e investigador de la Universidad de Chile. Su área de estudio está relacionada con las estructuras de los anillos semilocales. Su mujer, Helena Bale, también es profesora de matemáticas. Trabaja en un colegio. Gustavo y Helena tienen dos hijos, Gustavito y Serena, de doce y diez años, y viven en un tranquilo sector del barrio Providencia. Gustavo es un hombre *tan poco propenso a las palabras frívolas, que cuando por azar aparecen en su boca, se le enredan en los labios.* De Helena, *lo que más lo conmueve es la forma en que tras un movimiento de su cabeza, su oreja izquierda, más pequeña y más rosada que la otra, se deja ver.* Gustavo y Helena se recibieron juntos en la universidad y estuvieron entre los mejores alumnos de su promoción. Ambos, además, son eximios competidores de ajedrez y han ganado un sinnúmero de torneos. Se casaron porque ya estaban aburridos de tener sexo en el asiento trasero del Fiat 600 de Gustavo. *Les gusta desafiarse y se plantean ecuaciones cuyas variables pueden llegar a ser tan abstractas o intangibles como el destello de un cristal.*

El drama de Gustavo es su profunda convicción de que el mundo no le ha hecho justicia. La invisibilidad profesional le pesa de tal forma que tiene la impresión de que *Gustavo Noriega no existe. La realidad es un asunto puramente social,* se dice.

Con el fin de ser reconocido, ha invertido parte importante de su vida en resolver una secuencia de fórmulas matemáticas. Después de sus obligaciones en la universidad, se encierra en el ático de su casa por largas horas. *Imagina los números y signos cobrando vida, como el despertar de un gran pájaro que extiende sus alas por sobre la banalidad del mundo.* Las múltiples vicisitudes y obligaciones de la vida cotidiana lo abruman. Lo disminuyen. A pesar de que le son esquivas, sabe que eventualmente esas secuencias lo sacarán de la vulgaridad. Sale a la calle y camina sin rumbo, imaginando que de ese fervor tendrá que surgir *una clave oculta, la llave maestra que abrirá el cerrojo del entendimiento.*

Un domingo por la tarde, mientras sus hijos y su mujer están en el jardín, Gustavo sale a dar uno de sus acostumbrados paseos. Camina por Pedro de Valdivia bajo los plátanos orientales que lo apaciguan con su sombra. Ha trabajado todo el día y una vez más se ha topado con el mismo muro, el que lo separa de los «elegidos». Pero no está dispuesto a dar el brazo a torcer. Entregarse es para él una forma de morir. Vuelve a casa cuando el sol ya se pone y Helena prepara la cena *con esa solidez tan suya, que lo remite a su infancia.* Sube a su altillo y ve la ecuación de inmediato. Es tan solo un cambio de variables, un rasguño a sus últimos cálculos, y sin embargo, abre un camino que ha estado vedado para él. Una energía febril lo embarga. *Siente una felicidad plateada, sonora, que retumba en el silencio de su cuarto.* Esa noche no baja a cenar. Vuelve a su alcoba a la madrugada. Helena duerme. Al sentir su presencia, ella se arrima a su cuerpo. *El futuro que aparece ante él devora las infelicidades pasadas, las pequeñeces, la mala suerte.*

Ese lunes Gustavo da su curso en la universidad y retorna a su ático. La casa está en silencio. Los niños y Helena, en sus respectivos colegios. A través de su ventana, las hojas emiten un sonido fresco y alentador. Pero hay una pregunta que surge una y otra vez, y que ha intentado acallar.

¿Cómo llegó Helena a esa ecuación? ¿Cómo es posible que ella, siempre preocupada de los niños y de los asuntos más nimios de sus existencias, tuviera un pensamiento tan elaborado como para dar con esa definitoria representación? A la hora acostumbrada, la siente llegar. Aguza el oído. La oye subir y bajar las escaleras, afanada en los quehaceres que la aguardan en casa. A media tarde Gustavo baja a la cocina. Los niños toman su leche con chocolate y Helena introduce la ropa en la lavadora. Se saludan con un beso en la mejilla. Helena parece más ajetreada que de costumbre. Gustavo no es capaz de mirarla a los ojos.

A la semana siguiente, después de su paseo sabatino, Gustavo encuentra sobre su escritorio una nueva fórmula que vuelve a abrirle caminos que él nunca había imaginado. Por la noche, cuando Helena ya duerme, la toma por los hombros, la voltea hacia su lado y le hace el amor. Ella se entrega a él como nunca antes. Las notas se suceden en el transcurso de esas semanas. Acotaciones, comentarios que rectifican el rumbo en la dirección correcta. Después de leerlas y estudiarlas, Gustavo las sostiene por largo rato entre sus manos. Añora arrojarlas a la basura y borrar todo vestigio de esa genialidad muda que su esposa deposita ante él, y que sabe cambiará su destino. Pero luego, incapaz de hacerlo, las guarda en el fondo de su cajón, entre otros tantos papeles olvidados e inútiles que a lo largo del tiempo ha ido acumulando. Aun así, desde su escondite, las notas de Helena parecen hablarle, y más de una noche sus presencias obstinadas lo despiertan sobresaltado, *como si en lugar de meros papeles, lo que estuviera allí apresado fuera un ser que terminará por engullirlo.*

Cada nota es sucedida por un sexo sin palabras. Por la mañana, sin embargo, Gustavo es incapaz de cruzar la mirada con la de su esposa. La observa desde su ventana por la tarde, mientras sale al jardín descalza, y fumándose un cigarrillo riega los rincones que los surtidores no alcanzan; o la mira de reojo, cuando sirve la cena y comenta con sus hijos los sucesos del día. Los sentimientos hacia su esposa se han vuelto confusos. Siente por ella gratitud y admiración, pero también temor por lo que oculta su cabeza. Su genialidad se ha abierto camino de una forma sigilosa, *como una pantera o un animal de caza*. Ha comenzado a sentir también por su mujer un obsesivo deseo que le quita la paz y que queda saciado apenas después que hacen el amor.

Al cabo de dos meses Gustavo Noriega envía los resultados de su investigación al *Bulletin of the American Mathematical Society*. La espera de una respuesta es angustiosa. Es consciente de la trascendencia de lo que ha hecho, pero acostumbrado a ser vilipendiado por sus colegas, le es difícil imaginar que el reconocimiento arribará por fin. La respuesta llega un viernes por la mañana. Es un sobre de manila. Helena lo encuentra en el buzón antes de salir a su trabajo.

El reconocimiento es inmediato. Debe viajar con la mayor prontitud a la sede de la sociedad, en Providence, a presentar su estudio.

Helena y los niños lo van a dejar al aeropuerto. Se despiden frente a las puertas de Migraciones. Se ha comprado un terno nuevo que le otorga un halo de seriedad. Sus pupilas tienen ahora un brillo acerado. Su sonrisa es genuina, pero oculta un algo de temor, un dejo de tristeza. No han hablado nunca de las ecuaciones de Helena. En el maletín de mano lleva los papeles que a lo largo de esos dos meses ella ha ido dejando sobre su escritorio. *Gustavo es consciente de que la farsa es inofensiva mientras sea invisible. Pero que de salir a la luz, o de fracasar, tan solo quedará la farsa en su patética desnudez.*

En el aeropuerto de Providence lo espera un hombre al menos una cabeza más alto que él. Tiene apariencia de dandi y los ojos vivaces e inteligentes, que lo reciben con confianza. Se presenta como Joe Robinson, el mismísimo presidente de la sociedad. Antes de salir del aeropuerto, Gustavo le pide que lo aguarde un minuto. Entra al baño de caballeros, saca de su maletín los papeles de Helena y los arroja por el escusado.

Miró los pedazos de papel mientras se despeñaban con la lenta gracia de los gatos o de las plantas. Una superficie blanquecina cubrió su fondo. Podía alcanzar a ver algunos de los trazos de Helena, firmes y a la vez espontáneos, como si hubieran llegado al papel con la urgencia de una revelación. Tiró de la cadena, se pasó el dedo por el borde del cuello de la camisa y salió afuera, donde Joe Robinson lo aguardaba con sus ademanes afables, y el futuro esplendoroso del verdadero Gustavo Noriega bien sujeto entre sus manos.

Leí el último párrafo presa de una extraña emoción. Vera, a través de su protagonista, revelaba la esencia del alma humana y, a la vez que la miraba con desprecio e ironía, la redimía.

37. Horacio

Tres meses después de la confesión que Julián nos hiciera sobre su amor por la francesa, llegó por correo la carta que había esperado durante tanto tiempo de la revista *SUR*. Era una mañana fría de mayo, un 17 exactamente. Bajé, como todos los días, en busca de la correspondencia. Ya no experimentaba las ansias de las primeras esperas. Ahora aguardaba con más comedimiento, sin grandes expectativas, pero sin abandonar tampoco la ilusión. Con el sobre aún cerrado subí las escaleras corriendo.

—¡Vera, Vera! —grité desde la puerta del departamento.

Vera se había despertado temprano, al amanecer casi, y leía con una manta sobre los pies en el sillón verde oliva. Había entrado a trabajar un par de semanas atrás en el diario *El Mercurio* como correctora de pruebas, y se había sumergido de lleno en su nueva labor. No quiso revelarme cómo había conseguido el trabajo, y la idea de que hubiese sido Pérez quien la recomendara no dejaba de torturarme. Intenté que me contara, pero ella me respondió de la misma forma en que lo hacía siempre que yo pretendía calzar las piezas de las historias con hechos concretos: «Anécdotas, anécdotas. No tienen importancia». Lo decía con altivez, como si en el mundo donde ella vivía, en las alturas de la abstracción, esas banalidades fueran un insulto, haciéndome sentir miserable y vulgar con mis inquisiciones.

Oyó mi voz y se levantó de un salto. Contra la luz de la mañana, su pelo cobrizo brillaba. La expectación que me producía tener esa carta entre mis manos, aún sin saber su contenido, me hacía ver a Vera en toda su belleza y generosidad.

—¿Qué hay, qué pasa?

Extendí la mano y le entregué la carta.

—Ábrela —le dije.

—¿De verdad quieres que yo lo haga? —preguntó, pasando su mano por mi mejilla.

—Sí, amor —afirmé, y besé sus dedos.

—Primero prepararé café —con la carta en la mano desapareció en la cocina—. Tú, en tanto, puedes afeitarte y ponerte guapo.

Nos sentamos a la mesa y Vera abrió el sobre. Llevaba su bata de seda blanca con festones azules. Se había cogido el pelo en un moño sobre la nuca, que resaltaba su cuello largo y liso. Había dispuesto la mesa con esmero: los individuales de hilo que yo había comprado hacía años en un viaje al Oriente, las servilletas bordadas, las tostadas cubiertas por un pañito de rombos azules en la panera. Era la primera vez que hacía algo así. Sacó del sobre la hoja y la leyó en silencio. Yo, con las manos sobre las rodillas, la observaba. Una sonrisa emergió de a poco y encendió su rostro.

—Vamos, vamos, dime... —le pedí con impaciencia.

—Lo lograste, amor —extendió la mano por sobre la mesa y me entregó la hoja. Sus dedos rozaron los míos con ternura.

La carta estaba escrita por Victoria Ocampo. En ella me decía que mis poemas poseían una perfecta armonía entre la expresión y la sustancia. También comentaba la particular sintaxis de los versos y cómo esta hacía que las palabras adquirieran nuevos sentidos. Me comentaba que aparecerían en el número que estaban imprimiendo, y que pronto me llegaría un ejemplar. Levanté la cabeza. Vera me miraba con los ojos empañados.

—Lo lograste, amor —volvió a decirme.

Era tanta su emoción que me levanté de la silla y la abracé. Vera me había acompañado todo ese tiempo en mis desvelos, y el triunfo nos pertenecía a ambos. Desde la calle comenzaban a llegarnos los sonidos de la mañana.

Las semanas que siguieron vivimos en un estado de exaltación, pero también de tranquilidad. Sabíamos que publicar en esa revista era la antesala a un sinfín de oportunidades. Flotábamos en una suerte de espera benefactora, un plasma cálido e inequívoco. La carta de Victoria Ocampo me había devuelto el sentido de mi valía, y esto hacía que pudiera volver a querer a Vera. No hay nada más destructivo para el amor que el desprecio a uno mismo.

A nuestro estado de felicidad se vendría a sumar un evento que me tomó por sorpresa. Uno de los cuentos de Vera saldría publicado en *El Mercurio*. Armándose de valor, había entrado una mañana en la oficina del editor general y, venciendo sus temores, le había dicho:

—Tengo un cuento, ¿le interesa publicarlo?

Sin duda, seducido por su belleza, el editor le pidió que se sentara. Nunca antes la había visto y le preguntó en qué área trabajaba. Vera le indicó el puesto menor que ocupaba, pero aun así el editor accedió a darle una mirada al texto que le traía. Al cabo de unos minutos levantó la vista y le preguntó:

—¿A quién le copió este cuento?

—A nadie. Es mío.

—¿Lo tradujo de algún sitio?

—No —respondió Vera.

Puedo imaginar su postura erguida, su mirada implacable.

—Entonces lo voy a publicar.

Un par de semanas después la llamó a su despacho.

—Su cuento ha causado revuelo —le dijo—. Todos me preguntan por qué no es usted una de nuestras reporteras. Este es un mundo de hombres, pero no me cabe duda de que usted tendrá las agallas para resistirlo.

Las notas que le asignaban eran en su mayoría de corte social, lo que implicaba que salía a reportear en escasas ocasiones. De todas formas, Vera las escribía con dedicación, otorgándole a cada una de ellas un acento propio. Tenía una forma particular de mirar los detalles que para otros habrían pasado inadvertidos. Siendo tan menores, Vera les dedicaba demasiado tiempo, pero verla contenta tenía un valor incalculable y justificaba su empeño. Sobre todo, su nuevo trabajo, además de divertirla, nos otorgaba una mínima tranquilidad económica que necesitábamos. Una tarde Vera llegó cargada de bolsas. Había ido de compras y se había gastado parte de su sueldo del mes en nuevos atuendos. Desde entonces comenzó a vestirse de blanco. Solía usar una blusa y falda blancas y un delgado cinturón de cuero color marrón que destacaba su cintura. Abandonó los tacos altos —que no necesitaba por su altura— y dejó que su cabello cayera suelto hasta los hombros. Al salir por la mañana tenía la apariencia de una chiquilla pronta a vivir la vida. Imaginé que debía ser uno más de sus vaivenes anímicos, a los cuales de una forma u otra ya me había acostumbrado. Aun así, en algún lugar de mi conciencia sabía que Vera estaba cambiando. También los tiempos lo estaban. Y la idea me entusiasmaba e inquietaba a la vez.

* * *

Dos meses después, una tarde, de vuelta de la Cancillería, encontré un sobre con el membrete de *SUR* en mi casillero. Era el ejemplar con mis poemas que habíamos estado esperando. Vera no había llegado aún. Me di unas cuantas vueltas por el departamento, me preparé una taza de té, y después de recuperar la calma, abrí el sobre de manila y saqué de él la revista. Ahí estaba, la conocida flecha apuntando hacia el sur. Mis poemas venían anunciados en la portada, entre los nombres de Teilhard de Chardin, que escribía sobre la felicidad, y Alberto Girri, que lo hacía sobre la tristeza. En el interior, el título rezaba: «Horacio Infante, una nueva voz americana». Al comenzar a leerlos, me di cuenta de que algo había sucedido. Los versos, desplegados en seis páginas, no estaban dispuestos de la forma en que yo los había enviado. Sentí rabia. Nadie tenía derecho a hacer algo así sin haberlo consultado antes conmigo. Ni la mismísima Victoria Ocampo. No sabía que lo peor estaba aún por venir.

Comencé a leerlos. Podía reconocer las oraciones, las palabras y su sentido último, pero no su espíritu. Alguien había cogido mi poesía y la había descompuesto para volver a componerla bajo el aliento de otro mundo. Golpeé la mesa con el puño con tal fuerza que mis nudillos quedaron resentidos. Encendí un cigarrillo y aspiré el humo varias veces. Leí una vez más los poemas. Los cambios, en muchos de ellos, a primera vista no parecían mayores. Alguna palabra, el orden de una oración. Sin embargo, las intervenciones resultaban radicales y les daban a mis poemas una fuerza de la cual antes carecían. Los transformaban en algo superior. Los leí una y otra vez, y en cada una de esas lecturas los versos se me hacían más extraños. Había invertido meses en cada uno de ellos, sabía por qué y cómo cada palabra había llegado a asentarse en cada verso, los conocía tanto como conocía mi propio cuerpo. Y lo que estaba allí no era mío. Me di vueltas en redondo por la minúscula sala. Escondí la revista en un cajón de mi armario y salí a la calle. No quería que Vera la encontrara al llegar. Corría un viento tibio y caminé hacia el centro. Al llegar a la catedral ya se había largado a llover. Las calles se vaciaban de transeúntes. Entré en un bar de la calle Santo Domingo, un local de forma alargada, que había albergado hasta hacía poco tiempo una barbería, donde me había cortado el pelo un par de veces. Los rezagos de su vida anterior (baldosas blancas en el suelo, dos sillas de barbero instaladas en el centro) le daban al bar un aire rupturista que no terminaba de convencer. Un par de tipos lanzaban dardos sobre una diana. Un hombre en la barra fumaba un puro que despedía su olor denso. Me senté frente al barman y pedí un whisky. Lo que sucedió después es parte de la rutina de cualquier hombre que, azotado por algún acontecer en su vida, acude a un bar a embriagarse. Cuando salí aún llovía. No había traído paraguas. Me puse el sombrero, metí las manos dentro de los bolsillos de mi gabardina y avancé por las calles ya desiertas con la cabeza gacha y una sorda pesadez en el cráneo. Los árboles y las puertas de los edificios, jaspeados por la lluvia, iban surgiendo ante las luces de los faroles. Tardé varios minutos en abrir la puerta principal. Era más de medianoche. Subí las escaleras. Encontré a Vera aún vestida, dormida en el sillón. Su rostro yacía bajo el círculo de luz de la lámpara y tenía un libro sobre el regazo que debió de estar leyendo cuando la venció el sueño. Tuve un horrible sentimiento de culpa. Vera no se merecía que la dejara sola sin siquiera avisarla. Tras las ventanas resonaba con nitidez el fragor de la lluvia. Me tropecé con los zapatos que Vera había dejado en el suelo y perdí el equilibrio. Al intentar recuperarlo, con una mano pasé a llevar la lámpara de pie que estaba junto al sillón y cayó al suelo. Su pantalla de vidrio se quebró en mil pedazos. Vera se despertó de golpe. Su torso erguido parecía el de una esfinge.

—¿Qué pasa? —preguntó.

—Se cayó la lámpara —dije, mientras me disponía a recoger los pedazos que habían quedado desperdigados por el suelo. El viento hizo vibrar las ventanas—. No te levantes, te puedes clavar un vidrio.

—¿Estás borracho? —me preguntó.

—No —dije, y continué reuniendo los trozos.

—¿Qué pasó?

—Nada.

Era incapaz de hablarle de la revista, de los poemas, de la sensación que tenía de estar viviendo un imposible, de mis ansias de despertar de un mal sueño. El mundo entero, incluyendo a Vera, me parecía ahora amenazante. Lo que había ocurrido no tenía una explicación racional. Alguien había adulterado mis poemas, había torcido su naturaleza y los había hecho mejores. Alguien había violado mi intimidad. ¿Quién? ¿Por qué? Le había dado todas las vueltas posibles en las horas anteriores, sin llegar a ningún sitio, y en cada una de esas vueltas, lo que había ido creciendo, además del desconcierto, era la certeza de mi fracaso. La ventana se iluminó por el resplandor de un relámpago.

De pronto lo supe. Fue la rendición en sus ojos, la expresión implorante, su silencio ahogado. Tenía los pies recogidos, cubiertos por la manta, y me miraba sin parpadear. Yo continuaba de pie frente a ella con una mano abierta llena de trozos de vidrio, y por un instante tuve el impulso de comprimir los dedos.

—Fuiste tú, ¿verdad? —sin esperar a que me respondiera seguí hablando—: ¿Por qué, Vera? ¿Por qué lo hiciste? —grité.

Vera se cubrió el torso con la manta. Un trueno resonó cercano.

—Son tus poemas, Horacio.

—No lo son. Y tú lo sabes.

—Yo solo los edité. Ese es el trabajo de los editores, cualquiera lo hubiera hecho. Piensa en las intervenciones que hizo Pound en *La tierra baldía,* o el trabajo que hizo el editor de Fitzgerald con *Tender is the Night,* ¡le dio vuelta cabeza arriba! No digo que haya sido acertado, pero nadie cuestionó lo que hizo, porque esa era su labor.

—¿Podrías dejar de hablar? —le grité.

Di media vuelta, entré a la cocina y arrojé los trozos de vidrio al tarro de basura. Nunca antes había sentido ese cosquilleo, esa energía que subió por mi pecho, ahogándome, y que solo podría aliviar con un golpe, con varios, con el dolor de Vera. Pensé en lo frágil que es la frontera que separa a los hombres decentes de quienes no lo son. Unas astillas de vidrio habían quedado incrustadas en la palma de mi mano y la recorrían finos hilos de sangre. La lluvia había recrudecido, y mi confianza en el resto de los seres humanos se había agotado.

—Horacio —oí que me decía Vera desde la puerta de la cocina—. Era mi regalo secreto. Creí que ayudarte a lograr lo que tanto ansiabas te haría quererme más.

Nos quedamos discutiendo hasta el amanecer. Fumábamos y nos dábamos vueltas por la sala. Caíamos rendidos, y cuando parecía que la discusión se iba a extinguir, la rabia arremetía otra vez. Me reincorporaba y repetía los mismos argumentos: me había trasgredido, me había quitado lo único que me importaba en la vida, me había destruido. Los poemas que tanto habían encandilado a los editores de *SUR*, los que habían roto el cerco de silencio de todos mis anteriores envíos, los que me habían otorgado ese título tan rimbombante y prometedor, los que me abrirían las puertas a reconocimientos que ni siquiera podía imaginar, no eran míos. Le escribiría a Victoria Ocampo revelándole la verdad. Era entonces cuando Vera se levantaba y me decía que estaba equivocado, que no lo hiciera, que si lo hacía destruiría todo, que nos destruiría, que esos poemas eran míos, míos, míos.

Antes del amanecer, la lluvia se detuvo. Con los ojos hinchados, Vera entró al cuarto y sin cerrar la puerta se acostó. Al otro lado de la ventana de la sala una densa niebla borraba lo terrenal y lo humano. Mi departamento flotaba en un mundo gris. Experimenté una peculiar sensación de ingravidez, como si me hubiera salido de mi cuerpo y mirara desde la altura a ese hombre que se movía apenas, como un moribundo. Me quedé dormido en el sillón y desperté un par de horas después con el cuerpo apaleado. Vera aún dormía. Me preparé un café cargado, me senté a la mesa del comedor y escribí la nota que enviaría ese mismo día a la revista, explicándoles lo que había ocurrido. Era la única parcela de dignidad que me quedaba. Me sentía como un hombre que caía desde una cómoda ceguera a una dolorosa lucidez. Guardé la carta en mi maletín junto a la revista y salí a la calle. El ajetreo matutino había comenzado.

38. Daniel

La víspera de la llegada de Gracia no pude conciliar el sueño. Hasta entonces había logrado mantener a raya las interrogantes que me asaltaban con sus puntas.

Rendido ante el insomnio, reconstituí los eventos de los últimos meses, intentando encontrar la espina dorsal que sostenía ese cúmulo de eventos en apariencia dislocados. Estaba convencido de que la respuesta se hallaba en los detalles, en esos gestos y momentos en apariencia irrelevantes, y de los cuales tú decías está compuesta la vida y la literatura. Los hechos eran simples. Gracia me había visto entrar a tu casa con Teresa el domingo por la tarde, la víspera de tu caída, y a la siguiente mañana ella te había visitado por primera vez.

El punto era que estos eventos, que se dejaban enunciar de manera neta, estaban entretejidos en una fina y apretada trenza de engaños. Mi mujer, la misma con quien había compartido una parte importante de mi vida, había guardado dentro de sí un ser secreto. Pero ¿no era siempre así al fin y al cabo? ¿Hasta qué punto somos capaces de conocer al otro? Siempre queda una zona inescrutable, un espacio donde anidan los sentimientos más bajos, un territorio oscuro, que muchas veces no es visible ni a nuestros propios ojos, porque de verlo, el delicado andamiaje que hemos construido a lo largo de nuestras vidas se vendría abajo de golpe.

Sin embargo, esto no resolvía mis interrogantes. Una respuesta obvia saltaba sobre las otras. La denuncia al inspector, aun en el caso de que ella hubiera considerado la posibilidad de que yo mismo se lo hubiese dicho, era su forma de vengarse. Una traición por otra. Ambas brutales. Pero había algo más. A pesar de la inclemencia de mi adulterio, había en su deslealtad un elemento que la volvía más oscura, más intrincada.

Recordé la noche de domingo, cuando después de dejar a Teresa, volví a casa pretendiendo que recién llegaba de mi viaje a Los Peumos. Recordé el rostro dormido de Gracia, la cortina entornada por donde se vislumbraba nuestro jardín, la luz azul de la noche, los liliums sobre la cómoda con su mareador aroma. Recordé también cómo por un instante creí ver los ojos abiertos de Gracia, mirándome. Sin embargo, al yo hablarle se dio vuelta hacia el muro y por su respiración pausada imaginé que continuaba durmiendo. Cuántos horribles pensamientos habrán cruzado esa noche su mente después de haberme visto con Teresa, cuánta rabia y dolor. Por la mañana me levanté más temprano de lo acostumbrado. Gracia se ponía los aros de oro frente al espejo del baño, los que yo le había regalado para su último cumpleaños. La tomé por detrás, enlazando su cintura con mi abrazo. Estaba tensa y con un gesto brusco se desprendió de mí. Sin despegar los ojos del espejo me preguntó cómo me había ido. Le respondí cualquier cosa, inhibido ante su reacción, y en el lavatorio contiguo me lavé los dientes.

—Ya me contarás por la noche. Antes de salir tengo que pagar unas cuentas por Internet —señaló, después de darle un par de cepilladas a su cabello.

Recuerdo haber percibido en su voz una cavilosa ferocidad y en sus gestos un nerviosismo velado. Atribuí ambas señas a mi perspicaz y culposo estado de ánimo y no le di importancia.

Salía a mi trote matinal y vi a Gracia frente a la computadora. Tenía el torso erguido, lo que hacía que su columna se quebrara grácilmente a la altura de su cintura y resaltara la curva que hacía con sus caderas. Sin levantar las manos del teclado me miró. Su expresión, a pesar de su frialdad, contenía una mezcla de impaciencia y piedad. Creí incluso leer sus pensamientos: hasta cuándo seguiría lamentándome por el ya eterno retraso de mi construcción soñada y comenzaría a asumir la realidad. ¡Cuán equivocado estaba! Ese fue tal vez el preciso instante en que decidió encararte.

Gracia siempre te había mirado con recelo y rabia, y a pesar de que más de una vez tú habías intentado entablar algún tipo de contacto, ella se había mantenido firme en su decisión de ignorarte. Había estado tan solo una vez en tu casa. Yo había olvidado mi celular y ella necesitaba resolver conmigo un asunto del banco con urgencia. Recuerdo la ávida curiosidad con que observó todo y luego se marchó.

El único motivo que podía explicar su resolución de cruzar el umbral de tu puerta esa mañana era el de desafiarte. El hecho de que yo hubiera estado allí con mi amante te volvía cómplice de mi traición ante sus ojos. Tal vez incluso te veía como la inspiradora y promotora. Pero ¿qué pretendía?

De pronto lo vi todo con claridad. Gracia llegó alterada a tu casa. Después de verme con Teresa la tarde anterior, no había dormido en toda la noche, y por más esfuerzos que debió de hacer, sus nervios la traicionaron. Seguramente entró por la puerta de la cocina. Ella sabía que estaba siempre sin cerrojo para mí, un hecho que le parecía de una intimidad inaceptable. Tú debiste escuchar algo, y desde el segundo piso tal vez preguntaste: «¿Eres tú, Daniel?»; es probable —como solías hacer— que ya comenzaras a hablarme, como si la conversación se hubiera iniciado mucho antes, o fuera el retazo de un diálogo que había quedado inacabado; es posible incluso que, desde el segundo piso, hubieras mencionado algo de nuestra visita del día anterior con Teresa; tampoco es implausible que Gracia, consternada ante tus palabras, y sobre todo ante lo que hacía, no te hubiera contestado, y hubiese seguido su camino hacia el interior en silencio, sin saber muy bien qué era lo que estaba haciendo ahí, ni lo que esperaba de ese momento. Tal vez el encuentro se produjo cuando tú te asomaste desde el segundo piso, y ella, desde abajo, te miró seria, amenazante. No descarto la posibilidad de que Gracia, con los puños apretados y los brazos cruzados contra su vientre, te insultara e incriminara por el daño que ella estaba segura le habías infligido a nuestro matrimonio. Es probable que te culpara de todos nuestros males, incluso los que te antecedían, los que venían con nosotros desde siempre. Desesperada buscaba a alguien a quien culpar de todo lo que no había sabido resolver o entender. Sí. Tú siempre fuiste para Gracia la culpable, y saber que podía depositar su propia responsabilidad de las cosas en ti le otorgaba, sin ella saberlo, un frágil pero efectivo equilibrio. Es probable que mientras te hablaba, su voz hubiera ido subiendo de tono, que gritando subiera las escaleras. Fui incapaz de vislumbrarla zarandeándote, tú trastabillando y luego cayendo escaleras abajo. Eso no. Porque implicaba ver en Gracia a una mujer más violenta de lo que estaba dispuesto a admitir y a soportar.

Había algo más. Ese escenario me hacía responsable indirecto de tu caída. De ser mis conjeturas ciertas, Gracia había actuado movida por los celos, celos que no eran en absoluto infundados. Tu hogar era mi mundo secreto y en él no solo compartíamos tú y yo nuestros días, sino que también, con tu beneplácito, había entrado mi amante.

Me levanté de la cama de mi estudio y salí al jardín. Era una noche sin estrellas, sin fondo, hecha de una materia sólida y opresiva. El aroma de las flores me asfixiaba. Necesitaba hablar con alguien, compartir estos pensamientos que me ahogaban. No podía sacarme de la cabeza la idea de que Gracia y yo éramos responsables de lo que te había ocurrido. Nunca antes había experimentado tal confusión, tal acorralamiento. ¿Debía hablar con el inspector? ¿Darle los antecedentes para que él la interrogara? ¿Acusar a mi propia mujer? De mi garganta salió una risa ácida que envenenó el aire.

Entré a la casa y me serví un whisky. Me senté en uno de los sillones de la sala, y con la luz apagada esperé a Gracia.

* * *

Me había quedado dormido casi de madrugada, y cuando Gracia llegó por la mañana, yo yacía tendido en el sillón. Abrió las cortinas y fueron los golpes secos de sus movimientos los que me despertaron. Alcancé a verla con los brazos abiertos, sosteniendo ambos extremos de las cortinas, como un Jesucristo crucificado o un alma implorante, sus brazos bien trabajados en el gimnasio y sus finas pulseras de oro destellando con las primeras luces de la mañana.

—¿Qué haces aquí? —me preguntó, cogiendo de vuelta su maleta que había apoyado contra el muro.

—Te esperaba —dije, reincorporándome.

Sabía que debía presentar una imagen deplorable, la que Gracia más detestaba: la de un hombre que ha escogido quedarse al margen, mientras el mundo y sus afanes continúan su curso. Me retiré el pelo desordenado de la frente y la miré. Ella no rehuyó mi mirada.

—Tenemos que hablar, Gracia.

—Estoy agotada. Apenas dormí, es un vuelo horrible, salí de Lima a las dos de la mañana.

—Preparo café. Yo tampoco dormí mucho.

—Así veo —salió de la sala y la oí subir las escaleras.

Entré a la cocina y me dispuse a preparar el café. Confiaba en que Gracia acudiera a mi llamado. No podíamos seguir disimulando. Había llegado el momento de enfrentarnos, ella con sus culpas a cuestas, y yo con las mías. Bajó al cabo de un rato. Yo la esperaba sentado a la mesa de la cocina. Se había puesto unos jeans y una camiseta blanca que dejaba entrever sus pezones erguidos.

—Aquí estoy —dijo, cogiendo su pelo lacio y torciéndolo en un nudo a la altura de su cuello, que al segundo se deshizo cayendo en cascada sobre sus hombros. Se quedó un instante inmóvil, los ojos hundidos en el lavaplatos. Luego levantó lentamente la cabeza y me miró con una expresión de desprecio que me hizo flaquear. Se sentó en una silla frente a mí y del bolsillo de sus jeans sacó una cajetilla de cigarrillos.

—Has vuelto a fumar —comenté.

Ella sonrió irónica, dejando ver que yo había sucumbido a vicios mucho más serios que el suyo. Encendió el cigarrillo y se levantó en busca de los ceniceros que hacía ya un tiempo habían quedado abandonados en un cajón de la cocina. Sacó uno, el más grande, y lo puso desafiante sobre la mesa. Pensé que al levantarse notaría los frascos sobre las repisas con las setas en vinagre y el dulce de castañas que había preparado para la cena del Transatlántico, pero no hizo comentario alguno.

—Solo por unos días —señaló al sentarse.

Un silencio vigilante y oscuro se extendió por la cocina. En mis disquisiciones nocturnas no me había detenido a pensar en cómo la enfrentaría.

—Te escucho —dijo, y cruzó una pierna sobre la otra. Había roto el silencio, tomando, aunque de forma precaria, el control.

La única posibilidad de afrontar una situación así era apuntando directamente.

—Gracia, tú entraste a la casa de Vera esa mañana. ¿Qué ocurrió ahí?

La miré de frente, necesitaba escudriñar cada uno de sus gestos, de sus inflexiones. Mis sentidos se aguzaron. Algo se aproximaba. Todo mi ser se detuvo para absorberlo.

—¿Cómo sabes eso? —se echó hacia adelante. El cigarrillo temblaba de forma casi imperceptible entre sus dedos. Gracia había logrado controlar la expresión, también la voz, pero no su cuerpo.

—Alguien te vio —mi voz resonó brusca, cortante.

—¿Y puedo saber quién es ese «alguien»?

—Tú no lo conoces.

—Un desconocido —dijo con la mirada enterrada en la mesa.

—En cierta forma, sí, un desconocido.

—Y ese desconocido me acusa de haber entrado a la casa de Vera —no podía ver la expresión de sus ojos, pero sí las sienes que latían.

—No te acusa, solo lo atestigua.

—Y tú le crees —dijo alzando la cabeza.

—No veo por qué no habría de creerle.

—Y si yo te digo que nunca estuve allí, ¿también me creerías?

—No —repliqué tajante.

Por un leve temblor en su barbilla supe que negarme a creer sus palabras la había golpeado. Mi descreimiento era la última traición, y rompía definitivamente el lazo que nos había unido. Se levantó de su sitio y se acercó a la ventana. Tenía el cigarrillo sujeto en una mano y la otra cruzada en su cintura. De espaldas a mí, su figura esbelta parecía estar rodeada de un halo de luz.

—No es lo único que querías decirme, ¿verdad? —me preguntó desde ahí, sin voltearse.

—Por supuesto que no. Hay otras cosas.

—Como que tienes una amante —dijo, aún dándome la espalda.

—La tuve.

—Ya veo. Al parecer para ti todo es muy simple. «La tuve», dices tan campante, y ya. Como si tener una amante fuera el asunto más natural del mundo.

Observé la batalla que se libraba en su interior. No me gritaría ni perdería el control como otras veces. Tampoco se pondría a llorar. Miró la ceniza que estaba a punto de caer al suelo, como si hubiera olvidado que estaba allí.

—No lo es. No es simple y me avergüenzo de ello.

—Y si te digo que sí, que te vi el día anterior entrar a su casa con tu amante, que estuve en casa de Vera, que...

—¿Qué, Gracia? ¿Qué?

—Que toqué su puerta y que nadie salió a abrirme, que me quedé aguardando unos momentos, que pensé entrar por la puerta trasera, la que dejaba siempre abierta para ti, pero que luego desistí, y simplemente me subí a mi auto y partí.

—¿Fue así como ocurrieron las cosas?

—Después tú me llamaste, y me contaste lo que había ocurrido.

—¿Y?

—Y sentí miedo.

—¿Miedo de qué?

—De que pensaras lo que estás pensando. No me tomes por una imbécil.

—¿Y por eso le hablaste al inspector de mi amante y de nuestra visita la tarde anterior?

—Conmigo no puedes jugar, Daniel, porque yo siempre te voy a ganar. Siempre.

Nunca imaginé que Gracia y yo nos hablaríamos así. Era el tipo de diálogo que escuchábamos viendo las películas, tomados de las manos y comiendo palomitas de maíz, y que pertenecía a otro mundo, a otras personas, a aquellas que se hacían daño las unas a las otras, que vivían en guerras privadas que les consumían la vida. Pero no nosotros. Porque siempre imaginamos que habitábamos una parcela única y particular, mientras los otros allá afuera se revolcaban en su ignorancia, en su desidia y en su mezquindad. La realidad, pensé, no se hace real hasta que echa la puerta abajo, y entra. Al fin y al cabo, estábamos hechos de la misma materia que aquellos que mirábamos con altanería y desprecio. Nuestra isla había sido un mero espejismo. Estos pensamientos me ensombrecieron y fui incapaz de seguir discutiendo con ella. Lo que finalmente me derrotó fue que la versión de Gracia y la del vagabundo difirieran en algo esencial. Según él, Gracia había entrado a la casa. Según ella, solo había alcanzado a tocar el timbre. Si Gracia estaba mintiendo, era porque lo que había ocurrido allí dentro era inconfesable.

La batalla estaba perdida, por ella y por mí. Ahora estábamos solos. Permanecí en silencio, luego tomé mi taza y la dejé en el lavaplatos. Cuando volví a sentarme, noté que los liliums habían comenzado a botar su polen amarillo sobre la superficie de madera de la mesa.

—Dime algo —dijo Gracia.

El aire que compartíamos se había endurecido.

—No sé qué decirte.

Me recliné en la silla. Todo comenzó a distanciarse. Como si mirara por la escotilla de un barco que se aleja hacia alta mar. Atrás quedaban Gracia con sus pulseras que ahora, al encender otro cigarrillo, se golpeaban en el silencio. Atrás quedaban sus aspiraciones y sus utopías que no habían sido nunca las mías. Estaba fuera de su círculo, había saltado al otro lado.

Nunca sabría la verdad de lo que había ocurrido en tu casa. La versión de Gracia pujaría en mi conciencia contra la del vagabundo, hasta que una de ellas, por algún motivo —una nueva evidencia o una renovada convicción—, se impusiera sobre la otra.

39. Emilia

Daniel me llamó temprano. El corazón de Vera se había detenido por la madrugada.

—Se fue en los sueños —oí que me decía.

Imaginé ese último latido, igual a los otros, y luego se había ido. Se había ido. Se había ido.

Estaba de pie, apoyada en el muro de mi cuarto, y las piernas me flaquearon. Antes de verla postrada en la clínica, había estado con Vera tan solo una vez. Y sin embargo, el impacto del dolor fue tan fuerte como el de alguien disparando desde el interior de mi cuerpo. ¿Por qué dolía tanto?

Lo dije en voz alta:

—¿Por qué duele tanto?

Ambos guardamos silencio. En un techo vecino las palomas se disputaban a picotazos un trozo de pan. Su lucha descarnada me insultaba.

—¿Dónde está? —pregunté al cabo de unos segundos. Oía respirar a Daniel al otro lado de la línea.

Imaginé uno de esos sitios anónimos que llaman «morgue», donde depositan los cadáveres desnudos. La impasible superficie de metal, la sábana blanca. Un ramalazo de aire frío se coló entre mis huesos y mi piel, como una cámara de hielo.

—¿A qué hora ocurrió? ¿Había alguien con ella? ¿Estás seguro que no sintió dolor? Dime, dime —le imploré.

Necesitaba defenderme de la muerte inmovilizándola con hechos y detalles concretos.

—Ya te contaré todo.

Otra vez callamos. El silencio era una oquedad donde ninguno de los dos estaba a salvo, pero era la única forma de expresar lo que sentíamos.

Quise evocar a Vera, pero mis recuerdos de ella eran casi todos imaginados. Me vi tomada de su brazo caminando a paso firme. ¿Hacia dónde? Cruzamos una colina amarilla, cerca del mar, y luego una plaza, la plaza de Grenoble; la mano de Vera asida a la mía, en la otra, su paraguas negro; Jérôme desapareciendo en un recodo de la calle, a lo lejos las campanadas de la iglesia, la lluvia; el paraguas de Vera abriéndose.

Me quedé anclada en esa última imagen, temerosa de salir de ella hacia el dolor.

—¿Estás ahí? —me preguntó Daniel.

—Aquí estoy.

El sonido de la sirena de una ambulancia irrumpió por la ventana. Ruidosa y limpia.

Quedamos de encontrarnos en una hora en la clínica. Me vestí con una camisa blanca y falda negra. El frío seguía aprisionado en mi interior. Cuando salí, las carpas blancas, expectantes ante la cena de esa noche, ondeaban sin discreción con la brisa de la mañana.

Caminamos uno hacia el otro por el pasillo de la clínica. Sus ojos enrojecidos me miraban. Cuando estuvimos frente a frente, él se quedó ante mí, los brazos caídos a lado y lado, en un gesto de derrota, como si la entera responsabilidad de lo que le había ocurrido a Vera recayera sobre él. Cerró los ojos y apretó los labios, conteniendo acaso un sollozo, y entonces yo lo abracé y él dejó caer su cabeza sobre la mía.

Su cuerpo latía y temblaba.

Permanecimos así, uno aferrado al otro. Por primera vez experimentaba una intimidad en la cual el calor de otro ser, en lugar de herirme, me resultaba imprescindible.

Entramos al cuarto de Vera. Aunque sus ojos estaban cerrados, y su rostro se había vaciado de toda expresión, su presencia era intensa. Junto a ella, su vida en esos meses permanecía intacta: sus fotografías, los potes de crema con que lubricábamos su piel reseca, las últimas alstroemerias amarillas que yo le había traído el día anterior y que ahora respiraban el halo opresivo de la muerte.

Daniel hizo a un lado la bolsa de suero y se recostó a su lado. Pasó la mano por su cabello cano.

—¿Y ahora qué? —preguntó en un susurro.

Cerró los ojos y las lágrimas se escaparon entre sus pestañas. Salí al pasillo. No podía soportar su tristeza. Cuando volví a entrar, al cabo de un rato, Daniel estaba de espaldas ante la ventana. Me acerqué a él y cogí su mano.

Ahí estábamos, Daniel y yo, unidos de una forma que ninguno de los dos podía sopesar en ese instante.

—¿Qué piensas? —me preguntó.

Alcé su mano y la mía juntas.

—Vera nos trajo hasta aquí. Ahora tenemos que seguir.

Recordé el crujir de las carpas blancas, como las de un barco pronto a zarpar.

—¿Con todo? —me preguntó.

—Sí, con todo.

—No creo poder hacerlo, Emilia.

—Sí puedes —dije, recordando las palabras que hacía un siglo había pronunciado Jérôme—. Sí puedes —repetí.

40. Daniel

Ya en mi adolescencia había entendido lo ingenuo que resultaba darles un sentido a los acontecimientos bajo el rótulo de «coincidencias». Las cosas ocurrían de cierta manera, e intentar hallar en ellas un diseño oculto era una forma fútil y mentirosa de hacer significantes las banalidades de la vida. Pero no podía obviar el hecho de que tú nos habías dejado la madrugada del día que zarpaba nuestro Transatlántico. De pronto entendí esa necesidad, humana al fin, de darle un sentido a aquello que hiere, de amortiguar el dolor, otorgándole a la desgracia una dimensión más grande que nosotros mismos. Quise creer que Emilia estaba en lo cierto, y que la única interpretación —de haber alguna— era que, prontos a levantar anclas, te habías permitido por fin descansar. Sin embargo, a pesar de estos pensamientos, era incapaz de seguir adelante con la cena de esa noche. En algún lugar de mi conciencia había albergado la ilusión de que un día despertarías. Nunca llegué a imaginar tu muerte. Te sentía inmortal. Tú eras la fuerza, la voluntad, la determinación. Y al igual que en tu cuento de las siamesas, al partir te habías llevado el sueño contigo. El Transatlántico ya no tenía sentido. Tal vez lo había concebido para ti, para que desde tu silencio pudieras verme embarcado en un sueño. No sé. Ahora lo que quería era cerrar los ojos. Que no te escaparas de mí. Necesitaba silencio. Era incapaz de encontrarme con todas esas personas. Era incapaz de seguir. Emilia y yo discutimos por primera vez. Saqué el celular del bolsillo para comenzar a desmontarlo todo, cuando cogió mi muñeca y me lo quitó de la mano.

—Lo haré yo —dijo—. Entiendo que no puedas, pero yo sí puedo hacerlo. Está todo prácticamente listo. Ahora hay que terminarlo.

—Pero es mi proyecto y yo no quiero seguir adelante —dije casi gritando. Estábamos en el pasillo. Habíamos salido afuera cuando comenzamos a discutir.

—También es mío —dijo con firmeza.

No tenía fuerzas para seguir discutiendo. Emilia entró a tu cuarto y yo me quedé apoyado contra el muro del corredor, aturdido. Al cabo de un segundo volvió a salir con su bolso colgado del hombro.

—Lo haré por los dos —dijo, y echó a andar por el pasillo hacia el ascensor.

41. Emilia

Juan y Francisco me aguardaban nerviosos y sobrecogidos.

Antes de que Daniel decidiera no continuar, los había llamado para contarles lo sucedido, y ellos, sin vacilación, se habían ofrecido a ocuparse de los últimos quehaceres.

A pesar del arresto que había mostrado ante Daniel, me sentía perdida y sola, como si alguien me hubiera arrojado a un páramo. Hacía horas que se habían llevado a Vera a la sala mortuoria, pero Daniel estaba decidido a pasar la noche en la clínica. Quería estar cerca de ella.

—¿Cómo está tu amigo? —me preguntó Juan.

Juan y Francisco no habían conocido a Vera, ni tampoco a Daniel, pero sabían que mi vida giraba en torno a ellos.

—No quiere despegarse de Vera —dije, y se me quebró la voz.

—Tú no te preocupes, hemos avanzado bastante —dijo Francisco—. Mira, vinieron a poner el resto de las mesas.

Recién en ese momento me percaté de las mesas agrupadas en el borde de la azotea y los manteles blancos que ondeaban con la brisa. Las sillas, todas diferentes y de formas simples, provenían de diversos anticuarios. Sobre la gran mesa de madera que Daniel había diseñado, había tres jarrones de loza ribeteados de azul, colmados de geranios y rosas.

Flores que representaban la vida y la muerte.

Los dos jóvenes que habíamos contratado para que ayudaran a Daniel con los últimos detalles de la cena aparecieron al cabo de un rato. Daniel había dejado prácticamente todo preparado el día anterior, y ellos podrían terminarlo. Así lo hicieron. En tanto, Francisco, Juan y yo nos abocamos a las últimas labores. Durante lo que quedaba de la tarde fueron llegando el resto de las flores, la vajilla, los candelabros. Un ejército de personas que se movía tras la bruma de mis ojos.

En un instante me escabullí a mi pieza y me puse el atuendo que había comprado en una tienda de ropa de segunda mano para la ocasión. Era un vestido de gasa color arena, cuyas flores dispersas parecían haber sido arrojadas al azar sobre la tela. También abrí mi computador y le escribí a Jérôme contándole el deceso de Vera. Era el tercer mail que le enviaba desde que recibiera su carta. El primero iba vacío, y en el segundo, al cabo de una semana, le decía que estaba bien. Que no se preocupara por mí. Jérôme, en cambio, había reanudado sus mails. En ellos me contaba esas insignificantes vicisitudes que habían constituido nuestra vida. Me era difícil entender por qué lo hacía. No me hablaba de la mujer, pero tampoco me decía que había terminado con ella. Yo los leía rápido, intentando que sus palabras familiares no me hirieran ni hicieran andar mi imaginación en direcciones que después lamentaría.

A las nueve Juan y yo comenzamos a recibir a los primeros invitados. Apenas entraban preguntaban por Daniel. Juan, con sus modales de barón, les explicaba que había tenido un inconveniente. Hablaba con cada uno en un tono bajo, cargado de complicidad, dando a entender que Daniel atendía importantes asuntos, y que debían sentirse privilegiados de que él los hubiera invitado, aun cuando no pudiera acompañarlos.

Mi cuerpo se movía, reaccionaba y hablaba, pero yo no estaba ahí. Por instantes me ahogaba. No podía dejar de ver el tenebroso aleteo de la muerte tras cada gesto, tras la cadencia de la música, tras los brillos que arrojaban las decenas de velones encendidos. Y sin embargo, a medida que se deslizaba la noche y los platos que Daniel había preparado con tanto esmero se sucedían unos a otros, sencillos y espléndidos a la vez, su sueño iba tomando cuerpo.

Pero él no estaba allí para verlo.

De tanto en tanto, en ese continuo ajetreo, me topaba con Juan o Francisco, y debían ver mi desamparo, porque se quedaban mirándome, y cerraban los ojos por un segundo, suspirando, y luego continuaban.

A excepción de la señora Espinoza, que llegó escoltada por Efraín, el jardinero de la biblioteca, todo ese mundo me resultaba extraño. Un Santiago que en el restringido perímetro de mis andanzas no había conocido. Mujeres esbeltas y bronceadas de cabellos largos, que entre plato y plato se paseaban con sus cigarrillos en la mano, expulsando el humo hacia la noche, como si esperaran algo de ella; hombres que se palmoteaban las espaldas y que cabalgaban de un tema a otro sin detenerse en ninguno. La luna parpadeaba y el Transatlántico se internaba en la noche. Seguí moviéndome de un lado a otro. Trayendo, llevando, asintiendo y agradeciendo, mientras mis ojos vueltos hacia adentro miraban a Daniel.

En un instante, un hombre hizo tintinear su copa y detuvo las conversaciones. Una vela robusta iluminaba su rostro. Era delgado, de cabello lacio, y hacía pensar en un campeón de polo o un terrateniente que ha pasado largas temporadas expuesto al benévolo sol del Mediterráneo. A su lado, una mujer de piel muy blanca se movía ansiosa en su sitio. El hombre habló de Daniel. No recuerdo sus palabras. Pero sí recuerdo que su ausencia lo había hecho crecer hasta convertirse en una suerte de héroe. El héroe que en algún lugar remoto libraba una batalla. Y así era.

Fue en ese instante, mientras las palabras del hombre rompían la noche, que me escabullí a mi cuarto y lo llamé.

—Hola —dijo.

—¿Qué haces? —le pregunté.

—Vera quería que la cremaran —señaló, sin responder a mi pregunta.

—Mañana veremos todo eso —dije con esa cadencia suave con la que se les habla a los niños cuando están atribulados—. ¿Cómo te sientes? —le pregunté.

—Vino mucha gente. Se llenó de prensa. Mañana va a aparecer en todos los diarios.

—¿Sigues en la clínica?

—Estoy muy cansado —replicó. Hablaba en su propia frecuencia. No preguntó por la cena. Todo lo que estaba más allá del círculo de la muerte no existía para él.

—No te alejes de mí —dije con la voz quebrada—. Eres lo único que tengo, Daniel —afuera la música se había reanudado y el crucero continuaba su viaje de fiesta.

En medio de esa tristeza tuve la impresión de que Daniel y yo caíamos por una galería de silencio. Tal vez era el mismo lugar hacia donde en ese momento se movía Vera. Pensé que la vida y la muerte se encontraban en un punto, y que este era el punto de mayor conciencia. Había que apresarlo, para más tarde, cuando la inmediatez de la pérdida hubiera quedado atrás, descifrar su significado. Quise gritarle: «¡Escúchame, escúchame!». Quise abrazarlo, sentir su calor, unir mi cuerpo al suyo en ese viaje que hacíamos hacia la inmutable serenidad.

—Aquí estoy —dijo Daniel—. Aquí estoy —repitió.

* * *

Después de que todos hubieron partido, Juan y Francisco se quedaron conmigo en la azotea. Temían dejarme sola. La velada, según ellos, había sido un éxito.

—Nadie quería irse, pensé que íbamos a tener que amanecer aquí. ¿Viste cómo comentaban la comida? Estaban todos fascinados. Qué pena que tu amigo Daniel no hubiera recibido él mismo los elogios —dijo Francisco.

Hablaron largo rato y sus voces me apaciguaron. Yo no tenía conciencia de lo que había ocurrido, pero creía en sus palabras. Lo habíamos logrado. Y era triste que Daniel no lo supiera.

Una vez que estuve sola lo llamé.

—Vengo llegando. Estoy en tu puerta. Ahora subo —me dijo apenas escuchó mi voz.

A los pocos minutos estaba frente a mí. Nos abrazamos. Sentí una suerte de liberación, pero a la vez me supe atrapada. La tristeza se confundía con la necesidad imperiosa de sentir el cuerpo vivo de Daniel. Las luces de las velas agonizaban, proyectando sus sombras sobre las mesas y sobre el fondo oscuro de la noche. Entramos en mi cuarto sin palabras. Pero era otro cuarto, otro tiempo, y yo, acaso, otra la mujer que me sentaba en el borde de la cama y aguardaba.

Vinieron labios en mis pechos, en el interior de mis manos, en mi vientre, en los hombros, entre las piernas, hasta que Daniel empujó con fuerza, emitió un gemido, y sus ojos se fueron a blanco, desplomándose sobre mí como un saco al cual le hubieran desatado el nudo y cuyo contenido hubiese rodado por el suelo. Me impactó el hecho de que yo pudiera generar ese desenfreno y luego esa rendición. Un líquido cálido escurrió entre mis muslos.

Ese día tuvo dos muertos: Vera y mi mal.

42. Daniel

Tan solo una vez habíamos tocado el tema tú y yo. Preparabas un pisco sour en la cocina, y de espaldas, sin darme la cara, lo mencionaste. Querías ser cremada y que tus cenizas fueran arrojadas al mar. Sin embargo, no siendo yo un familiar, necesitaba algún documento que atestiguara tu voluntad. Al día siguiente entramos con Emilia a tu casa, y por primera vez, con la clave que tú me habías dado, abrí tu caja fuerte. Tal como tú me lo anunciaras, en su interior había un sinfín de papeles. Entre ellos encontramos el certificado de nacimiento y de defunción de tu hijo Julián, junto a una fotografía suya en el observatorio de Niza. Era la primera vez que veía una imagen de tu hijo. Me impresionó la fuerza de sus ojos negros y la fragilidad que despedía su cuerpo largo y delgado.

—¡Qué increíble! Mis padres trabajaron allí —dijo Emilia en un susurro—. Antes de que yo naciera.

Se quedó mirando la fotografía y luego le dio vuelta. En el reverso estaban escritos los nombres de algunas estrellas.

—Al parecer, Julián heredó el interés que tenía su madre por los astros —dije.

—O quizás es al revés y el interés de su hijo despertó el de Vera —señaló Emilia.

Junto a los documentos y la fotografía de Julián, hallamos tu certificado de matrimonio y el de nulidad con tu único esposo, Manuel Pérez. Esa mañana en la prensa, había salido su nombre y su historia junto a la tuya.

Estabas, con una rapidez abismante, en las páginas de los diarios del mundo. Ya habían aparecido quienes proclamaban que debieron otorgarte el Premio Nacional de Literatura, y prominentes académicos del mundo lamentaron que no se te hubiera dado el Nobel.

Junto a los documentos encontramos una carpeta gris en cuyo interior había unos poemas escritos con tu inconfundible caligrafía. Emilia se sentó en el borde de tu cama y se detuvo a leerlos. Mientras lo hacía, comenzó a golpear los papeles con los dedos.

—¿Pasa algo? —le pregunté.

—Son los poemas de Horacio Infante. Los que lo catapultaron a la fama.

—¿Y por qué están aquí?

—Porque fue Vera quien los escribió —su voz sonaba alterada.

—¿Qué dices? —pregunté incrédulo.

—¿Recuerdas mis investigaciones que no me conducían a ningún lado?

Yo asentí.

—Había llegado a sospecharlo, pero esto es prácticamente una evidencia. No cabe duda de que fue Vera quien los escribió.

—¿Estás segura?

—Es la letra de Vera y son muy diferentes a los que Horacio había publicado antes y a los que les siguieron. Infinitamente superiores.

Emilia volvió a mirar los papeles que tenía entre sus manos y continuó:

—Muchos años después, Horacio publicó tres poemarios cortos que recuperaban la singularidad de estos poemas, y que lo volvieron a hacer brillar. Quizás esos poemarios también fueron escritos por Vera. Tal vez en esa amistad que duró tantos años hubo un pacto en el cual Vera le regaló su genialidad poética a Horacio.

—Pero si ella los hubiera publicado con su nombre habría cosechado la fama de Horacio.

—Y los incontables premios, los recitales a lo largo del mundo, las becas de las fundaciones americanas y europeas, todo lo que le permite a Infante la vida holgada y vistosa que lleva —agregó Emilia.

—Justamente.

—Pero tal vez no era a lo que aspiraba Vera. La poesía de Horacio o de Vera —aclaró—, siendo notable, posee una llaneza de la que la obra de ella no solo carece, sino de la cual quería escapar. Vera estaba siempre indagando en los bordes de la palabra, aunque la innovación en sí misma no tenía para ella ningún valor. Lo dice en sus entrevistas. No dio muchas. Pero en todas fue enfática en esto.

—Sí, recuerdo que solía decir que para escribir un texto sin la letra e, sin comas, o sin lo que sea, no se necesita talento, ni tampoco para escribir un texto incomprensible.

Emilia rio y siguió hablando con entusiasmo.

—¡Claro!, me suena muy de ella. Vera buscaba una libertad más verdadera, la de descubrir que se es libre creativamente. Y el resultado es una obra exigente, que está llena de laberintos y de significados.

—Por eso deja en ti una suerte de inquietud, de desasosiego.

—Exacto. Yo creo que las poesías que escribió para Horacio eran para ella un divertimento, le brotaban con facilidad y no las consideraba válidas.

Le pregunté si quería quedarse con los poemas, pero ella me respondió que no, que podía verlos más tarde, que ahora debíamos encontrar lo que buscábamos. Se levantó de la cama y mientras introducía los papeles de vuelta en la caja fuerte me dijo:

—Daniel, en el almuerzo Horacio le pedía a Vera estos manuscritos. Son la única prueba de la verdad. Sí, sí, estoy segura, él tenía que saber de su existencia. Esa mañana Horacio fue en busca de estos papeles.

—Es posible.

Unas horas antes el inspector Álvarez, enterado de tu deceso, me había llamado al celular. Hacía semanas que no había tenido noticias suyas. Me daba sus condolencias y me informaba que el caso había sido cerrado por sus superiores debido a la falta de pruebas que confirmaran mis sospechas. Eso no significaba que no pudiera ser abierto más adelante, en la eventualidad de que surgiera alguna nueva evidencia, pero por ahora esa era la situación, y no había nada que él pudiera hacer para remediarla. Pensé en Gracia. Tuve el impulso de contarle a Emilia mi conversación con el vagabundo y las conclusiones a las que había llegado, pero no lo hice. Tal vez nunca lo haría. Si efectivamente Gracia había intervenido en tu caída, destruirle la vida, acusándola frente a la policía, no era lo que tú hubieras deseado.

—¡Hay un cuento! —exclamó Emilia—. Un cuento de Vera que lo revela todo. Trata sobre una pareja de matemáticos. Sí. Ahora lo veo tan claro, Daniel. Es increíble.

Emilia me contó someramente la historia del matemático cuya esposa le revela las fórmulas que él se ha pasado una vida buscando.

—Recuerdo una de sus últimas frases —dijo Emilia—. Cuando el matemático, al mirar los papeles de su mujer donde ella ha desplegado las fórmulas, entiende que ella posee algo que él nunca podrá siquiera atisbar.

Seguimos buscando y entre los documentos bancarios, hallamos un certificado que habías firmado ante notario donde profesabas tu deseo de ser cremada. También encontramos tu testamento. Era escueto y preciso, como todo lo que te importunaba y relegabas a un rincón. Estaba fechado un año antes. Me dejabas tus pertenencias, incluida la casa y los manuscritos que hallara allí, y una suma de dinero que guardabas en un banco suizo. Me encomendabas el cuidado de Charly y Arthur. Tu testamento terminó de desarmarme.

Una vorágine de trámites nos había cogido desde la madrugada y no nos había soltado. Habíamos perdido la noción del tiempo y de nosotros mismos. Pero ahora que ya teníamos el papel que necesitábamos en las manos, y que el curso de los eventos estaba trazado, la aflicción se dejaba caer sobre nosotros nuevamente con todo su peso negro, con su olor negro y su tacto de hollín negro.

* * *

Ya estás en el océano. El botero nos llevó mar adentro y luego nos pidió que nos sentáramos mirando hacia la orilla. Un brazo dorado de arena se recostaba a lo lejos. Si arrojábamos tus cenizas hacia el horizonte, nos advirtió, el viento las levantaría. Y así lo hicimos. A pesar de eso, al momento de volcar la caja que contenía tus cenizas, una brisa se levantó de pronto y parte de ellas retornó a nosotros, pegándose a nuestras manos, a nuestros rostros. Nos miramos angustiados. Como si la muerte nos hubiera alcanzado con sus garras grises para llevarnos consigo. Nos lavamos en el agua salada. De pronto nos largamos a reír. El botero nos miró desde el otro extremo de su barcaza sin curiosidad. Era una risa que expresaba mil cosas, y entre ellas lo profundo que había llegado a ser nuestro lazo. Emilia sacó del bolsillo de su falda un papel que había doblado en cuatro y también lo arrojó al mar. No le pregunté qué contenía.

Tal vez era algo que ella hubiera querido decirte, un secreto que añoraba se fuera contigo a alta mar. O quizá te hablaba de nosotros. Tuve unas ganas inmensas de saber qué sentía, qué significaba para ella lo que había ocurrido entre nosotros la noche del Transatlántico. Una bandada de pájaros surcó a lo lejos nuestro campo visual. Toqué su boca con la punta de mis dedos y ella sonrió tristemente. Volvimos cuando el sol se ponía tras nosotros. Emilia llevaba en la cabeza un cintillo de carey que refulgía con los últimos rayos del sol. Sobre el sereno azul del mar nuestro bote se desplazaba hacia la playa como un pequeño animal prehistórico.

43. Horacio

La naturaleza humana, con su pequeñez, tuerce hasta las más férreas resoluciones. No había sido yo el único que leyera el último número de *SUR,* y en los siguientes días recibiría un sinfín de cumplidos. La carta que le había escrito a Victoria Ocampo, después de una semana, seguía dentro de mi maletín junto a la revista. Y desde allí, desde su lugar oculto, despedía un olor putrefacto. Si alguien me daba su parabién, alguien que ni siquiera había leído mis poemas ni conocía la revista, pero que había oído a fulano o a zutano hablar de mí, un particular veneno circulaba por mis venas, veneno que seguramente asomaba en mi sonrisa cínica, en la forma afable y entusiasta con que recibía las palabras de aliento, en la falsa humildad que generaba simpatía y más halagos. Un veneno que empezaba a transformarme en otro ser.

Vera y yo apenas nos topábamos, y si lo hacíamos no nos dirigíamos la palabra. Yo había vuelto al sillón verde oliva, como en el tiempo en que Julián vivía con nosotros. Salía temprano mientras ella aún dormía, y por las tardes, sin pasar por casa, enfilaba hacia el bar de los dardos, me sentaba en la barra y pedía un whisky. A veces cuatro o cinco. Mi intención era salir de allí borracho, detener el flujo del veneno y llegar a mi departamento lo más tarde posible para no tener que mirarle la cara a Vera. Más de una vez entreabrí la puerta del cuarto, y apenas iluminado por la luz que se filtraba desde la sala, observaba su cuerpo entre las sábanas. El deseo que experimentaba por ella no había aminorado ni un ápice, incluso se había exacerbado. La amaba y la odiaba a la vez. La necesitaba y la despreciaba. La admiraba y la envidiaba. Sí, la envidiaba. Envidiaba el don que la había llevado a ver lo que yo nunca podría siquiera vislumbrar. Ese algo que transformaba un texto medianamente bueno en uno extraordinario. Y no era tan solo la lucidez que Vera poseía con las palabras, era algo mucho más hondo, algo que yo ni siquiera sabía cómo empezar a buscar.

«Visual», «muscular», «emocional» eran las palabras que había usado Einstein para explicar de dónde provenía su forma particular de pensamiento. Nunca hasta entonces había entendido a qué se refería. El conocimiento y los productos de la razón, como las matemáticas y la física, eran sus soportes, pero su genialidad provenía de otro lugar. Un lugar que Vera conocía bien.

Una noche en el bar, mientras observaba el mismo paisaje de todos los días: el barman y sus malabarismos, las botellas tras sus espaldas, el espejo de muro a muro que reflejaba el ambiente humoso del local, saqué por primera vez la revista de mi maletín. Al leer los poemas, sentado en el mismo taburete de todos los días, volví a experimentar los sentimientos de la tarde fatal, pero amortiguados esta vez por el efecto del alcohol y del paso de los días. Los leí varias veces y de pronto me encontré declamándolos en voz alta. Tres mujeres conversaban en una mesa próxima a la barra, dos tipos sentados a un par de taburetes del mío bebían solitarios, y un grupo de oficinistas jugaba a los dardos. Fueron las mujeres quienes primero interrumpieron su charla y fijaron su mirada en mí. Rondaban los cuarenta y tenían la apariencia de mujeres de mundo. Una de ellas, a pesar de un leve aspecto gastado, resultaba incluso atractiva. Su mirada azuzó mi coraje y levanté más la voz. Luego vinieron los tipos solitarios, y al cabo de unos minutos, todos, incluyendo el barman y una chica que lavaba las copas en un rincón, habían detenido sus quehaceres y me escuchaban atentos. El hombre que yo había sido hasta entonces no habría podido hacerlo. Su naturaleza reservada y un sentido exacerbado del ridículo se lo hubieran impedido. Pero ese tipo de rostro aún joven que se reflejaba en el espejo de la barra, que gesticulaba y proyectaba la voz como un actor aficionado, no era yo.

Un par de días después, al llegar al departamento, desde el pasillo vi que Vera tenía aún prendida la luz del cuarto. Esa mañana yo había recibido una carta de la editorial Nascimento. Estaban interesados en publicarme. Para ello necesitaban que les enviara mi próximo proyecto. Pero yo no tenía ningún proyecto. Tal vez eso era lo que más resentía. Vera me había despojado de futuro. En las escasas ocasiones que nos hablábamos, le había vuelto a preguntar por qué lo había hecho, y su línea de argumento había permanecido férrea: su intervención sobre mis poemas era superflua y lo había hecho por amor.

—Horacio —oí que me llamaba desde el cuarto.

Tenía los nervios adormecidos por el alcohol. Me saqué la chaqueta, la colgué en una silla del comedor y entré al cuarto. Vera estaba dentro de la cama, tenía las rodillas levantadas y un cuaderno sobre ellas. Su boca grande e inusualmente pálida destilaba inquietud. Percibí su olor, el que siempre había excitado mis sentidos, pero que esta vez me dolió. Se veía cansada.

—El próximo mes se inaugura una retrospectiva de Francisco Matto y me ofrecieron viajar a Montevideo a entrevistarlo.

Me miraba con una mezcla de piedad e impaciencia.

—Me parece muy bien —señalé.

Ella agitó los hombros, como si algo hubiera caído sobre ellos y quisiera desprenderse de su peso.

—¿No te importa que viaje? —me preguntó.

—¿Por qué me preguntas a mí? Es tu vida —señalé con intencionado desprecio.

—Entonces parto el viernes.

Sus palabras sonaron secas y precisas, como los dardos en el bar cuando daban en el blanco. Los brutales sentimientos que había albergado todas esas semanas llenaban la habitación, al punto que me costaba respirar. Necesitaba salir de ahí.

—Buenas noches —dije.

Me desperté angustiado. La sala estaba iluminada por los primeros tornasoles azulados del alba. Abrí la ventana a un viento tibio. En el aire amenazaba otra vez la lluvia. Entré al cuarto. Vera dormía boca abajo. De un tirón despojé su cuerpo de las frazadas que la cubrían. Ella no se movió. La penetré sin siquiera mirarle la cara. Enterrado el rostro en la almohada, la oí gemir.

La noche anterior a su partida, yo llegué aún más tarde que lo acostumbrado. Sobre la mesa había un plato con la cena ya fría. Dos velas rojas se extinguían en sus candelabros, y en el florero de ámbar —usualmente vacío— había un ramo de rosas blancas. Me dio rabia. Los esfuerzos de Vera parecían estar diseñados para trasladar las culpas, de manera de terminar siendo ella el alma conciliadora y caritativa, la víctima. Pero al mismo tiempo, no podía dejar de apreciarlos y advertir la desesperación que comunicaban.

La mañana en que partía, yo tomaba mi taza de café negro sentado a la mesa y leía un documento de la oficina cuando ella apareció en la sala. La lluvia se golpeaba contra las ventanas. También llovía el día que el correo trajo la revista que torció nuestras vidas. Vera se apoyó en el dintel de la puerta del cuarto y se quedó allí de pie. La miré de reojo y volví la vista a mi documento. Llevaba su bata de seda y el pelo recogido en una cola de caballo. Tenía profundas ojeras y su piel pálida parecía aún más fina. Un rayo de luz que penetraba por las cortinas entreabiertas trazaba una línea en el suelo.

—Después de Montevideo voy a Buenos Aires por algunos días. En el periódico quieren que haga otros reportajes. Me quedaré con una pareja de amigos chilenos —su voz se había vuelto algo ronca, como gastada por el humo de los cigarrillos.

—¿Cuánto tiempo? —pregunté sin levantar los ojos.

—Dos semanas —dijo, y permaneció en el mismo sitio, sin moverse, esperando que ocurriera algo—. ¿Estarás bien?

—Por supuesto que estaré bien —mis palabras sonaron ásperas.

Dos palomas se posaron sobre el alféizar de la ventana con su ruido de latones oxidados y luego desaparecieron. Me quedé escuchando el silencio que habían dejado. No era tan solo la ausencia de sonido. Había en ese silencio algo más, como si quisiera comunicar algo sobre sí mismo y sobre nosotros.

—Mírame —señaló.

Yo tomé un sorbo de mi café con los ojos enterrados en el documento.

—Entonces hasta pronto —dijo. Avanzó dos pasos vacilantes hacia la línea de luz, luego dio media vuelta y desapareció tras la puerta del cuarto.

Después de terminar el café, cogí mi maletín y sin despedirme de ella, salí a la calle.

* * *

En las siguientes semanas, esa escena volvería a mí con insistencia, como un verso que sabes importante para el desarrollo del poema, pero que no logras reconocer por qué. Recordaba el ruido de las palomas en el alféizar, la presencia frágil y estoica de Vera apoyada en el dintel, su voz ronca, el silencio que había caído sobre nosotros con sus múltiples significados. Había sido uno de esos momentos que a primera vista parecen insustanciales, donde dos seres intercambian unas pocas palabras, y que, sin embargo, pueden torcer el destino de quienes lo viven. ¿Qué hubiera ocurrido si en lugar de permanecer tercamente aferrado a mi lectura la hubiese mirado? ¿O si cuando la vi dar ese paso hacia el haz de luz hubiera tomado su mano?

Preguntas cardinales y al mismo tiempo vanas. Yo no había hecho nada por retener a Vera, y ahora ella estaba lejos.

Pocos días antes de que se cumplieran dos semanas de su partida, me llegó una carta donde me contaba que extendía su estadía. No sabía por cuánto tiempo. El periódico estaba encantado con los reportajes que les estaba enviando, y el editor le había permitido quedarse lo que ella estimara necesario. Era una misiva anodina, formal.

Un sábado por la tarde, ordenando los papeles del escritorio que Vera había ocupado desde su arribo al departamento, encontré una carpeta gris. Al abrirla, descubrí mis poemas y las correcciones que Vera les había hecho. También estaban las figuras de cartón con que había decorado el árbol de Navidad. Por un instante pensé salir al pasillo y arrojarlo todo al incinerador. Pero en lugar de eso saqué de la carpeta los poemas que Vera había reescrito y comencé a leerlos. Había incluso algunos versos que yo ni siquiera había considerado cuando elegimos los que enviaríamos a *SUR*, pero que en su mano, como los otros, habían mutado.

En la calle había un silencio quieto. Las luces del edificio del frente flotaban en el crepúsculo. Cerré los ojos y los poemas aparecieron ante mis ojos con sus imágenes y sus cadencias, como un paisaje de la infancia que había guardado en el trasfondo de mi memoria. Supe entonces que sin importar cuántas palabras, versos o lo que fuera, había intervenido Vera, estos seguían siendo míos. En ellos estaba la impronta de mis sentimientos, que no eran ni peores ni mejores que los suyos, pero eran distintos y eran míos. Y eso era algo que nada ni nadie podía refutar. Nadie recordaría los eventos como yo los recordaba; nadie, aunque las circunstancias fueran simi-lares, experimentaría mis sentimientos, mis alegrías y mis tristezas. El trabajo de Vera tan solo los había despejado de aquello que no permitía ver su esencia.

No tenía la seguridad de que estas revelaciones, que llegaban con su ambigua claridad, fueran auténticas. Pero necesitaba salir de la penumbra y me aferré a ellas como un creyente a una verdad suprema.

Algo inédito se estaba iniciando en mí. Y para que ello sucediera había tenido que morir un poco, había te-nido que pasar por esa tierra de nadie donde no hay vida, ni aire, ni esperanza. Esa es la naturaleza de los comien-zos y recién en ese instante lo descubría.

Tres

44. Emilia

El día después que arrojamos las cenizas de Vera al mar, Daniel dejó su casa.

Las primeras semanas pasábamos el día en mi azotea, y por la noche él regresaba a su cuarto de hotel donde se hospedaba. Sin embargo, pronto ya casi no retornaba. Una tarde entramos al hotel, pagamos la cuenta, sacamos su maleta, y se mudó a vivir conmigo. Un par de días después recogimos a Charly y a Arthur. Aun cuando Daniel volvía a casa de Vera todos los días para pasearlos y alimentarlos, a ambos nos resultó natural que vivieran con nosotros.

Junto a Daniel experimentaba una libertad nueva, como si alguien bombeara aire dentro de mí. Todo lo que había permanecido en silencio encontraba ahora su forma de expresarse. Eran sensaciones e imágenes difíciles de formular, y por esto mismo, más arraigadas, porque ningún pensamiento podía destruir su misterio.

Lo cierto es que no pensaba.

Estaba todo suspendido. La vida de Daniel, la mía, y ese posible futuro juntos que ninguno de los dos nombraba. No entró en detalles con respecto a su separación y yo tampoco se los pedí.

Por la mañana se levantaba temprano e iba a trotar. Cuando yo despertaba, él ya estaba de regreso. Había comprado pan fresco, preparado el café y exprimido las naranjas. Después de desayunar, yo hacía el reparto de la verdulería y luego iba a la Biblioteca Bombal. Daniel tenía un sinfín de reuniones. Los comentarios en revistas y periódicos de nuestro recién inaugurado Transatlántico no se hicieron esperar. Pero lo más importante es que Daniel se había animado a pedir un préstamo en el banco para comprar el sitio del acantilado. Quería, más adelante, construir el verdadero Transatlántico.

A las pocas semanas ya sabía que Daniel ponía una mano bajo la almohada para dormir, que por la noche se despertaba varias veces, que además de cocinar, obtenía un secreto placer en el acto de limpiar, que se afeitaba día por medio, que su pelo al despertar estaba húmedo por el sudor nocturno y que su piel traía de los sueños olor a tierra mojada. Hablábamos todo el tiempo. Hasta el más nimio detalle del otro nos interesaba.

Una de esas mañanas, Daniel encontró en el buzón la carta de Infante. Yo le había enviado un mail al día siguiente del deceso de Vera, y él me había respondido conmocionado. Me anunciaba también que en unos pocos días me mandaría el texto que me había prometido. Me pedía que lo leyera con calma y que no lo juzgara hasta terminarlo.

Lo que llegó fue un gran sobre, y dentro de él un manuscrito en cuya primera página Infante había escrito de su puño y letra:

Emilia:
Cuando Vera cayó por esas escaleras, supe que ya no volvería a nosotros, y que nuestra historia, de no reconstruirla entonces, quedaría enterrada junto con nuestros viejos huesos para siempre. Por eso, los últimos meses me he abocado a esta tarea. Por Vera, por nosotros.

Pero fue tan solo hace algunas semanas, en medio del delirio de su recuerdo, cuando supe que eras tú la destinataria de este recuento, que era a ti a quien hablaba. Continué escribiendo, aunque las dudas me asaltaran a cada paso. Lo que hasta ese entonces me había parecido esencial se volvía superfluo, y lo que había quedado rezagado aparecía como lo más

importante. Te entrego estas palabras con temor. Quizá debí hablar antes, mucho antes, o quizá debí callar. De verdad no lo sé. Ahora eres tú quien decidirá el destino de las verdades que aquí encuentres. Porque al final, todo esto no es más que mi intento torpe y tardío de expiación. Si es que eso es posible.
Horacio

Después de leer la carta, guardé el manuscrito bajo mi almohada y salí a hacer el reparto de la verdulería.

Una fuerte inquietud me embargaba.

Presentía que, de alguna forma, desconocida para mí en ese momento, mi vida quedaría trastocada con su lectura. Que ya nada volvería a ocupar el mismo sitio. Al retornar a mi departamento, me preparé un té, me senté en la azotea y abrí el manuscrito. Era una mañana soleada. Corría una brisa benévola y fresca.

«Era el verano de 1951 y yo tenía treinta y dos años. Había vivido los últimos trece en diferentes ciudades, pero sobre todo en Ginebra, trabajando en un puesto menor en el High Commissioner for Refugees. Mi regreso respondía —según la historia oficial— a las cartas plañideras de mi madre, en las que me anunciaba las múltiples enfermedades que cualquier día podrían arrojarla a la tumba. Pero lo cierto es que mi retorno estaba colmado de planes y de expectativas, desde arrendar una cabaña frente al mar y dedicarme de lleno a la poesía, hasta encontrar una compatriota atractiva e inteligente con quien compartir el resto de mi vida. A la distancia, Chile se había vuelto el lugar donde todos los espacios oscuros de mi existencia se llenarían de luz. La tierra prometida, el paraíso perdido...»

Continué leyendo, y cuando Daniel llegó por la tarde había leído más de la mitad. Mientras procuraba digerir las palabras de Infante, intenté por primera vez cocinar un plato para Daniel, siguiendo las instrucciones de una receta de tallarines que había hallado en Internet.

Una nueva Vera había surgido en las palabras de Infante. Una mujer que tenía carne y tenía huesos, pero que al mismo tiempo se abría a nuevos misterios. A pesar de sus esfuerzos, Infante no había logrado nunca traspasar la coraza que la había envuelto, que la hacía inaccesible para todos, y tal vez también para ella misma.

Comimos en la azotea los tallarines y una ensalada de rúcula con pera tibia y láminas de queso parmesano que Daniel preparó. Le conté la confirmación de mis sospechas. El descubrimiento que yo había hecho, y que había quedado a medias corroborado con los manuscritos de la caja fuerte, era ahora una realidad. Aquel era el gran secreto de Horacio. La cruz que había cargado todos esos años. También le conté algunos episodios. Como la entereza de Vera al enfrentar los prejuicios con respecto a su origen judío. El encuentro bajo la nieve de Nueva York, que estaba en una novela de Vera y en los poemas de Infante. Le hablé de su hijo Julián y el amor obsesivo que ella le había prodigado.

Después de cenar, Daniel encendió algunas velas y, con el frágil resplandor que emitían, iluminó el sitio que yo ocupaba en el sillón en la azotea.

Al poco rato estaba otra vez leyendo, con Arthur echado a mi lado.

Navegaba en un océano. Quería avistar su fondo, los desechos, el sustrato que soportaba toda esa materia líquida, inatrapable y, de alguna forma, artificiosa, constituida por las palabras de Infante. No podía dejar de preguntarme, cada cierto trecho, por qué me entregaba ese largo manuscrito. Cuál era el sentido de que yo fuera la depositaria de confidencias guardadas por tantos años.

Debía haber algo más.

Tarde por la noche entré a la cama que compartía con Daniel y me arrimé a su cuerpo. Quien estaba allí, aferrada a sus espaldas, no era yo, pero también lo era. Cruzó una de sus piernas con las mías y siguió durmiendo.

Me pregunté si era eso lo que sentía la gente cuando decía estar feliz.

* * *

Cuando desperté, Daniel terminaba de vestirse para partir. Tenía una reunión con un inversionista que había mostrado interés en asociarse con él en la aventura del Transatlántico. Se había vestido con esmero. Una camisa a rayas blancas y azules, y un par de pantalones negros bien planchados. Tenía el cabello húmedo, peinado hacia atrás. Sus facciones aparecían desnudas y firmes en todo su esplendor. Levantó la vista y se encontró con mis ojos que lo observaban. Tomó mi mano y exploró con sus dedos mi palma.

Me había aislado del resto, imaginando que en el silencio de mi interior encontraría la verdadera vida. Ahora descubría que podía entrar y salir de él, y que ese vaivén, adentro, afuera, era una forma de libertad.

—Nunca me habías mirado así, Emilia.

—¿Cómo?

Sabía a qué se refería. Por primera vez había atisbado su inquietante belleza. Y no sentí rechazo ni miedo. Porque lo que yo conocía seguía ahí, bajo esa caparazón de hombre.

—Así.

Juntó las pupilas en el centro de su nariz haciéndolo aparecer como un bizco. Ambos reímos. Un cosquilleo atravesó mi espina dorsal.

Después de que Daniel hubo partido, me di un baño.

Advertí el peso del agua sobre mi piel. Estiré una pierna, como si desenredara una maraña de lana. También los brazos, que hice girar en lo alto, al igual que dos aspas de un flojo ventilador. Mis senos, dos pequeños animales, se asomaban en la semioscuridad. Al presionarlos, mis pezones abrieron sus párpados. Sumergí la cabeza y escuché un zumbido. En el silencio, alguien o algo estaba naciendo.

¿Cómo podía sentirme tan bien si por primera vez caminaba sin certezas, sin los límites que me habían resguardado?

Daniel me había dejado una bandeja sobre la mesa de la cocina con todo dispuesto para el desayuno. Me senté en la azotea bajo el toldo blanco y seguí leyendo el manuscrito de Infante.

45. Horacio

Vera ya no volvió a mi departamento. Me lo anunció en una carta que me envió desde Buenos Aires. Los primeros días de su regreso a Santiago se quedaría en casa de una amiga del periódico, el tiempo necesario para hallar un departamento para ella y Julián. Pérez había accedido a que Julián se mudara con ella. En pocas semanas, Vera había concebido y organizado una nueva vida en la cual yo no estaba incluido. En ese momento entendí la verdadera magnitud de mi pérdida. Desde nuestros inicios habíamos mantenido una larga conversación de mil dimensiones, y ahora Vera me había dado la espalda, dejándome en ese terreno baldío, hablando con un extraño que se suponía era yo mismo y con quien no sabía cómo comunicarme.

Lo que vino después es parte de la historia oficial. Vera siguió trabajando en el periódico, y al cabo de un tiempo publicó su primer volumen de cuentos que tuvo una aceptación unánime de la crítica. Tardó cuatro años en publicar su primera novela, donde su particular prosa y estilo quedarían ya asentados, y la transformarían, a lo largo del tiempo, en una autora de culto. Yo, por mi parte, me aferré al tren en que Vera me había subido. Después de publicar un par de poemarios que no tuvieron gran repercusión, unos años más tarde, con los manuscritos del resto de mis poemas que había encontrado en la carpeta gris de Vera, y que luego había copiado, armé un libro que el mismísimo Arnaldo Orfila, del Fondo de Cultura Económica, estuvo encantado de publicar. Ese libro sería el material del cual mi vida se alimentaría, en sentido literal y figurado. Había descubierto que, una vez que mientes, te transformas en otro, y ese otro, desde su cómodo promontorio de invenciones, ya no se puede detener, ya no sabe cómo volver atrás.

En el transcurso de los años escribí otros tantos poemarios. Muchos fueron aceptados con entusiasmo, pero ninguno tuvo ese resplandor que poseía el que Vera había intervenido. Un regalo al cual nunca dejé de aferrarme, temiendo que algún día alguien, tal vez la misma Vera, me lo arrebatara. Viví temiendo ese momento. El demonio, que al principio se había presentado ante mí bajo la forma de frustración, de rabia, de vergüenza y desprecio por mí mismo, con los años se fue destilando y transformando en miedo. Cuántas veces deseé que Vera estuviera muerta. Leí cada una de sus novelas buscando pistas que me llevaran a los poemas, con el temor de que alguien hiciera ese mismo camino y lo descubriera. Muchas veces las encontraba, y vivía en un estado de temor, hasta que las críticas al libro de Vera pasaban. Pero entonces venían las traducciones, y sabía que los perspicaces académicos del mundo estarían sobre su obra, y quién sabe, alguno de ellos podría encontrar el hilo de Ariadna, ese hilo oculto entre sus letras que los llevaría a mí. A mi farsa, a mi gran mentira.

Recordaba con insistencia las palabras que Thoreau escribió en sus diarios: «Un joven reúne todos sus materiales para construir un puente que lo lleve hasta la luna, o tal vez un palacio, o un templo sobre la tierra, pero a la larga, el hombre maduro termina por construir apenas una cabaña». La modesta choza donde habita su alma y en la cual, cada día, no tiene más alternativa que mirar de frente su pequeñez. A lo largo de mi vida había intentado combatir el vaticinio de Thoreau y de cierta forma lo había logrado. Había construido escaleras, templos, castillos y jardines señoriales. Solo que ese material primigenio al cual se refería él era falso, y terminó por desmoronarse dentro de mí. Cuántas veces, a lo largo de esos años, di la vuelta al circuito de mis argumentos con el fin de justificarme. Argumentos que se apilaban como las botellas vacías de un alcohólico en un rincón de la cocina.

Cuando Vera cayó en coma pensé que por fin podría descansar en paz, sin ese miedo que me había carcomido la vida por más de cuarenta años. Sin embargo, una noche, a los pocos días de su accidente, desperté con el aire atascado en mi garganta. Me ahogaba en mi propia impotencia, esa que llega cuando se sabe que nadie cambiará las cosas, que ya no esperas nada, y bajo tu anciana piel ruge la humillación y la inutilidad. Entonces comencé a escribir. Era un ejercicio solitario y vano.

Hasta que tiempo más tarde supe que lo hacía para ti, Emilia, y que debía llegar hasta el final.

46. Emilia

Era la primera vez que Infante se dirigía a mí en su manuscrito.

Levanté la vista. Una luz antigua, castaña, cargada de polvo, cubría la amplitud del cielo. Tenía los pies recogidos sobre el sillón y se me habían acalambrado. Dejé el manuscrito y di un par de vueltas por la azotea. Regué los cardenales rojos que me había regalado don José. También los hibiscos y los jazmines, a los cuales en ocasiones veía abrirse por la noche. Las buganvilias habían comenzado a trepar por el muro poniente de la azotea, cubriéndolo con su vibrante color violeta. Arthur y Charly me siguieron de un lado a otro, agitando sus colas siempre alegres. Luego revisé mi correo en la computadora. Jérôme me había vuelto a escribir. La noticia de la muerte de Vera lo había sacudido. Quería saber cómo me encontraba, cuáles eran mis planes. Cuándo retornaría a Grenoble.

Volví a mi sitio y continué leyendo. El manuscrito de Infante desataba en mí confusos sentimientos. Bajo sus palabras había un entramado que no guardaba relación con los hechos ni los detalles. Y que de alguna forma lo unía todo.

47. Horacio

Pérez murió al cabo de siete años de una deficiencia hepática. Durante esos años había hablado tan solo un par de veces con Vera, y no me había nunca topado con ella. Era una mañana fría de otoño, y los caminos del Cementerio General que llevaban a las tumbas estaban cubiertos de hojas secas que crujían al pasar la procesión. Hubo un sinnúmero de sentidos discursos de familiares, amigos e importantes personalidades, incluyendo un ex-presidente que habló de la labor de Pérez para salvar a miles de judíos de los campos de exterminio; discurso que desató más de un carraspeo, como si aquellos episodios de la vida de Pérez fueran indignos de ser contados. Vera, vestida de riguroso luto, rezagada en un rincón junto a su hijo Julián, miraba adelante con los ojos perdidos en el fondo de la mañana gris. El aire era tan frío que se sentía como una lluvia de agujas que arremetía contra la piel. Hice el amago de acercarme a ellos, pero con un gesto casi imperceptible de la cabeza, Vera me lo impidió. Su aliento formaba nubes de vaho. Era evidente que haber dejado a Pérez por otro hombre la había desterrado del mundo al que él la había introducido. De hecho —como supe mucho más tarde—, no recibió ni un céntimo de la fortuna de Pérez, y sus familiares impidieron incluso que la herencia de Julián recayera en ella. Julián para ese entonces tenía dieciséis años y era un muchacho de miembros largos y delgados, cuyos gestos guardaban esa misma rectitud y control que yo había conocido en su niñez. Bajo unas cejas gruesas, sus ojos negros tenían algo de la luz irreal de los neones. Su cabello, también negro, caía sobre su frente, lugar en que se había concentrado toda su fuerza y desplante. De pie junto a Vera, escuchaba atento las palabras que le dedicaban a su padre. Era varios centímetros más alto que ella. De tanto en tanto cogía el brazo de su madre y cerrando los ojos por un segundo besaba su cabeza cubierta por un pañuelo negro. Tras ellos, sobre una cúpula, la escultura de una madona alzaba sus brazos hacia el cielo; su cabeza de mármol estaba inclinada, tenía los párpados cerrados y las palmas abiertas, caídas desde las muñecas, rendidas. Fue al final de la ceremonia que Julián se acercó a mí. Extendió la mano para saludarme de la misma forma que lo había hecho esa primera vez, cuando él y Vera llegaron a mi departamento.

—Siento mucho no haber podido despedirme de usted —me dijo. Sus palabras me desconcertaron.

Me parecía extraordinario, por decir lo menos, que me recordara, pero sobre todo me sorprendió su amabilidad. Había imaginado que por el resto de su vida aquel niño me odiaría, por haber sido el responsable de destruir el mundo protegido en el cual había nacido. Estreché su mano con fuerza, intentando transmitirle los sentimientos que me embargaban y el inmenso cariño que, no me había dado cuenta, sentía por él.

—Aún vivo en el mismo sitio —le dije—. Me encantaría que me visitaras. Podríamos reanudar nuestras largas conversaciones. Tú no debes recordarlas, pero te aseguro que eran muy amenas.

—Las recuerdo perfectamente, señor —señaló.

—Me puedes llamar Horacio —le dije, y le entregué mi tarjeta—. Llámame a este número cuando quieras. Para mí sería un honor tenerte en mi casa.

—Lo haré —dijo, y levantó la vista hacia Vera, quien, frente a la gracia de brazos extendidos, nos miraba con una expresión triste.

* * *

Julián tardaría casi un año en llamarme. Hablaba en susurros e imaginé que lo hacía a hurtadillas de su madre, pero esto no me detuvo a invitarlo a venir a la hora del té del sábado siguiente. Llegó puntual. Traía una caja de chocolates. Terminamos de tomar el té y salimos a caminar por las calles del centro. Con candidez, Julián intentaba que yo supiera que al crecer no se había transformado en un adolescente de cabeza hueca. Me hablaba de sus lecturas, de sus conocimientos de astronomía, me preguntaba por mis libros, y también me comentaba las columnas que yo escribía en la versión dominical de *El Mercurio* y que, según me dijo, su madre leía con atención.

Hacía tiempo que había dejado de imaginarla. De hecho, la había apartado en lo posible de mis pensamientos. Su imagen traía consigo un sentimiento de pérdida, y sobre todo la noción de mi pequeñez. Sin embargo, no pude dejar de turbarme ante la idea de que leía mis columnas, de que estaba ahí, en algún lugar, y que de tanto en tanto pensaba en mí.

Nuestros encuentros se sucedieron todo ese año 1964 y el siguiente. Julián me había elegido, me había tomado de la mano y me había llevado hacia sí. No lograba entender sus razones, pero procuré responder a su llamado lo mejor que pude. Parte de ese intento implicaba no indagar a través de él sobre Vera, ni la relación que había tenido con Pérez. Nunca le pregunté tampoco si su madre estaba al tanto de sus visitas. Aun así, con el tiempo, Julián me fue revelando algunas cosas. Como el hecho de que Pérez, mucho antes de que yo apareciera, se había encerrado en sí mismo y en las múltiples enfermedades que padecía. Julián había adorado y admirado a su padre, pero esa devoción, y el hecho de que cuando él naciera Pérez ya fuera un hombre mayor, nunca le habían permitido acercarse verdaderamente a él.

Un día, mientras caminábamos de vuelta de una función de *Turandot* en el Teatro Municipal, le recordé a Augustine, la francesa del observatorio.

—Todavía la veo —me dijo con una sonrisa. Sus espaldas se veían disminuidas bajo la inmensa chaqueta de tweed que debía haber pertenecido a su padre.

El tráfico era escaso y los árboles de la acera se hallaban envueltos en una suave calma.

—Gracias a ella he tenido acceso al observatorio todos estos años.

—¿Y aún te gusta? —le pregunté, movido por una morbosa curiosidad.

—Es una mujer madura —me dijo seriamente.

Me hubiese gustado en ese momento decirle unas cuantas verdades sobre las mujeres, pero el hecho de que su madre hubiera sido una de ellas me detuvo. Julián era un chico de diecisiete años, pero su actuar formal y la manera en que expresaba sus ideas lo hacían verse mayor. A su lado, podía sentir el efecto que producía en las mujeres de todas las edades —como su madre en los hombres— y no me hubiera impresionado saber que la tal Augustine se sentía atraída por él.

Al siguiente año, Julián entraría a estudiar astronomía en la Universidad de Chile. Lo habíamos conversado muchas veces, y yo le había insistido que después de terminar sus estudios debía salir afuera, conocer el mundo, tal vez hacer la práctica en algún observatorio europeo. Yo era un convencido de que la insularidad era un mal del cual había que despercudirse pronto en la vida si no querías que se transformara en un credo.

Cuando le expresaba estas inquietudes, sin decirlo, hablaba también de mí mismo. Ya llevaba demasiados años yendo y viniendo desde mi departamento a la Cancillería, asistiendo a recepciones sociales que generaba mi trabajo y en las cuales me aburría supinamente, entrando y saliendo de amoríos que no conducían a ningún lado, y ya era hora de emigrar. A pesar del renombre que había adquirido por mis publicaciones en importantes editoriales y revistas de habla hispana, por alguna razón, tal vez por mi timidez o mi incapacidad de desarrollar un sentido de pertenencia, nunca me había integrado a los círculos intelectuales de la ciudad. Con frecuencia me topaba en la calle con Santiago del Campo, quien, muy caballeresco, me saludaba con una venia de su sombrero. Otras veces me cruzaba con Claudio Giaconi, a quien había conocido en El Negro Bueno, pero mis relaciones con ese grupo de intelectuales no pasaban de esos encuentros fortuitos e insustanciales.

Moví mis antiguos contactos en las Naciones Unidas, y en febrero de 1965 me instalé en París, para trabajar en un proyecto que involucraba a los inmigrantes africanos provenientes de las colonias.

Para nuestra despedida invité a Julián por primera vez a un bar. Ya había cumplido dieciocho años. Ambos hicimos un esfuerzo por no caer en sentimentalismos, provocando largos silencios que intentábamos soslayar con nuestras copas.

Con su aire de caballero se mantenía en posición erguida. Resistió estoico los embates del alcohol. Tenía la vista incrustada en la mesa, y cada cierto rato pasaba la mano sobre ella. Tuve ganas de abrazarlo.

Fue hacia el final de la velada, cuando estaba pronto a pagar la cuenta, que le pregunté por Vera. Era la primera vez que lo hacía. Frunció el ceño y luego dijo:

—Yo creo que, a pesar de los años, te echa de menos —miró hacia un costado y se pasó la mano por la barbilla.

—Y yo a ella —señalé.

Julián me miró con una expresión interrogante como preguntándome: «¿Y entonces?», a lo cual respondí con otro silencio y un sorbo a mi vaso de whisky.

Salimos del bar y caminamos uno junto al otro hacia el departamento donde vivía con su madre, en avenida Providencia. Las luces de los faroles iluminaban las aceras con pereza y la noche nos aprisionaba con su oscuridad.

El edificio donde vivían tenía una reja de metal que se abría a un jardín de cemento al cual se asomaban tres construcciones bajas de líneas simples y rectas, propias del estilo arquitectónico de esos años.

—Ese es nuestro departamento —dijo Julián, indicándome una ventana encendida en el centro del edificio del fondo. La luz era amarilla y mitigada.

En la bruma de mi mente abotagada por el alcohol, imaginé la sala de Vera, sus papeles en el suelo, el cenicero colmado de cigarrillos a medio consumir, los libros desperdigados por aquí y por allá. Vera y su mundo, Vera y sus misterios que yo no había logrado nunca desentrañar.

Nos despedimos con un fuerte apretón de manos y luego nos abrazamos. En el bolsillo de mi chaqueta traía un ejemplar de *Admoniciones,* mi primer libro de poemas, que nunca más volvió a editarse. Le había escrito una dedicatoria que le pedí leyera después que yo hubiese partido. Julián entró y se quedó al otro lado de la reja mientras me alejaba. Me di vuelta, y él seguía allí. Miraba hacia el cielo tras mis espaldas.

* * *

Conocí a Rocío en la residencia del embajador de Chile en París. Rocío era chilena, se había educado en las

Monjas Francesas, tenía treinta y dos años y trabajaba en una importante casa de modas. A los pocos meses ya nos habíamos puesto de novios y habíamos fijado la fecha de nuestro matrimonio. Nos casamos en Santiago, cumpliendo todas las exigencias sociales de su extensa y conservadora familia, y luego nos volvimos a París. El 14 de diciembre de 1966 nació Patricia, nuestra única hija. El matrimonio duró cinco años. Rocío se volvió a Chile con la niña, y yo me quedé en París.

Para entonces, las invitaciones a lecturas de poesía en todas partes del mundo habían aumentado, pero mi vida, después de la partida de Rocío y Patricia, era solitaria, privada de verdaderos afectos.

Cuando Julián me anunció que se vendría a vivir a Francia, me llené de alegría. A través de un importante astrónomo francés que había trabajado en Chile, había conseguido que lo aceptaran para hacer su práctica en el observatorio de Niza, en la cima del monte Gros.

El mismo día de su llegada, lo invité a mi casa. Para ese entonces Julián tenía treinta y un años y, a pesar de su alta estatura, proyectaba una imagen vulnerable. Tosía con frecuencia, su tez lucía pálida y sus manos eran blancas y largas como las de un cuadro prerrafaelista. Nos sentamos en la sala de mi casa de la rue Saint-Étienne-du-Mont, y mientras tomábamos el té, a través de los ventanucos contemplamos nevar en París. En la chimenea encendida las chispas subían en espiral como velos dorados. No podía compartir con él el hecho de que la primera vez que su madre y yo nos habíamos encontrado en Nueva York, también nevaba. El mismo silencio sordo en las calles, esa misma quietud y el tiempo detenido en el frágil descenso de la nieve. Me animé, sin embargo, a preguntarle por ella. Me contó que se había comprado una casa en los faldeos del cerro San Cristóbal, donde se había aislado aún más del mundo. Continuaba escribiendo para el periódico y trabajaba, como siempre, en una novela. Julián admiraba su fuerza, su belleza, y sobre todo, la forma particular de existencia que había escogido. Le pregunté con cautela si se había involucrado en alguna relación amorosa.

—Nunca le faltan pretendientes. Están siempre rondándola, e intentan acercársele desde las formas más pedestres hasta las más intrincadas. Pero, justamente por pretenderla, ella pareciera despreciarlos.

Para encubrir las emociones que sus palabras desataban en mí, le ofrecí una copita de coñac.

Recordé el rostro de Vera, sus ojos rasgados, el mohín de su boca, ese gesto malicioso de alguien que lo entiende todo y no va a darse el trabajo de explicárselo a nadie, un mohín poseedor también de esa suficiencia y tristeza de quien se sabe siempre aparte. Todo esto yo lo había visto, lo había amado y lo había dejado escapar. El espíritu de los violentos días que siguieron a la partida de Vera retornó a mí y llenó la estancia con su polvo de desolación, al punto de tener que alzarme del sillón, abrir la ventana de par en par y respirar hondo. Julián me preguntó qué me ocurría. Le mentí, diciéndole que el humo de la chimenea, aunque fuera imperceptible, solía ahogarme.

La oscuridad llegó pronto. Los troncos ardientes crujían y lanzaban ascuas que se golpeaban contra la rejilla de metal. Me contó que había tenido una recaída de su enfermedad del pulmón y que, a pesar de sentirse capaz de enfrentar cualquier desafío, aún no se recuperaba del todo. Fue entonces que pensé que haría lo que fuera por Julián, incluso, de ser necesario (sin saber en ese instante a qué punto tendría que llegar para cumplir la promesa que me hacía), pasar por encima de su madre.

* * *

Julián continuó visitándome. Se quedaba los fines de semana en un hotel modesto pero con encanto, cerca de mi departamento. Acostumbrábamos caminar por Saint-Germain, conversando de sus estudios, de su nueva vida en el observatorio, de historia, astronomía, arte, arquitectura (la cúpula del observatorio de Niza había sido construida por Eiffel), y luego lo llevaba a alguna brasserie donde nos quedábamos bebiendo hasta altas horas de la noche. Íbamos a la ópera, o asistíamos a alguna obra de teatro. Sus visitas me dejaban siempre con deseos de pasar más tiempo con él. Su sensibilidad me abismaba. Con su mirada atenta, me señalaba rincones y escenas del París que yo suponía conocer de sobra, y que sin embargo nunca había visto. Recuerdo cuando visitamos la placa, en el número 8 del boulevard de Grenelle, que conmemora a los 13.152 judíos que fueron sacados de sus casas el 16 y 17 de julio de 1942, llevados al Velódromo de Invierno y enviados en tren a Auschwitz para ser exterminados. Julián recorrió con sus dedos las letras. Al voltearse, siguió caminando con las manos en los bolsillos y la cabeza gacha. Me pregunté cuánto sabría de la historia de su madre.

Un sábado por la tarde de mediados de abril del año siguiente, me disponía a salir cuando sonó el timbre. No estaba acostumbrado ni me agradaba recibir visitas intempestivas. Sin embargo, escuchar la voz de Julián por el citófono, como siempre, me produjo una gran alegría.

—¿Puedo subir? —me preguntó.

Me saqué la chaqueta y lo esperé con la puerta abierta, mientras él subía los tres pisos hasta mi departamento. Lo hice pasar y le ofrecí una taza de té que él rechazó. Tampoco quiso sentarse ni soltar la cazadora que sostenía contra su pecho con ambos brazos.

—¿Ha ocurrido algo? —le pregunté.

—Me enamoré de una mujer casada —dijo sin preámbulos, y clavó los ojos en la ventana oscurecida. Su rostro se contrajo, cobrando un grado más de seriedad y circunspección.

Encendió un cigarrillo y tiró el fósforo en un cenicero, dando profundas chupadas llenas de intranquilidad. Me lanzó una mirada rápida, intentando atisbar mi reacción.

—Siéntate —le dije. Y él me obedeció. Me di cuenta de que le costaba trabajo mantener la atención. Sus ojos iban de un lado a otro, se veía confundido.

—Y eso no es todo —señaló, alzándose inquieto. Se apostó contra la ventana, lanzando rápidas bocanadas de humo hacia la calle—. Está embarazada.

—¿Embarazada? —pregunté tontamente.

—Embarazada de un hijo mío que va a tener con su marido.

—Tienes que explicarme —le pedí—. No entiendo nada.

—Él aceptó tener ese hijo con ella. Parece que han tenido problemas en eso, no sé bien qué, pero el asunto es que lo van a tener juntos —agitó la mano en el aire, como si intentara borrar sus últimas palabras—. Ella quiere que yo desaparezca de su vida y de la vida de ese niño. Llevará el apellido de su marido, crecerá con él, sin saber nunca que yo soy su padre.

Hablaba entrecortado. Le era difícil respirar. Tal vez sus pulmones volvían a enfermarse. No debía fumar.

Me acerqué a él y puse mi mano sobre su hombro. Pensé en Vera, y en lo que ella hubiera deseado que le dijera en esas circunstancias, pero lo cierto es que nunca la había conocido lo suficiente como para poder interpretar su voluntad. Y ahora tenía frente a mí a su hijo, sumido en un dolor que era incapaz de esconder, y yo intentaba, sin lograrlo, hallar algo significativo que decirle. De pronto supe lo que debía hacer. Esa mujer no podía arrancarle a su hijo de esa forma, Julián debía luchar por él, y yo lo ayudaría.

—Es astrónoma y trabaja en el observatorio. Se llama Pilar —sus ojos negros se oscurecieron, y su voz sonó más profunda—. Pilar —repitió, como si hablara para sí mismo.

48. Emilia

Dentro de mi pecho un peso me impidió respirar.

Tiré el manuscrito de Infante y las hojas se desparramaron en el piso. La brisa de la tarde alzó algunas que se perdieron en los rincones de la azotea. Las palabras de Julián me alcanzaban a través del tiempo. Contenido en el nombre de mi madre, el pasado se derrumbaba sobre mí.

Si Julián había sido el hombre que me engendrara, Vera y yo estábamos unidas por un vínculo de sangre.

Levanté la vista. El fondo de la ciudad estaba cubierto por una gasa gris.

Siempre supe que mi padre no era mi padre. Un conocimiento que había traído sus dolores, sus humillaciones y desengaños, hasta asentarse bajo la sombra de un árbol. Había sido tal vez esa forma sólida y a la vez exenta de histrionismo con que mi padre ejerció su paternidad, la que hizo que mi afán por conocer la identidad del hombre que me había engendrado fuera casi inexistente. Una interrogante cuya respuesta prefería no saber, porque implicaba traicionar a mi padre.

Me levanté del sillón donde había permanecido las últimas horas sumergida en la lectura, y caminé hacia el borde de la azotea que se inclinaba sobre la ciudad.

En el cielo, los aviones de la tarde emprendían el vuelo, mientras que en la acera las personas caminaban de un lado a otro, rozándose los hombros, traspasándose su olor animal, el sudor, los orines, sintiendo en sus narices las pestilencias del otro. Excrementos, humedad, descomposición, secreciones. Sentí náuseas. El mal volvía a acecharme.

Y atacaba por el flanco más débil: el de los recuerdos.

Vi levantarse la gran ola de mi pasado. Ese muro de agua gigantesco que había logrado soslayar y cuyas consecuencias, ahora, era incapaz de predecir. Me llevé ambas manos al pecho. De niña solía buscar mi pulso en mis muñecas, en los costados de mi cuello, intentando hallar ese ser que permanecía encapsulado bajo mi piel, bajo ese cuerpo que detestaba. Si había clausurado mi cuerpo al mundo, no era para resguardar lo que este contenía, sino para evitar cualquier forma de carnalidad con ese padre que sabía no era mi padre. De niña me gustaba observarlo. Con su envergadura de vikingo, sus ojos intensamente azules —tan diferentes a los de mi madre y a los míos— y esa expresión ausente, que solo se iluminaba ante sus estrellas y ante mí. El amor que sentíamos el uno por el otro me colmaba de felicidad pero también de tormento. Temía que si me cobijaba entre sus brazos, tal vez nunca podría salir de allí. Como esos bosques encantados cuyos árboles extienden sus ramas sinuosas para atrapar a los niños que, perdidos, vagan por los senderos.

49. Daniel

En la azotea, Emilia, con las rodillas cogidas contra su vientre, dormía en el sillón. Me acerqué a ella, me senté a su lado y acaricié su pelo. Abrió los ojos.

—¿Estás bien? —ella asintió y volvió a cerrarlos. La tapé con una manta y me dispuse a preparar la cena. Había traído berenjenas para hacer una lasaña. Por la tarde había pasado por casa de Gracia. Necesitaba rescatar algunos de mis libros de arquitectura y el disco duro donde guardaba los planos para la construcción del Transatlántico. Habíamos convenido por medio de mensajes de texto que ella no estaría allí cuando yo llegara, pero Gracia había roto el acuerdo.

La noticia de la cena se había propagado por todos los rincones de la ciudad. Corrían los más diversos y contradictorios rumores. Que me había fugado con una adolescente, que vivía en los suburbios de la ciudad, que había hecho un curso de chef en París, que me había asociado a Alex Atala, que me había transformado en un ermitaño. Gracia me aguardaba en la sala, de pie frente a la ventana. Llevaba un vestido veraniego color crema. Tenía un cigarrillo encendido que sostenía entre el índice y el dedo medio con la palma hacia arriba. Habían transcurrido tan solo un par de meses desde que me había ido de casa, y sin embargo, no lograba recordar los detalles de nuestra vida en común, su olor al despertar, el ruido de sus pasos por la noche a su regreso. Los años que había pasado junto a ella se sentían como una parte de mí que se había atrofiado o muerto.

Pensé que el olvido debía ser un rasgo evolutivo que habíamos desarrollado los humanos para sobrevivir. Miré a mi alrededor y vi los múltiples objetos que habían sido testigos de nuestra vida juntos: la alfombra azul y amarilla de Gertrud Arndt, la lámpara Akari, los cuadros y esculturas que fuimos adquiriendo con el tiempo, y no sentí afán alguno de pertenencia. No eran más que la carcasa de un fruto que ya había muerto.

Aunque hubiera podido detenerla, decidí responder a cada una de sus preguntas. Las palabras no dichas habían arrasado con nuestro matrimonio, y estaba decidido a no prescindir de ellas. Emilia no era ninguna adolescente, y no me había fugado con ella; vivía frente al Parque Bustamante y por ahora no necesitaba llevarme más cosas; había decidido comprar el sitio del acantilado donde construiría mi restorán; había pedido un crédito y me lo habían otorgado. Gracia me miraba con recelo y entornaba los ojos, como si escuchara una sarta de estupideces. Sus preguntas continuaron por un buen rato, mientras tras su silueta, el frondoso verde del jardín se asomaba por el ventanal, y entre las hojas, un pedazo de cielo. Era en ese trozo perdurable donde yo posaba la vista, buscando encontrar el equilibrio que la interrogación de Gracia amenazaba con romper. Al final, muchas de sus preguntas carecían de respuesta, y revelaban la precariedad en que me había dejado nuestra escisión. El mundo que compartíamos con Emilia poseía un formato que no calzaba en los parámetros de tres dimensiones bajo los cuales Gracia y yo habíamos medido la vida.

Gracia encendió su tercer cigarrillo. Me había escuchado con controlada calma, pero ahora las emociones comenzaban a traicionarla. Se pasaba con insistencia la mano por el cabello castaño, y su mirada vagaba inquieta de un lado a otro incapaz de posarse en nada.

—¿Cómo se llama? —me preguntó apretando la boca en un rictus que reveló los primeros vestigios que empezaba a dejar el tiempo en su rostro.

Nunca había notado, ni me había resultado relevante, nuestra diferencia de edad. Pero de pronto se hacía evidente. No tan solo por esos signos, sino también porque era yo quien levantaba las velas, y ella la que permanecía ahí, con esa firmeza y a la vez resignación con que nos curte el tiempo.

El nombre de Emilia se interpuso entre los dos, como una masa densa y definitiva.

* * *

Cuando Emilia apareció por la cocina, yo estaba sumido en mis pensamientos.

—Huele rico —dijo, asomándose tras mi hombro. Su pelo rozó mi cuello. Me di vuelta y la miré. Su rostro redondo, intervenido por la línea de su flequillo oscuro, poseía la simplicidad y la fuerza de un buen dibujo.

—¿Dormiste bien?

—No dormía.

—¿Y qué hacías?

—Pensaba.

—Pasó algo, ¿verdad?

Con un salto se sentó sobre uno de los mesones de la cocina. Resopló y su flequillo se levantó con el aire que había expulsado. Cruzó los pies y comenzó a balancear las piernas. Traía un par de sandalias blancas y un vestido verde que no le conocía. Poco a poco había ido dejando atrás sus faldas tableadas y sus bototos, cambiando su atuendo, haciéndolo más leve, más femenino, sin perder ese aire de girar en otra órbita.

—Sí —dijo en un susurro.

—¿Quieres contarme? —le pregunté, mientras me limpiaba las manos en el delantal y apagaba el horno donde se terminaba de dorar la lasaña.

—Mientras comemos —dijo—. Tengo hambre.

Emilia había entrado con tal intensidad en mi vida, que ya había empezado a temer los días en que ella no estaría junto a mí. Era extraño que pensara eso cuando apenas iniciábamos nuestra relación, pero en alguna parte de mí sabía que Emilia, quizá no entonces, pero sí algún día, partiría.

Nos sentamos en la azotea y Emilia comió con apetito. Un buen signo. Pero no empezó a hablar hasta que terminamos el postre.

—Cuando las cosas no iban bien, mi padre solía decir: «Conozco un planeta en el que vive un señor muy colorado. Nunca ha olido una flor. Nunca ha contemplado una estrella. Nunca ha amado a nadie». ¿Entiendes? —me preguntó y se frotó la nariz en ese gesto que yo había aprendido a identificar con ciertos estados de ánimo.

—Más o menos —repliqué. Pero ella continuó, sin intentar explicarme.

—Una vez, tan solo una, mi padre me permitió pasar con él la noche completa en el observatorio. Era una noche especial, porque al día siguiente yo cumplía doce años. Subimos juntos a la cúpula donde se encontraba el telescopio Schmidt, un telescopio gigante, de más de diez metros. Esa noche, en lugar del frío acostumbrado, por la abertura entraba un aire fresco, casi amable. Al cabo de un rato, mi padre me dijo que iba en busca de una placa fotográfica. Bajó de la plataforma y desapareció tras la puerta. Se llama Christian. Christian Husson. No te lo había mencionado, ¿verdad?

Yo negué con un gesto de la cabeza y ella continuó:

—Después de que él se fue, el silencio se volvió absoluto. La inmensidad del cielo me produjo una sensación terrible de soledad. Comencé a cantar despacito. Pero de pronto me callé, cuando me di cuenta de que mi padre me había dejado a propósito. Él quería que percibiera ese silencio, que sintiera esa soledad, porque era una soledad que te hacía sentir vivo. Yo frente al cielo, yo frente al universo y sus misterios, desde mi pequeñez. Era una lección de humildad y a la vez de entereza. Lo entendí y me quedé quieta, mirando por la abertura, escuchando, más allá del tinnitus del silencio, los ruidos lejanos de los pájaros nocturnos, y más cerca, el roce de mis propias palmas. Hasta que él regresó.

»Esa noche dormí en una de las camas que estaban habilitadas en el pasillo para que los observadores pudieran descansar. Ya me quedaba dormida cuando mi padre me preguntó al oído: "Oíste, ¿verdad?" y yo le dije que sí, que había oído.

Emilia temblaba. Acerqué mi silla a la suya y la abracé.

—Christian no es mi padre —dijo en un susurro—. Siempre lo supe, y nunca hasta ahora me había importado.

No fue hasta la mañana siguiente, mientras preparábamos el desayuno, que Emilia me contó lo que había leído en el manuscrito de Infante. Me lo dijo sin grandes aspavientos. Julián era su padre biológico, lo que hacía que ella fuera nieta de Vera Sigall.

—Sigall, Sigall, Sigall —repitió varias veces—. Suena como «cigale». La ese de silbante, de soleado, de siempre. Y la ele de laberinto.

50. Horacio

Ahora lo sabes. No puedo imaginar lo que sientes, Emilia. Recuerdo el paseo que hicimos juntos por el cementerio Père-Lachaise, cuando tú me contaste que tu padre no era tu padre. Esas fueron las exactas palabras que usaste. También dijiste que a pesar de que no tenían un lazo de sangre, ambos estaban hechos de la misma materia. Fue esa aseveración tuya la que ha estado estos días en el fuelle de mi conciencia, permitiéndome seguir. Tú sabías que en algún lugar del mundo debía existir un hombre que llevara tus mismos genes, pero sabías también que lo que te unía a tu padre era sólido y profundo. Eso es lo que me transmitieron tus palabras.

Recuerdo ese día que llegaste con *Admoniciones* para que te lo firmara después de una de mis lecturas en tu universidad, y la excitación que experimenté al escuchar tu nombre. Tenías los mismos ojos negros de Julián, su misma sobriedad de gestos. Tal vez, sin yo tener conciencia de ello, en ese instante comenzó a fraguarse el camino que hemos recorrido. Ahora que te había encontrado no podía dejarte ir, y aunque no podía revelarte la verdad a boca de jarro, al menos podía intentar que te interesaras por la obra de tu abuela.

Debes recordar esa única vez que tú y Vera estuvieron juntas en la casa de mi hija Patricia. Era un momento que había anhelado por largo tiempo. Traerlas una al lado de la otra. Sabía, como efectivamente ocurrió, que el embelesamiento de Vera por ti sería instantáneo. No sé si recuerdas cuántas veces repitió la impresión que la embargaba de conocerte de antemano. Hubiese querido decirle la verdad, pero durante todos esos años, había mantenido la palabra que le diera a Julián, y no iba a romperla entonces. Vera no podía saberlo, pero sabía. Algo en su interior se movía ante ti.

En el ocaso de su vida, traerle a la nieta de cuya existencia nunca supo era una forma secreta de agradecerle. En mi memoria, el jardín entero está cubierto de las calas que Vera trajo ese día, lo que es, por supuesto, una fantasía. Recuerdo también la tensión que irradiaba sobre ustedes mi secreto. Es un encuentro que pareciera estar fuera del tiempo.

Tan solo dos días después, ella caería por esas malditas escaleras. ¿Cómo podíamos saberlo? Y sin embargo no dejo de culparme, Emilia. Por no haberte impulsado con más ímpetu. Dejé que las cosas ocurrieran según sus propios designios y tardaste tiempo en sentir la necesidad de viajar a Chile. Siempre pensé que lo harías apenas yo te mencionara el invaluable material que Vera había donado a la Biblioteca Bombal. Alguna razón que desconozco te detenía. Y yo aguardaba a que ese instante llegara. Pero llegó muy tarde. Y lo siento. No sabes cuánto lo siento. Te preguntarás por qué ahora, cuando las cenizas de Vera están diseminadas en el mar. Qué derecho tengo yo a revelarte una verdad que ninguno de tus padres te reveló. Imagino la inquietud que deben haber sentido ambos cuando veían que te aproximabas a la obra de Vera, y al secreto que habían guardado a lo largo de los años. Veían el pasado que se acercaba y que tarde o temprano pondría sus vidas de revés, como las imágenes de las cámaras oscuras.

Te preguntarás entonces: «¿Con qué arrogancia este hombre, pasando por encima de la voluntad de mis padres, viene a arrojarme revelaciones que nadie le ha pedido?». Y he de confesarte que no tengo las respuestas.

Tal vez porque yo mismo veo cerca el negro brillo de la muerte y necesito hacer algo significativo antes de que me alcance.

Te preguntarás también: «Y yo, ¿qué hago con todo esto? ¿Qué me importan a mí las culpas y las cuentas pendientes de un viejo que ya está a punto de caerse en el pozo?». No lo sé, Emilia, no lo sé. Y te pido perdón por ello, porque aun así continúo escribiendo, y en pocos días este manuscrito estará en tus manos.

* * *

Nunca llegué a plantearle a Julián que debía luchar por ti, porque al cabo de un rato comenzó a toser con frecuencia. Era evidente que su salud en esos meses se había deteriorado y que apenas había tenido fuerzas para llegar hasta allí.

Le propuse que se quedara en mi departamento hasta que se sintiera mejor, pero él rechazó mi ofrecimiento. Aceptó sin embargo una copa de coñac, y mirando hacia la calle ya oscurecida se lo tomó de un trago.

Vi el departamento de Mosqueto, la lámpara de cristal encendida, Vera y yo sentados a la mesa del comedor después de la cena, ella tomando una última copa de vino y yo fumando un habano. Fue una imagen tan vívida, que me hizo estremecer. Ya lo enunciaban los griegos: la memoria se ancla a los lugares para poder sobrevivir. Sitios que el alma crea para poder guardar sus recuerdos. Y ahí estaba la imagen del pequeño Julián echado sobre la alfombra a nuestros pies, dibujando concentrado unas ecuaciones en las cuales en lugar de números usaba soles, estrellas, satélites y planetas.

Recordé la expresión madura de Julián cuando nos dijo que sus ecuaciones resolverían todos los problemas del mundo.

—Todos —aseveró con convicción.

—Estoy segura de que podrás resolverlos —dijo
Vera. Su voz vibraba como movida por una emoción que
intentaba acallar.

Julián llevaba puesto un piyama color arena con
el bordado de un escudo, como el de un galán de Ho-
llywood en miniatura. Ambos nos miramos, Vera sonrió.
Una de sus sonrisas amplias de jovenzuela, llenas de dientes,
de encías rosas y frescas. Por un instante, los dos creímos
las palabras de Julián.

Habían pasado más de veinte años, y el hombre que
tenía al frente, el niño, sus estrellas y sus ilusiones, estaban
próximos a partir. Lo presentí. Sí. Presentí que Julián en un
tiempo no muy lejano dejaría este mundo. Volvió a Niza
esa misma noche y esa fue la última vez que lo vi.

Las siguientes semanas hablamos en varias oportunidades por teléfono, y en una de esas conversaciones
me contó que había visto a Pilar una última vez. Hablaba
de ella con dulzura. A pesar de la frustración y el dolor
que le producía perderla y perderte, era incapaz de odiar-
la, incapaz de dejar que la rabia se derramara sobre su
amor. Tu madre le había insistido que si deseaba que tú
tuvieras una vida, tenía que renunciar a ti. Era la única
forma, y eso implicaba que nunca le mencionara a nadie
lo ocurrido. El telón tenía que caer completo y las luces
debían quedar apagadas. Para siempre. Ya al final de
nuestra conversación telefónica, me dijo:

—Aunque seguramente te parecerá extraño, Horacio, voy a cumplir la promesa que le hice. Tú serás la
única persona que conozca este secreto.

Sonaba cansado. Sus palabras, en lugar de proyectarse hacia afuera, parecían quedarse en el fondo de su
garganta.

—Ni siquiera se lo diré a mi madre. Ella saldría
por el mundo en busca de su nieto. Te lo doy firmado.

Le di a Pilar mi palabra, y ahora necesito la tuya —concluyó.

Y yo se la di.

—Tal vez Pilar esté en lo cierto —dijo—. Y esta sea la única forma de que ese niño nuestro tenga la oportunidad de ser feliz.

Julián murió de un ataque de asma en medio de la noche, cuatro meses después de esa conversación. Viajé a Chile con sus restos, mientras Vera preparaba su entierro.

Lo enterramos el 5 de septiembre de 1977 en el Cementerio General, junto a su padre. La lluvia había arreciado por la noche, dejando un reguero de flores y hojas en los senderos. Hasta allí llegaron antiguos compañeros de Julián, sus profesores y amigos, y una treintena de personas que le daban a Vera el pésame y que ella recibía desde su distante dolor. La había pasado a buscar a su casa en Pedro de Valdivia Norte por la mañana, y me había interrogado durante el trayecto.

—¿Era él feliz, Horacio? —me preguntó varias veces.

Me impresionó que ella me hiciera esa pregunta. *¿Qué hago con esa paz que se cuela por las rendijas, sofocándome, y que ustedes llaman felicidad?*, había escrito en una de sus novelas. Y yo, atado por mi promesa, no podía decirle que Julián había amado y había perdido. Tampoco podía decirle que en unos meses tú llegarías a este mundo.

51. Emilia

Hasta allí llegaba el manuscrito de Infante.

En la última página me reiteraba que podía hacer con él lo que se me antojara. Me decía que se sentía despojado de un peso. Ahora que ya era viejo podía otorgarse el privilegio de desprenderse de todo. De soltar las amarras, de dejarse llevar por los vaivenes del escaso trecho de vida que aún le restaba por vivir. Ya no tenía nada que perder ni que ganar del mundo de afuera. Todo se gestaba y moría en su interior. Y despojado de sus secretos, por fin, después de tantos años, su ser descansaba.

Sentí rabia. Él ahora caminaba tranquilo por las calles de París, satisfecho de sí mismo, libre de sus fantasmas, mientras yo, bajo el calor pesado del verano santiaguino, lidiaba con ellos. Fantasmas que se extendían hasta los más lejanos confines de mi vida. Hasta entonces el hombre que me había engendrado no había sido más que un concepto. Una idea que no alteraba en absoluto el orden de las cosas. Christian había constituido mi mundo. Él era real, el amor que nos profesábamos también lo era. Sin embargo, ahora, por más que intentaba pensar que nada había cambiado, sabía que todo había cambiado.

No alcanzaba a vislumbrar de qué forma.

En esa madeja de sentimientos aparecía la noción de Vera Sigall como mi abuela. La imagen que surgía ante mis ojos era la de una estación de trenes donde había estado cientos de veces, pero en la cual ahora, todo lo que contenía: las banquetas, los rieles, el gran reloj con sus manecillas doradas, cobraban una vida nueva y fantástica. La banqueta no era más una banqueta ni el reloj un instrumento que mide el tiempo.

Daniel me encontró esa tarde, como el día anterior, sentada en la azotea con el manuscrito de Infante entre las manos.

Desde que le aprobaran el crédito del banco, las cosas se habían precipitado. Habíamos revisado juntos incontables veces los planos de la construcción en el acantilado. Era un cubo de madera y vidrio que flotaría en el borde de la tierra, un planeta transparente, a punto de caerse al mar. No hablábamos de futuro. Pero podía ver en sus ojos que yo no estaba excluida del suyo. En ocasiones, mientras mirábamos juntos el computador, me ceñía fuerte y besaba mis mejillas y mi boca, como sorprendido de que yo estuviera allí.

—Terminé de leer el manuscrito —le dije cuando se sentó a mi lado.

Una brisa fresca mitigaba el aire caliente. Sobre el cerro San Cristóbal, la estrella de la tarde semejaba un papel brillante pegado sobre un fondo de cristal.

—¿Y?

—Julián murió algunos meses antes de que yo naciera. Nunca supo siquiera que yo era una niña.

Pasó su brazo por mi hombro y yo dejé descansar mi cabeza en su pecho.

Algunas flores de buganvilia habían sucumbido al calor de la tarde y habían caído exhaustas al piso de cemento de la azotea.

—Daniel, tengo que decirte algo —señalé, reincorporándome.

Su cuerpo se tensó. Llevaba unos jeans claros y una camisa color mandarina que hacía que sus pupilas brillaran.

—Déjame hablar a mí primero —dijo.

Apretó los labios como si acabara de decidir algo.

—Está bien.

—Tú ya conoces el testamento de Vera.

Yo asentí con un gesto de la cabeza.

—Pues todo es tuyo, Emilia. La casa, sus manuscritos, los derechos de sus libros, todo. Es lo que corresponde. Ya hablé con su abogado, y el trámite no es muy complicado. Después puedo explicártelo. Pero lo importante es que puedes vivir ahí. Es una casa preciosa. Yo te podría ayudar a modernizarla un poco. No tardaría nada.

—¿Hablas en serio? —levanté la cabeza y reí—. Gracia sería mi vecina.

—Gracia odia esa casa. Apenas pueda, la va a vender. En serio, Emilia, no puedo sacarme de la cabeza que Vera se fuera sin saber quién eres. Y aunque nunca he creído que exista algo más allá de la muerte, siento que es importante que tú vivas ahí.

—Que recoja su espíritu.

—No sé, algo así. Que asientes las cosas, que no dejes morir lo que quedó de ella y que los demás jamás podrán ver. Solo tú puedes hacerlo.

—Es demasiado grande como propósito.

—No tienes por qué apurarte. Tómate tu tiempo.

Tras la tenue luz de la tarde que se retiraba, aparecían las estrellas. Cada una en el lugar que le correspondía. Un cielo cuyo equilibrio se había roto. Tal vez si lo intentaba con todas mis fuerzas, si reunía las agallas para hacer lo que fuera necesario, podría recomponerlo.

—Daniel —dije, y sus músculos volvieron a ponerse en guardia—, tal vez, como tú dices, debería recoger los hilos que me atan a Vera. Pero primero tengo que hablar con mi padre, recoger mis propios hilos. ¿Me entiendes?

Tomé su mano, la estreché, y él se la llevó a la boca. Mi cuerpo entero se estremeció.

—No estoy seguro.

—Quisiera volver a Grenoble. Tan solo por un tiempo.

Miró hacia las nubes que se extendían por encima de las copas de los árboles, de los edificios, de las nuevas construcciones y de los cerros.

—¿Me acompañarías? —le pregunté.

Un ligero temblor recorrió su rostro, como cuando una brisa toca las hojas desprevenidas de un árbol.

—Si tienes que volver y recoger los hilos que mencionas, es mejor que lo hagas sola.

Ese «sola», señalado apenas, quedó suspendido en el silencio. Me aproximé a él y me abrazó.

—¿Cuándo quieres partir? —susurró.

—Después de que me lleves al acantilado —dije.

—De acuerdo —señaló, y yo oculté la cabeza en su pecho.

Añoraba su contacto cada instante del día. Y sin embargo no podía quedarme. Era como si al despertarse, mi cuerpo hubiera quedado escindido de mí. Mis sentidos caminaban a su aire, despabilados, firmes, mientras que mi ser, todavía desorientado, corría tras ellos sin llegar a alcanzarlos. Tenía que, de alguna forma, hacer que calzaran. Y eso pasaba por mirar a los ojos a mi padre.

52. Daniel

Las últimas noches habíamos dormido mal y apenas salimos a la carretera, Emilia se quedó dormida. El aire entraba por la ventanilla entreabierta del automóvil y desordenaba su oscuro flequillo.

Lo que había vivido hasta entonces había estado siempre a kilómetros del lugar donde la vida se desarrollaba para los demás. Ansiaba recorrer esa distancia, pero no sabía siquiera cómo empezar. Tú me habías mostrado parte del camino. Pero a fin de cuentas, como en una posta, había sido Emilia quien me cogiera del pescuezo y me expusiera a la luz.

Las llanuras, las lomas desiertas, la respiración de Emilia a mi lado, todo penetraba ahora en mí. Cuántas veces, al mirarla regar las plantas, lavar la ropa, ayudarme con esmero y torpeza a preparar nuestra cena, me había preguntado: «¿Qué es?, ¿qué es lo que me mostraste, Emilia?». Quizá se trataba de algo que no se traducía en un pensamiento lógico y que no podía enunciarse en palabras. O tal vez, Emilia había puesto ante mí un espejo, y lo que había visto, por primera vez, no me había producido un sentimiento de extrañeza ni de derrota. Sentí miedo. Miedo de lo que pudiera ocurrir después de que Emilia hubiese partido.

Habíamos pasado juntos cada minuto de los últimos días. Días febriles y agitados. Al despertarse, ella se aferraba a mi cuerpo y yo al suyo, como si en ese tranco que separaba el sueño de la vigilia hubiésemos temido caer en un pozo.

Salimos de la autopista y entramos en el camino de tierra. Sin soltar el volante pasé mis dedos por su rostro dormido. Estábamos prontos a llegar.

—Mira —dije, señalándole la extensión de tierra blanca que refractaba la intensa luz del sol. Se pasó las manos por el rostro y se reincorporó.

—Daniel —balbuceó—, esto es increíble.

—Y espera a que lleguemos —le dije sonriendo.

Estacioné el auto y caminamos los doscientos metros que nos separaban del acantilado. Emilia llevaba jeans y unas zapatillas blancas que pronto quedaron cubiertas de tierra. Avanzaba sin dejar de observar el lugar del cual tanto habíamos hablado. Y mientras caminábamos, cuidando de no tropezar con las piedras, nuestros ojos se encontraban con un fondo de expectación. Nos detuvimos al borde del acantilado. Abajo, un gigantesco espejo se había recostado sobre el mar.

Con una rama que hallamos en el borde del camino, fui trazando el dibujo de la construcción sobre la tierra seca. Emilia me ayudaba contando los pasos. Las gaviotas pasaban campantes con sus graznidos rudos y estridentes.

—Uno, dos, tres. Aquí van tres metros —decía, y yo marcaba el punto donde debía comenzar la otra línea.

Al cabo de una hora podíamos ir de espacio en espacio, asomarnos a las terrazas, abrir puertas, recorrer la cocina con sus mesas de acero inoxidable y sus banquetas, sentarnos en el centro del comedor y mirar la imponente y pacífica extensión del mar. Emilia conocía bien los planos. Se quedaba mirando cada estancia un buen rato, se aproximaba a las ventanas, a los rincones y luego sugería algo, un pequeño cambio que yo anotaba en la libreta roja que ella me había regalado, y donde yo hacía mis dibujos con lápices de colores. Habíamos llevado un picnic que comimos sin apetito sentados en la tierra áspera y seca.

El tiempo pasó demasiado rápido, y aunque ninguno de los dos lo nombraba, el peso de su partida al día siguiente se había dejado caer sobre nosotros. Después de comer, Emilia se alejó unos metros, y de cara al mar se acuclilló para orinar.

El retorno fue largo y silencioso. Emilia no dormía, pero llevaba la mirada perdida en su ventanilla, como si quisiera encontrarse en el reflejo que esta le devolvía. El automóvil se tragaba los kilómetros de tierra negra y plateada en silencio, mientras el día se cerraba tras nuestras espaldas.

Por un instante, pensé contarle que por fin tenía pruebas de que Gracia había entrado a tu casa esa mañana. Pero luego desistí.

Las había obtenido el día anterior. Debía recoger unos papeles que necesitaba para el banco, e imaginando que Gracia ya no estaría en casa, me había aparecido por allí alrededor de las once. Para mi sorpresa, trabajaba en su escritorio y se asomó a saludarme. Se veía bien. Había incluso hecho algunos cambios. Había instalado la lámpara Akari en una esquina vidriada del pasillo, donde la luz del exterior le otorgaba un aire grandioso. Fue cuando le comenté su acierto, que, sin darse cuenta, me reveló la verdad. «Fuiste tú quien le regaló a Vera la suya, ¿cierto?», me preguntó. Había sido mi regalo para tu último cumpleaños. De eso hacía tan solo unos meses. La única vez que ella estuvo por un par de minutos en tu casa, había sido al menos dos años atrás. Solo había una forma de que ella supiera de tu lámpara. Sentí ganas de gritarle, de acusarla, de hundirla. Pero guardé silencio. De la misma forma que lo hacía ahora. Era acaso una verdad demasiado cruda que si sacaba a la luz traería tan solo destrucción.

* * *

De vuelta en la azotea comimos papas salteadas y salmón a la plancha con hierbas. Al poco rato nos acostamos. Estábamos exhaustos. Sin embargo, yo fui incapaz de conciliar el sueño. En mi vigilia veía a Emilia saltando de cuarto en cuarto contra el fondo del cielo, sus piernas delgadas, el ruido lejano de las gaviotas. Entonces pensé que la felicidad y el dolor iban juntos, y que no podíamos saber de antemano cuándo una u otro se saldría con la suya.

53. Emilia

Me desperté antes de que el sol despuntara tras la cordillera.

Daniel aún dormía. Había preparado mi maleta el día anterior, la misma con la cual había llegado.

Salí a la azotea y regué los cardenales. También las buganvilias, que sin la luz que solía engalanarlas, tenían una apariencia mustia y cansada. Las luces de la calle aún estaban encendidas. Me senté en la banqueta que Daniel había instalado en el costado oriente de la azotea con una manta sobre los hombros. Una uña de sol aparecía tras la cordillera.

Recordé la noche en que mi padre me llevó al telescopio Schmidt y conocí el silencio de la bóveda celeste. Esa mañana vimos juntos la salida del sol. Se veía tan limpio y renovado, que recuerdo haber pensado que debía venir de otro país. Cuando se lo comenté, él, riendo, me dijo: «Emilia, esa cabecita tuya no sé adónde te va a llevar».

Eché de menos su risa, sus palabras justas.

A lo lejos oí el sonido de un helicóptero. Fue acercándose hasta llenar el silencio de la madrugada, y luego desapareció hacia el oriente. Vi a Daniel que se acercaba a mí, aún adormilado, con su piyama a rayas.

—Abrázame —le dije.

Él me ayudó a levantarme de la banqueta y me abrazó. Advertí en mis espaldas el calor de sus manos y en mis oídos su aliento húmedo.

—¿Estás seguro de que no quieres acompañarme? —le pregunté en un susurro.

Yo sabía que ya era muy tarde, pero era la pregunta que le había formulado incontables veces durante aquellos días y su respuesta era siempre la misma. Debía ir sola, hablar con mi padre, unir los cabos que habían quedado sueltos. Después podía volver, y entonces construiríamos juntos el Transatlántico.

Nos sentamos en la banqueta sin soltarnos. El sol ya se había desprendido de las cimas de la cordillera.

—Te tengo un regalo —dijo.

Me arropó con la manta que yo tenía sobre los hombros y desapareció tras la puerta del cuarto. A los pocos segundos volvió a aparecer. Se había puesto un suéter sobre el piyama, y traía las manos ocultas tras sus espaldas.

—Toma.

Era la piedra que había visto sobre su escritorio. La piedra negra y lisa con hilos de plata.

—Me la regaló Vera. Era de Julián.

Permanecimos en silencio. Era un silencio nítido, tras el cual se podían oír los primeros gorjeos de los pájaros y el rumor de los motores que atravesaban la ciudad. Tomé la piedra entre mis manos. Estaba fría. En el reverso tenía incrustado un minúsculo sello de plata. Al mirarlo con detención descubrí que era una J enlazada con una P.

* * *

Por la tarde Juan y Francisco vinieron a despedirse.

Me traían un estuche blanco con todo lo necesario para el viaje nocturno: crema humectante, escobilla y pasta de dientes, un antifaz y tapones para los oídos.

—Seguro que no viajas en business... —dijo Juan con una sonrisa picarona.

Daniel abrió una botella de champán y brindamos por el nuevo Transatlántico, el que en algún tiempo inauguraríamos frente al mar.

Nos acompañaron hasta la puerta de calle y en la acera nos despedimos. Abracé a Francisco y luego a Juan. Eran las primeras personas a quienes estrechaba además de Daniel. Sentí una oleada de gratitud. Inesperada y poderosa. Me despedí de Charly y de Arthur y les prometí que volvería pronto.

Ya en el aeropuerto, pocos minutos antes de entrar a Migraciones, Daniel me dijo:

—Tómate tu tiempo. Yo no tengo apuro.

Tenía mi rostro entre sus manos y me miraba a los ojos, con esa mirada directa y limpia a través de la cual se podía avistar su interior. Me era difícil hablar. Las palabras «amor», «añoranza», «promesa» se habían transformado en recipientes demasiado reducidos para contener la magnitud de mis sentimientos. Permanecimos de pie, detenidos en ese contacto donde se cristalizaban los momentos que habíamos pasado juntos.

* * *

Mientras el avión con su ronroneo me llevaba a casa, recordé que en mi viaje de ida, al imaginar desde lo alto la textura plácida del mar, había rememorado el temor que este me producía de niña. Había pensado entonces que tal vez todas las cosas tuvieran una segunda dimensión. Una dimensión oculta que yo no había visto. No pude dejar de sorprenderme ante la naturaleza premonitoria de ese pensamiento. Pero supe también que había otras tantas cosas en mí, además de las que había visto, que aún permanecían en silencio.

Saqué de mi bolso la piedra que me había regalado Daniel y me la llevé a la mejilla. En su tacto estaba él, también estaban Vera y Julián. Fue entonces cuando supe que escribiría nuestra historia. La de Vera y Horacio, la de Daniel y la mía, y cómo estas se fueron entrelazando hasta llegar a ese momento. Podría también incluir el texto de Horacio. En su carta me había expresado que podía hacer lo que quisiera con él. Sería una manera de unirme a Vera, de traer a la luz lo que había permanecido en la oscuridad. De la misma forma que mi padre descubría sus estrellas muertas cuando estas se aproximaban al sol.

Pensé que ese preciso instante —el tacto de la piedra en mi mejilla, las cimas de la cordillera que me unían con los océanos, con los restos de Vera, con las olas reventando a lo lejos y la cabeza de mi madre asomándose entre sus pliegues, todo eso que parecía estar en la distancia, pero que en realidad era parte de mí— sería el final.

Agradecimientos

A Sebastián Edwards, por los poemas y su amor. A Isabel Siklodi por su confianza en mí. A Pablo Simonetti por su generosidad. A Benjamin Moser por su biografía de Clarice Lispector, cuya vida está entretejida en esta novela con la de Vera Sigall y con la mía. A Marina Pollas por su testimonio de las excursiones nocturnas con su padre al telescopio Schmidt. A Felipe Assadi por explicarme los detalles arquitectónicos que preocupaban a Daniel. A mi editora, Andrea Viu, por su profesionalismo y su amistad.

XVIII Premio Alfaguara de novela

El 25 de marzo de 2015, en Madrid, un jurado presidido por Javier Cercas, e integrado por Héctor Abad Faciolince, Ernesto Franco, Berna González Harbour, Concha Quirós Suárez y Pilar Reyes (con voz pero sin voto), otorgó el **XVIII Premio Alfaguara de novela** a *Contigo en la distancia* de Carla Guelfenbein.

Acta del jurado

El jurado del **XVIII Premio Alfaguara de novela,** después de una deliberación en la que tuvo que pronunciarse sobre siete novelas seleccionadas entre las setecientas siete presentadas, decidió otorgar por unanimidad el **XVIII Premio Alfaguara de novela,** dotado con ciento setenta y cinco mil dólares, a la novela titulada *Hasta llegar a ese momento,* presentada bajo el seudónimo de **Sofía Veloso,** cuyo título y autor, una vez abierta la plica, resultó ser *Contigo en la distancia* de **Carla Guelfenbein.**

El jurado quiere destacar que la obra premiada es una novela de suspense literario construida con gran eficacia narrativa en torno a un memorable personaje femenino y al poder de la genialidad. La autora ha sabido entrelazar amores y enigmas con una escritura a la vez compleja y transparente. Tres voces muy bien ensambladas iluminan las zonas oscuras de la mentira y la verdad, del talento y de la mediocridad, del éxito y del fracaso. Centrada en la ciudad de Santiago de Chile, la historia abarca tres generaciones que, sin saberlo, comparten un secreto poético que es al mismo tiempo un secreto existencial.

Premio Alfaguara de novela

El Premio Alfaguara de novela tiene la vocación de contribuir a que desaparezcan las fronteras nacionales y geográficas del idioma, para que toda la familia de los escritores y lectores de habla española sea una sola, a uno y otro lado del Atlántico. Como señaló Carlos Fuentes durante la proclamación del **I Premio Alfaguara de novela**, todos los escritores de la lengua española tienen un mismo origen: el territorio de La Mancha en el que nace nuestra novela.

El Premio Alfaguara de novela está dotado con ciento setenta y cinco mil dólares y una escultura del artista español Martín Chirino. El libro se publica simultáneamente en todo el ámbito de la lengua española.

Premios Alfaguara

Caracol Beach, Eliseo Alberto (1998)
Margarita, está linda la mar, Sergio Ramírez (1998)
Son de Mar, Manuel Vicent (1999)
Últimas noticias del paraíso, Clara Sánchez (2000)
La piel del cielo, Elena Poniatowska (2001)
El vuelo de la reina, Tomás Eloy Martínez (2002)
Diablo Guardián, Xavier Velasco (2003)
Delirio, Laura Restrepo (2004)
El turno del escriba, Graciela Montes y Ema Wolf (2005)
Abril rojo, Santiago Roncagliolo (2006)
Mira si yo te querré, Luis Leante (2007)
Chiquita, Antonio Orlando Rodríguez (2008)
El viajero del siglo, Andrés Neuman (2009)
El arte de la resurrección, Hernán Rivera Letelier (2010)
El ruido de las cosas al caer, Juan Gabriel Vásquez (2011)
Una misma noche, Leopoldo Brizuela (2012)
La invención del amor, José Ovejero (2013)
El mundo de afuera, Jorge Franco (2014)
Contigo en la distancia, Carla Guelfenbein (2015)